변재화 판타지 장편 소설

환생판타지

카인

4

환생 판타지 카인 4

변재화 판타지 장편 소설

초판 1쇄 찍은 날 § 2002년 2월 10일
초판 1쇄 펴낸 날 § 2002년 2월 20일

지은이 § 변재화
펴낸이 § 서경석

편집장 § 문혜영
편집책임 § 박영주
편집 § 장상수 · 김희정 · 권민정
마케팅 § 정필 · 강양원 · 김규진

펴낸곳 § 도서출판 청어람
등록번호 § 제1081-1-89호
등록일자 § 1999. 5. 31
어람번호 § 제1-0209호

주소 § 경기도 부천시 원미구 심곡1동 350-1 남성B/D 3F (우) 420-011
전화 § 032-656-4452 팩스 § 032-656-4453
http://www.chungeoram.com
E-mail § eoram99@chollian.net

ⓒ 변재화, 2001

값 7,500원

ISBN 89-5505-241-3 (SET)
ISBN 89-5505-295-2 04810

환생판타지 카인

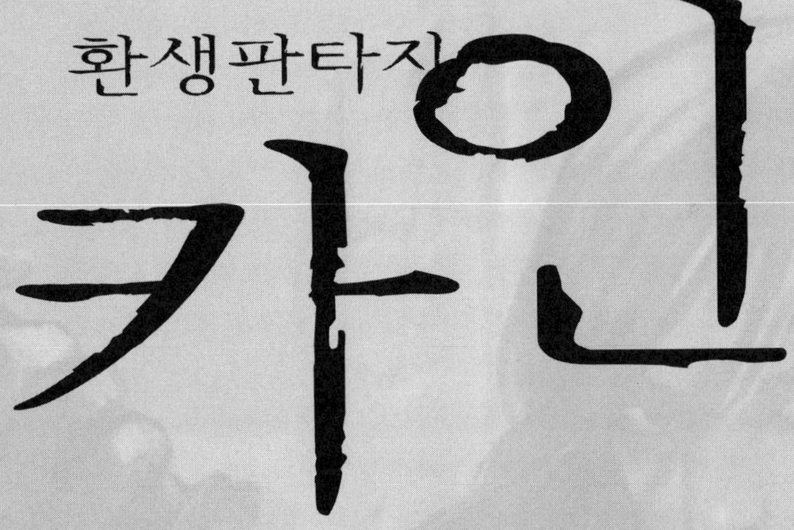

Vol. **4**

다가오는 운명(運命)

도서출판 책어람

목

차

제13장　다가오는 운명(運命)　_ 7

제14장　붉은 사막의 땅　_ 41

제15장　천부경　_ 97

외전　_ 219

다가오는 운명(運命)

1

다가오는 운명(運命)

몸이… 이상하다.

힘이 없어…….

쩌릿쩌릿하며 온몸이 저렸다. 몸속이 욱씬거린다.

그리고… 모든 것이… 멈춰 있다.

보이는 건 시야를 앗을 듯 빛나는 빛과 그 빛을 살라먹는 거대한 어둠…….

"희망이 없는 걸까……."

내 입에서 낯선 언어가 튀어나온다.

나는 미성의 울림을 가진 음성에 놀랐지만 나의 의지와는 달리 내 입에서 흘러나오는 말은 너무도 담담했다.

"심판… 암울한 미래… 나의 자손들의… 나는 그것을 막을 길이 없다. 그렇다면… 나는… 나는……."

나는 울듯이 중얼거릴 뿐이다.

내 앞에는 결코 낯설지 않은 이들이 서 있다. 위로하듯, 그리고 안타까운 듯 나를 응시한다.

거대한 위용을 가진 사파이어를 능가하는 푸른 비늘을 가진 용.

반만년이 넘도록 나의 자손들을 지켜온 수호신수가 나를 안타깝게 응시한다.

하지만 그는 대답이 없다.

그는 알 것 같은데… 내게 도움이 되어줄 것 같은데… 대답을 해주지 않는다.

용의 금안이… 나를 응시하고 있을 뿐이다.

"나는… 그들을 지켜야 하는 걸까?"

─그것은 당신이 구해야 할 답이겠지요. 하늘의 주인[天主]이기보다 하늘[天]과 땅[地]의 중심이길 원하셨던 분이시여, 이미 당신은 답을 알고 계시지 않습니까.

중후한 음성이 귓가를 울린다.

나의 마음의 폐부를 찌르는, 나의 혼란을 알고 있는 유일한 존재.

그 존재의 금안이 슬프게 나를 응시한다.

─그건 당신의…….

나는 그의 말에 귀 기울이지 않는다. 이미 알고 있다고 나의 마음은 외친다.

하지만 그것을 거부한다.

나의 마음은…….

그 방법을 적대하고 밀어낸다.

내 머리 속에서.

하지만 나는 그 방법을 실행하려고 한다. 마지막 한 명의 자손이라도 살리기 위해서.

비록 나 자신의 존재를 잊게 될지라도, 결국은 다시 '나'로 돌아올 것이기에…….

모든 것이 마무리되었을 때… 그리고 문이… 하늘의 문이 열리는 순간, 자유로워질 나의 자손들을 위해…….

깜빡깜빡.

아아… 이제 의식이 돌아온 건가?

또 꿈을 꾼 모양이다.

아직 머리가 어지럽긴 해도 그럭저럭 의식은 멀쩡한 것 같다. 그리고 잠시 동안 나는 주마등처럼 스쳐 지나가는 그날의 일을 떠올렸고, 잠시나마 쓴웃음을 짓고 말았다.

결국은 이렇게 된 건가…….

의식을 잃은 것까지는 좋은데 기억하기 싫었던 부분이 깨어나 버릴 건 또 뭐냔 말인가.

나의 과거…….

당연하게 잊혀져 온 기억이 또다시 고개를 쳐들고 아아… 젠장, 기억하고 싶지 않은 것을 떠오르게 만들다니.

머리 속이 차갑게 식어갔다. 도저히 내 마음을 다스릴 방법이 없었다.

눈앞에 봉황이 있었다면 당장에 소멸시켜 버렸을 것이다.

쩝. 하지만 깨어보니 보이는 건 천장이요, 사방에는 나의 기사들과 대신들이 나를 둘러싼 채 질질 짜고만 있다.

아아… 갑자기 이곳에서 처음 눈을 떴을 때 일이 생각나는구만.

그때도 이렇게 소란스러웠는데… 그리워지네.

아직 몇 개월밖에 안 됐는데 수십 년은 살았던 것 같으니 원…… 좀 쓸쓸하다.

"윽……!"

지독한 두통이 나를 찾아들었다. 한 남자가 울고 있다. 나를 부여안은 채 조금은 서글프게 울고 있다.

"으흑… 진… 지인… 카쟈르… 으흑… 안듀람 큐렛 얀두람… 으흑, 우슈라……."

내가 눈을 뜨니 그는 보랏빛 눈동자에 눈물을 괴인 채 소리 내어 내 품에 안겨든다. 낯선 언어. 생소하기만 한 음성이지만 내 머리 속은 자연스럽게 받아들인다.

"진, 깨어났구나. 미안… 아팠지… 많이 아팠지… 미안해……."

유논이 나를 부여잡았다.

나는 눈을 떴을 때 내게 쏠리는 걱정스러워하는 시선에 부담스러움을 느꼈고, 그 감정을 떨궈놓고자 희미하게 미소를 지었다. 주위에는 신관들이 있었다.

빛과 어둠의 신전에서 각기 뛰어난 치유사들을 보내온 모양이다.

잠시 그간 배웠던 지식을 활용해 떠올려 보자면, 빛의 프리스트들은 외적인 치유를, 다크프리스트들은 내적인 치유를 맡는다. 생명을 생성하는 창조를 낳는 것이 빛이라면 그것을 유지하는 것은 어둠이다. 일반적으로 상처의 치유는 빛이 한다고 생각하지만 그것은 혼자만으로 되진 않는다. 사람은 창조와 파멸의 중간자.

선함과 악함이 공존하며 서로 간의 균형을 유지하는 것이 사람의 몸이다. 하나의 힘으로는 아슬아슬하게 균형을 지키고 있는 밸런스가 깨어져 버린다.

작은 상처라면 또 모를까.

큰 상처는 빛과 어둠의 사제의 힘이 동시에 교류가 이루어져야 치유의 조건이 갖추어지는 것이다. 다행스럽게도 나의 상처를 백호가 우선적으로 치료했지만 일부 자잘한 상처나 출혈은 프리스트들이 치료했을 것이고, 사이야 별로 안 좋지만 그래도 그럭저럭 균형을 갖추고 서로의 영역을 인정하고 있기에 별 싸움은 없다. 그런데 다크 프리스트들은 인족이나 지하에 정기를 받으며 살아가는 드워프들이 대부분인데, 지금 내 상처를 치료한 이는 엘프… 그것도 숲의 엘프임을 드러내는 선명한 녹빛의 눈동자다.

다크 엘프라면 또 모를까, 참 특이한 엘프로세.

나는 엘프에 대한 호기심이 물씬 피어 올랐지만 우선 울고 있는 유논을 달래야 했다.

3일 만에 내가 깨어났댄다.

숨도 안 쉬고 잠만 잤던 탓에 내가 깨어나자 모두 기뻐하는 기색이 역력했다.

유논도 3일 동안 깨어나지 않은 것에 무척 걱정이 심했는지 내 품에서 떨어지려 하지 않아 왠지 불편했지만, 그래도 내게 고개를 숙이며 진정으로 안도하는 나의 충신들을 바라보며 나는 나직하게 한숨을 토해냈다.

시야는 자연스레 허공을 향했다. 천장을 장식한 여러 문양들이 보였다.

"아직… 그래도 아직은 나의 흔적이 남아 있으니 다행일까?"

그리고 다시 나는 익숙하게 내 품을 찾는 유논을 바라보았다.

"미야마… 뮤란. 쥬시떼… 미유나(많이 기다리게 해서 미안해)……. 부엘블로나… 샤스마유(수고했어… 여린 나의 반려)……. 부엘블로나(수고했어)."

그에게 했던 약속을 떠올렸다.

나는 유논을 안고 그의 귓가에 나직하게 속삭이며 작게 미소 지었다.

이것은 약속…….

오래전 내가 그에게 했던, 작지만 큰 의미를 담은 약속을 이행하는 것. 변함없는 와인 바이올렛의 깊은 빛을 담은 유논의 눈동자를 보며, 여태 눈물을 흘렸던지 눈물로 범벅이 돼버린 유논의 얼굴을 매만지며 그렇게 웃었다.

기묘한 침묵이 방 안을 감쌌다.

나를 둘러싼 대신들도, 그리고 기사들도 유논과 나 사이에 흐르는 기묘한 분위기에 불안감을 느끼며 거리를 두고 있었다. 희미한 분노를 담으며 끊어질 듯 끊어지지 않은 이 분노를 삭일 길이 없어 소리 죽여 입술을 깨물면서도 나는 유논을 결코 내 품에서 떼놓지 않았다.

'다행이야. 아직 그대로… 아직은 나에 대한, 아직 나로서 존재할 흔적이 남아 있어서… 정말… 다행이야…….'

나의 충실한 기사 노엘과 루이스의 시선은 나를 두려워하면서도 결코 사그라들지 않은 충심을 담은 채로 나를 바라보고 있다. 나는 그들의 시선을 보며 속으로 그렇게 중얼거리고만 있을 뿐이다.

하지만 나의 머리 속에서는 한 존재에 대한 분노로 이글거리고 있었다.

하나의 영상만이 내 머리 속을 지배하고 있었다.

찰나의 휴식조차 깨어버린 뚜렷한 선홍빛의 우아한 깃을 늘어뜨린 나의 신수.

이제 나의 정신의 제어 속에 받아들여진 신수.

과거의 환청 속에 잠시 내 이지(理智)를 잃고 있을 때 들렸던 주작 미르의 외침이 내 귓가를 울렸다.

─그는 모든 것을 책임을 져야 해. 과거의 모든 것을…….

─내가 그의 형상을 만들어내지 않았다면 모두 미쳐 버렸을 거야. 그런데도 나를 책망하는 거야!!

─그는 반드시 기억해 내야 해!

불꽃의 여왕.

내가 부여한 용의 성을 가진 신조(神鳥)의 여왕.

나의 마지막 당부를 잊은 충조(忠鳥)에 대한 이 분노를 어떻게 풀어야 할까.

싸늘하게 내 마음이 식어간다. 마지막 쉼터를 강제로 잃은 나의 분노는 너무도 컸다.

비록 이 모든 것이 내가 자처한 것이라고 할지라도…….

"폐하, 당신은 누구십니까?"

대신들 중 누군가가 내게 말을 걸어온다.

긴장한 듯했지만 결코 흔들리지 않은 어투로.

바탕, 그리고 본연이 정해지지 아니한 그들의 상식 속에서 정해지지 않은 그 어떤 불가사의한 무언가를 갖는 사람들에게만 나타나는 종족성 특성이 드러난다. 모습이 창출되는 순간부터 뿌리 깊게 박힌 근원을, 순리를 거스르는 역천의 존재…….

한없이 어리석으면서도 현명한, 유일하게 역천의 운명을 가진 종족. 그래서 정적 속에 묻혀 순리를 지키는 그 모든 존재들에게 질투와 시기, 부러움을 받았던 내가 사랑하고, 또 아꼈던 종족. 내가 베풀었던 사랑을 너무 쉽게 잊었던 나의 자손들이 얼핏 떠오른다.

그리고 내 옆을 항상 지켰던 수많은 사람들…

나와 함께 하늘을 버리고 대지에 뿌리를 내린 하늘의 아들들…

모든 것이 미개했으나 마음만은 자연의 넓이만큼 크고 이타적이었던 그들이 내게 물었던 질문과도 같다.

"…당신은 누구십니까……."

그때 나는 뭐라고 대답했던가?

모르겠다…….

다만 기억하는 건… 내게 스스럼없이 다가왔던 그들을 사랑했다는 것… 그뿐이다.

"내가 누구냐고? 나는 나다. 너희들이 바라보고 있는 황제, 이 나라 제국의 황제이며 그대들의 주인인 카이스 진 엘 가이칸. 그뿐이다."

그것뿐이다.

나는 더 이상의 이름도 가지고 있지 않다.

…그렇게 믿을 뿐이다.

그리고 맞은편 거울 속에 비친 나의 검은 눈동자는 오늘따라 서글프게만 보였다.

＊　　　＊　　　＊

—주인님께서 화가 나셨군.

금안이 우울한 웃음와 가벼운 분노를 담고 누군가를 응시하고 있다. 태고의 눈동자를 그대로 담은 그의 눈과는 달리 열정적인 적안(赤眼)을 가진, 붉은 기운마저 서린 적당히 그을린 구릿빛 피부가 여인의 확연한 자유 분방을 드러낸 채 치를 떤다는 표현이 옳을 듯한 표정으로 눈앞의 그를 쏘아보고 있었다.

—너를 어떻게 처리해야 할까… 그분의 안식을 방해한 너를…….

윤(灟)의 옆을 당연하다는 듯 서 있는 백호 륜(崙)은 결코 곱지 않은 눈길로 그녀를 바라보며 그의 허락이 떨어지길 기다리고 있었다.

가장 가까운 곳에서 그의 부탁을 받았음에도 가증스럽게도 그 부탁을 깨어버린 천계의 도도한 신조의 여왕을…….

—나는 잘못이 없어. 왜 내게만 그러는 거야? 차라리 현무를 불러줘. 그라면 날 이해해 줄 거야. 나는… 나는 더 이상 그런 정신으로 살고 싶지 않았을 뿐이야! 나는 그저… 그가 보고 싶었을 뿐이라고.

윤은 자신의 몸을 굳게 할 정도로 싸늘하게 가라앉은 정신 안에서 가늘게 웃는다.

대화의 장을 열기가 무섭게 그의 몸에서는 거대한 살의만이 감지될 뿐 어떤 말도 없다. 항상 바보스럽게 웃으며 그녀에게 엉겨 붙던 백호 역시 그에 못잖게 살기를 품고 있다.

그녀는 몸을 가늘게 떨었다.

신수들의 힘은 본능적으로 나뉘어진 오행력(五行力)으로 크기는 비슷비슷하다.

일 대 일로 붙는다면 백에 백은 무승부다. 균형을 위해 공평하게 나뉘진 신수들의 능력이기에 4신수들도 서로의 힘의 비교는 필요없다. 각자가 쓰는 오행력 간에 힘의 분배만이 차이가 있을 뿐이다.

지.금.까.지.는.

하지만 그와 거의 몇천 년을 떨어져 힘의 교류를 받지 못했던 주작의 힘은 지금 모인 신수들 가운데 최악이라고 할 수 있었다. 게다가 그녀에게 분노를 토해내는 두 신수의 힘은 평상시 그녀라고 할지라도 도저히 당해내기 힘들 신기(神氣)를 맹렬히 뿜어내며 그녀를 위협하고 있었다.

─잊은 거냐, 주작.

윤은 어떤 이라 할지라도 해석키 불가능한 처절한 광기를 품은 채 그녀를 바라보며 속삭였다.

─우리는 그때 이후 미쳐 버렸다. 그것은 너도, 나도 너무나 잘 아는 사실…… 그렇지 않은가, 그대… 하늘의 후손을 더럽힌 신조의 여왕이여.

윤의 수력(水力)이, 그리고 백호 류(侖)의 풍력(風力)이 서로 얽히며 거대한 위용을 드러내며 주작을 위협한다. 잠시 그들의 살의에 몸을 주춤거리던 주작 미르는 이를 부득 갈았다.

─내가 호락호락하게 당해줄 거라고 생각하지 마, 좌의 우두머리여.

오래전 묻어두었던 과거의 슬픈 잔상이 신수들의 전의와 살의를 일으킨다. 붉은 기류의 화력(火力)이 일직선으로 달려드는 두 기운에 대항하며 강력한 스파크를 일으켜 나간다.

그리고 그렇게 신수들의 소리없는 싸움이 시작됐다.

깊디깊은 정신의 심연이라는 평온의 바다에 거친 파도를 일으키면서.

＊　　　　＊　　　　＊

눈물이 멈추지 않았다.

유논은 조용히 그를 바라보았다.

그가 바라던 검은 눈동자의 자신의 반려의 모습에 그가 그리던, 결코 변함이 없는 모습으로 자신을 응시하는 그에게 유논은 아기처럼 파고들 뿐이었다.

"미야마… 뮤란. 쥬시떼… 미유나……. 부엘블로나… 샤스마유……. 부엘블로나."

미칠 듯한 그리움과 절규 속에서 천여 년을 어둠 속에 묻혀 기다렸다. 자신을 홀로 두고 가버린 그를 증오하기까지 했었다.

하지만 그 증오 속에는 광기와도 같은 그리움이 사무쳐 있어 더욱 그의 정신을 불안케 했다. 그 불안이 조금씩 사그라지고 있었다.

정신을 붙잡기 위해 그의 자손들에게 저주와 살육을 저지르면서도 그는 그를 기억하기 위해 발버둥쳤다. 그의 따뜻했던 품을 기억하기 위해 모든 살생을 자행했고, 그것을 위해 언제나 꿈속을 파고들었다.

그가 만들어낸 공간 속에 천 년 전의 환영은 그에게 있어 달콤했고 상처를 일시적으로나마 아물게 했지만 모든 것을 해결하기엔 불가능했다.

그 달콤함 뒤에는 지독한 허탈감만이 있을 뿐이었다. 그가 궁극적으로 원하는 것은 바로 환영 속에서의 그가 아닌 눈앞에서 살아 숨 쉬고 웃고 있는 진이었다.

그리고 그가 그토록 염원하던 진이 자신을 향해 미소 짓고 있었다.

"훗… 너무 커졌다. 너, 웬만하면 좀 줄이지 그러냐?"

두근두근.

그의 귓가에 심장 뛰는 소리가 자연스레 들려왔다. 유논의 입가에는 안도하는 미소가 걸렸다. 그의 품은, 자신의 하나뿐인 반려의 품은 여전히 넓고 따스했다.

그는 그것으로 모든 기다림을 보상받은 듯 눈앞에 진을 응시했다. 진은 예전과 같이 그의 머리를 자상하게 쓰다듬는다. 유논은 전과 다름없는 그 손길이 좋았다.

그는 조용히 눈을 감았다.

"폴리모프 바디(Polymorph Body:형태 변환술로 드래곤의 폴리모프를 한 단계 업그레이드시킨 마족들만의 몸 변형 마법임)."

시동어의 외침과 동시에 그의 몸은 희미한 빛무리와 함께 조금씩 줄어들기 시작했고, 곧 빛무리가 사라지자 진의 눈은 웃음기를 담는다.

자신의 모습에 만족하는 것이리라…….

그는 자신을 꼬옥 안았다.

"이제 내 품에 쏙 들어오는군 그래. 훗훗, 허니~♡ 나 많이 보고 싶었지~"

파직!!

혈관 하나가 삐죽이 그의 머리 위로 나타났다 사라졌다.

"내가… 왜… 너 따윌 보고 싶어 했다는 거야! 멍청이……."

"거짓말하면 몸에 해롭다는 거 몰라? 유논~ 후후후, 오랜만에 네 얼굴 보니까 기분이 좋긴 좋다.”

“당연히 그래야지. 내가… 얼마나 기다렸는데… 책임져, 임마! 너 때문에 잡아먹은 내 마생(魔生)… 피 같은 세월… 크흐, 그게 어디 말로 다할 수 있을까…….”

그래, 내가 그 어둠 속에서 널 얼마나 그렸는데…….

네가 깨어나기만을 기다리면서 얼마나 내 자신을 저주하고 또 증오했는지 넌 몰라… 아무것도 모른다고…….

“유~ 우우우~ 노오온~ 내 사~랑~ 다 알면서~”

“손 까딱거리는 게 왠~지 기분이 나쁘다. 그거 당장 그만 안 두면 손톱 하나부터 차근차근 다 뽑아준다. 그리고 경고하는데 오해받을 소지가 있는 발언은 제발 닥쳐! 알겠어? 이 변.태. 황.제.야.”

“헉!! 변태라니… 난 지극히 정상이라구~ 너, 그렇게 심한 말을… 내가 비록 이쁘고 귀엽게 생긴 남자를 곁에 두고 이뻐해 주긴 했지만 그렇다고 변태씩이나… 그래도 난 남자보단 여자가 좋다구. 그리구 너도 내가 이뻐하고 귀여워하던 옛 모습으로 바꾼 걸 봐서는 내가 귀여워해 줬던 게 기분 나쁜 건 아닌 것 같아 보이는데?”

“…니 심장 소리 한번 좋다. 보아하니 아주 튼튼하게 생겼을 것 같은데 뽑아서 니 눈깔 앞에 보여줄까?”

“…….”

“싫지? 그럼 조용히 있어.”

정말 싫어.

저 능글맞은 모습은… 정말 변함이 없다. 하지만 유논에게는 그런 그의 모습마저도 더없이 만족스러웠다. 잠시 동안이라도 이 기분 좋은 감정 속에 취하고 싶었다.

유논은 그렇게 눈을 감았다.

안도하며…….

그가 기다렸던 품에 기대어 유논은 미소 짓고 있었다.

…나를 유논은 뿌리치지 않았다.

눈 뜨자마자 갑작스런 포옹씬이 좀 당황스럽긴 했지만 이것도 어찌 보면 옛일과 겹쳐져 오히려 즐겁기까지 하니까.

그래서 나는 그냥 예전에 내가 기억하던 소년의 모습으로 바꾼 유논의 흑발을 가지런히 손질하며 조용히 한숨을 토해냈다.

"원점인가……."

중얼거림.

나 자신조차 인지하지 못한 너무도 작은 소리였고, 그 누구도 나의 중얼거림을 듣지 못했다. 분명 이렇게 되길 기다렸다는 기묘한 기쁨이 담긴 미소.

"…그렇다면 아직 기회는 있는 거다. 비록 심판이 끝났어도… 그건 끝이 아니야. 내가 살아 있는 한은… 언제라도 새로 시작할 수 있어."

나는 각양의 무늬로 장식된 천장을 올려다보았다. 순간 나는 심연의 내면이 흔들린다는 것을 느꼈다. 자아의 호수가 격렬하게 파도치며 넘칠 듯 사방을 에워싸고 있었고, 그 속에 필사적인 저항의 붉은 기운과 그 기운을 비웃기라도 하듯 사방에서 쏘아져 들어오는 희고 푸른 기운이 서로 맞부딪치고 있었다.

자연계의 혼재 속에 조화와 함께 묻혀 있어야 할 힘들이 서로를 적대시하며 흔들리고 있었다.

반발하며 타오르는 신조(神鳥)가 토해내는 적염의 기류에… 격렬하

다고밖에 표현할 수 없는 신호(神虎)의 분노와 어울리는 바람의 거센
기류가, 그리고 신룡(神龍)의 유연한 부드러움 속에 파고든 무서우리만
치 잔인한 기류를 띤 푸른 기운이 엉켜 울부짖는다.

　내 정신의 시야 속에 비춰지는 그들은 처절한 울음을 담으며 뒤엉켜
져 있었다.

　나는 그들을 말리기로 했다.

　사방의 가신들의 궁금증이야 어쨌든 지금 내게 소중한 건 저들이다.
나를 절대적으로 추종하던 그들처럼 저들은 내게 필요하다.

　그날의 재현을 위해서는…….

2

오는 운명(運命)

　황궁의 내실 안은 너무도 조용했다. 오로지 황제의 기묘할 정도로 깊은, 희미한 기쁨이 서린 미소와 낯선 이방인의 낮은 흐느낌만이 있었다.

　까만 머리칼의 그에게 너무도 잘 어울리는 약간 노란 피부.

　마치 지금의 모습이 원래 그의 모습인 양 조화를 이루고 있는 까만 눈동자에는 그리움을 담은 채 입가에 미묘한 미소를 짓고 있었다.

　그리고 자신에게로 와 닿는 이들의 눈빛을 오연하게 받아내며 주위를 바라보는 그의 모습은 마치 오랫동안 집을 비우다가 돌아온 듯 그의 눈길은 한없이 부드럽기만 하다. 섬세한 수려함을 띠었지만 마주쳐다보기조차 꺼려지는 냉막한 청년에게서 대략 열대여섯 살쯤 되어 보이는 미소년으로 변한 그 이존재는 달라진 황제의 모습을 당연하게 받아들이고 있었고, 황제는 그의 머리를 익숙하게 쓸어주었다. 그 옆에는 푸른색 청검만이 울림을 띠며 누구도 입을 열지 못하게 할 침묵을 조장하는 분위기 속에 항의하듯 격하게 떨고 있었다. 황제는 그 검을 집어 들곤 조용히 쓸어 내리자 검의 울림은 순식간에 사라졌다.

"……."

뭐라 속삭였지만 너무 작은 소리라 누구도 알아듣지 못했다. 그저 앞에 있는 소년만이 항의하듯 그를 불만스럽게 쏘아보고 있다. 황제는 그의 불만을 무시해 버리곤 굳게 닫혀 있던 입술을 열었다.

"데르만 리보아 공작……."

처음으로 그가 입을 열었다.

공작은 정해진 수순처럼 그의 앞에 다가가 무릎을 꿇었다. 극도의 경의를 표하며 고개를 숙이고 있는 공작. 그런 공작을 보면서 황제는 나직히 웃음을 짓는다.

편안함을 주던 황제의 거침없던 웃음과는 달리 영롱한 울림을 담은 신비로운 음색이 화랑을 울렸고, 그와 동시에 공작은 당연한 수순인 양 앞으로 나아가 고개를 숙인다.

아직 상황 판단이 되지 않아 혼란스러웠지만 그의 눈은 자연스럽게 황제의 품에서 안정을 찾는 마주(魔主)의 모습에 뭔가 예상되는 것이 있었다. 황실 내에서 비밀리에 전해져 오고, 또한 그의 가문에서 구전을 통해 전해져 오던 전설과도 같은 구절을…….

그의 마음은 심한 혼란으로 흔들리고 있었지만 겉으로는 혼란을 드러내지 않고 아직도 멍하게 서 있는 신료들에게 단호한 눈빛을 보내며 그의 앞에 부복하며 고개를 숙였다. 황제는 그런 그를 바라보며 미소 지었다.

"내게 끝까지 충실했던 자의 후손인 그대, 동시에 엠플러 가디언

(Emperor Gurad)으로서 천 년 간 이 제국을 지탱한 그대만이 나의 후손을 지킨 자. 그리고 나를 대신해 이 땅을 지킨 자."

잠시 말이 멈췄다가 입을 연다.

"나란 존재로 인해 그대 가문에 지워진 제국의 업은 더 이상 그대들을 괴롭히지 않으리라. 그리고 과거의 영광과 충성의 약속은 나의 존재가 눈을 뜸으로써 이행될 것이다."

공작의 어깨는 한순간 격렬하게 떨림을 드러내다 사그라들었고, 황제는 그런 그의 모습을 의미 모를 깊은 미소로 화답할 뿐이었다

"나를 알고 싶겠지……."

그리고 화랑 안의 귀족들 모두의 의문을 대리한 공작을 바라보며 황제는 속삭인다.

"그렇게 정색할 필요 없어. 내게 평생을 묶이기로 했던 그대들은 날 알 자격이 있으니 잠시 기다리라고."

황제는 짧은 문구를 내뱉었음에도 마치 수 시간 열변을 토해낸 웅변가처럼 조금 힘이 빠진 듯 잠시 숨을 고르고 있었다.

"우선 내 머리 속을 복잡하게 만드는 녀석들부터 해결하고……."

지독한 살의를 품은 채로 그는 모두를 압도하는 기운을 내뿜으며, 검은 동공은 돌연 차갑게 가라앉힌 채 싸늘하게 미소 지으며 명령했다.

"처박혀 싸우지들 말고 나와."

라고…….

화랑 안의 이들은 어리둥절했다. 이 안에서 싸움은 모두 정리된 지 오래고 모든 대신들은 그의 앞에서 부복한 채 침묵하고 있을 뿐이다. 방금 도착한 황제의 종친 세력인 4명의 장로들마저도 그리하고 있는 판국인데 누구에게 나오라고 하는 것인지 그들은 진정 궁금했다.

하지만 그들은 결코 그 말을 입 밖에 내지 않았다.

그리고 아무도 의식하지 못할 차가움을 띤 채 황제는 앞을 뚫어지게 바라보며 참다못해 고성을 내질렀다.

"나와!!"

그리고 잠시 잠잠했던 황제의 묵묵한 분노의 일갈이 터져 나왔다.

"내 손에 찢겨 죽기 싫거든 당장 내 눈앞에 나오란 말이다!!"

마지막이라는 듯 극도의 자제함을 띠는 황제의 일갈과 함께 이질적인 어떤 기운이 그의 몸에서 조금씩 형체를 드러내어 가는 기운의 실타래가 엉키며 사방으로 퍼진다.

그리고 그 기운은 미묘한 떨림음을 내며 나뉘어지고 형태를 띤다. 이미 화랑 안에서 한 번 마주했다가 사라졌던 이름 모를 존재들…….

그들은 눈앞에 놀란 눈으로 자신들을 응시하는 공작들이 보이지도 않는지 오로지 황제만을 바라보며 가슴에 손을 댄 채 고개를 조용히 숙인다.

황제의 뒤틀린 눈길을 당연하다는 듯이 받아내며.

다만 적안의 미녀만이 극도의 분노를 숨기지 않고 고개를 뻣뻣이 쳐든 채 그를 바라보고 있었다. 묵묵히… 그리고 싸늘한 눈매를 더욱 치켜뜬 채 황제의 검은 눈동자를 차갑게 응시할 뿐이었다.

"말해 봐라."

나는 길게 숨을 몰아쉬곤 턱을 괴었다.

그들과 재회한 나의 감회는 남달랐지만 지금 이 기분으론 그들을 반갑게 맞아줄 수 없었다.

하지만 추궁을 해야 했다.

나의 마지막 당부를 잊어버린 그녀를 비롯해 그것을 방조한 신수들의 책임을.

내 눈앞에 모습을 드러낸 그들을 바라보며 내뱉듯 말문을 텄지만 그들은 대답없이 고개만 숙이고 있었다.

나는 그들의 태연함에 이가 갈렸지만 우선 차분하게 입을 열었다.

"어디 한번 변명이나 들어볼까? 감히 어둠 속에 잠자코 묻혀 있어야 했을 너희들이 왜 내 곁에 있는지. 그리고 지금 내 몸 상태가 왜 이렇게 망가져 버린 건지 어디 한번 말해 보라고. 응? 시간은 많고 할 일도 없는데 길어도 상관없어. 어서 말해 봐. 한번 들어나 본다니까. 왜 그렇게 입을 다물고만 있지?"

―…….

"멍.청.하.게.도. 그것마저도 기다리지 못한 거냐? 고작 천 년일 뿐인데. 억겁의 세월을 사는 그대들에게 그 정도 세월조차 길었다는 거냐!! 왜 말이 없어? 변명조차 아니하겠다는 거냐!! 그럼, 왜 날 깨웠느냐!!"

절로 분노가 솟구쳤다.

"왜 대답이 없어!! 그럼 네가 말해 봐라, 청룡왕이여. 사방신의 대표자인 네 입으로 직접 내가 납득할 만한 이유를 말해 보란 말이다!! 내가 부르기 전까지 네놈들은 봉인지에 얌전히 처박혀 있어야 정석이거늘… 그런데 왜 이렇게 술사의 신물급 존재가 되어 내 곁에 있느냔 말이다! 말해 봐!!"

―드릴 말씀이 없습니다.

"너희들은 변명조차 안 하겠다는 거냐!! 그런 말 한마디로 너희들의 행동이 정당화될 수 있으리라 여겼단 거냐?!"

―저희들은 언제까지라도 당신을 위해서만 존재할 뿐입니다. 그저

저희들이 한 일은 당신을 위해서였을 뿐입니다.

"내 본심을 모를 리 없을 텐데도… 너는!! 차라리 변명을 해라. 날 납득시켜! 그렇지 못하겠다면 차라리 내 눈앞에서 사라져 버리지 왜 나타났느냔 말이다!"

―언제라도 당신이 원하신다면 저희들의 목숨은 당신에게 바쳐질 것이기에… 당신이 진정으로 소멸을 명하신다면… 죽지요.

너무도 담담한 청룡의 말이 내 마음을 후벼 판다.

도저히 인정할 수 없었던 나는 이를 부득 갈며 백호에게로 시선을 돌렸다.

"륜(侖)! 네놈이 말해 봐라. 시작은 누가 했느냐. 이런 꼴 같지도 않은 짓을 한 게 누구냐? 네놈이냐, 아니면 윤(蕭)이냐? 그것도 아니면 저 미르냐? 현무, 그 망할 늙은인 내가 직접 봉인지에 가둬놨으니 깨어났을 리가 없고. 시작은 너희들 중에 하나다. 말해라. 너는 내게 끝까지 입 다물고 있지 않겠지."

―죄송하다는 말씀밖에는…….

"그런 말 따위 하려거든 내 앞에 나타나지 말았어야 했었다는 말이다, 내 말은!!"

말없이 나를 응시하는 저들의 눈동자가 나를 정말 환장하게 만들었다.

왜 저들은… 내가 가장 신뢰하던 저들마저도 내 뜻을 이토록 몰라주는 것인지… 내가 너무 큰 욕심을 부렸던 건가…….

깨어나기가 무섭게 드는 이 회의감은 정말 짜증이 날 지경이었다.

하지만…….

"흡……."

나는 순간 심리적인 요인 탓인지 숨이 거칠어지고 호흡의 전환이 힘들었다. 숨이 턱 막혀왔다.

"하아, 하아… 커흑… 허억허억……."

거칠게 호흡하며 숨을 몰아쉬려 노력했지만 오히려 역효과만 난 듯 가슴속에 묵직한 돌덩이가 얹혀진 것처럼 무겁고 갑갑하기만 했다.

―왕이여… 이, 이런… 괜찮으십니까? 당장 치유를…….

"가까이 오지 마!"

청룡이 고통스럽게 일그러진 나를 보곤 당황하며 다가왔지만, 나는 고통스러운 와중에서도 결코 용서할 수 없는 극도의 분노를 드러내며 그가 가까이 오는 것을 허락치 않았다.

"가증스러운 것!! 지금의 나를 이렇게 만든 것은 너희들이 아니더냐! 조금만 기다렸다면 되었던 것을… 나의 마지막 안식처마저도 망쳐 버리다니. 으드득……."

내가 바랐던 사람으로서의 삶이 끝나 버렸다.

울분을 삭이며 외치는 내 모습을 청룡은 우울한 눈빛으로 고개를 떨군다. 그 모습이 가까스로 눌러뒀던 분노를 더욱 자극했다.

"그래, 잘하는 짓이다. 명색이 사신(四神)이라는 것들이… 내 충실한 천수(天帥)라는 것들이 내 뜻을 어기려고 발악을 하는 꼴이라니… 차라리 그때 너희들이 제대로 하기만 했다면, 내게 미련 따윈 버렸다면 나도 너희들도 이렇게 고통을 당하진 않았을 것이다. 어느 누가 너희들을 천계 최고의 천장이었던 사신이라고 생각할지… 하~ 너희들 표정 혼자 보기 아깝구나."

나는 거침없이 그들에게로 질책의 말을 쏟아냈다. 이들로 인해 망쳐친 일은 오랫동안 마음속에 묻어둔 비통한 분노를 거침없이 터져 나오게 하기에 충분했다. 그러나 누구도 변명의 말을 끄집어내지 않았다. 이렇게 도발했음에도 그들은 입도 뻥긋하지 않았으며 담담히 내 분노가 사그라들기를 기다리는 듯했다.

—닥쳐!

유일하게 내게 반항적인 태도를 보이던 적안의 봉황이 소리를 지르기 전까지는. 붉은 눈에 참을 수 없는 살의를 드러내며 나를 쏘아보는, 아름답지만 가까이할 수 없는 묘한 위화감을 갖춘 미모의 여인은 입술을 깨물며 씹어 내뱉듯이 외친다.

—닥치란 말이야. 당신이 뭘 알아? 당신은 그렇게 하고 죽어버리면 그만이었지만 남겨질 우리가 받을 고통은 생각해 본 적 있어? 우린 당신을 위해 모든 걸 바쳤어. 천계의 그분께 대항해 당신과 함께 이단(異端)의 낙인을 받았지만 그래도 우린 당신이 곁에 있어서 만족했었다고. 안도했었어!! 그리고 당신을 진심으로 따랐었다고! 그런데 당신은 그 망할 것을 위해 금지된 문을 열고 당신이란 존재를 갈가리 찢어버리려 했어. 그 오만한 위선 덩어리 인간을 위해서!! 왜 당신이 그런 대우를 받아야 했는데! 당신이 누구였는데! ‘그분’ 환천(桓天)님의 가장 사랑받는 아들이었던 환웅(桓雄)이 바로 당신이었어. 인간을 사랑하기 전까지 당신은 하늘의 지존이 될 존재였단 말이야! 인간을 사랑하기 전까지는… 무엇보다 고귀했던 당신이 모든 것을 버리면서 사랑했던 그들이… 지금 당신께 어떤 짓을 하는지 봤어? 난 그것들을 죽이고 싶었던 걸 참고 이곳에 온 거란 말이야! 수천 년 동안이나. 반만 년 동안이나 참아온 분노를 토해낸다면 나도 우리들도 당신과 비교될 게 없단 말이야!”

무슨 일이 있었는지 곳곳에 심한 상처로 얼룩진 그녀였지만 독기는 여전했다. 살짝 깨문 입술에는 희미한 피가 배어 나왔다.

　─당신을 찬양한다고 세운 날… 개천절(開天節). 하늘이 열린 날? 하, 말뿐인 날이지. 누가 진정으로 당신에게 고개를 숙이고 찬양할까. 거짓된 가식과 위선으로 벌어지는 형식적인 천신제(天神祭). 그래도 당신을 잊지 않은 것만으로도 다행이라고 생각하고 버틸 수 있었지. 하지만 당신 알아? 당신이 사랑했던 인간들이 당신의 석상에 해댄 일을. 아주 멋지더군. 우상 숭배라는 같잖은 이유를 붙여 당신 석상의 목을 잘라 버렸다고! 당신이 그들에게 바친 목숨의 대가도 모르면서! 나는 그것들 모두를 영혼도 안 남기고 태워 죽이고 싶었어!! 당신의 희생도 모르고, 당신이 그들에게 준 땅의 윤택함도 망가뜨리면서!! 난 참을 수 없었어. 특히나 당신의 계획을 알고 나선 더욱! 그래서 당신을 따라 이곳에 왔어. 그 땅에서 실패했으면서 다른 세계에서는 가능할 거라고 생각하는 거야? 아직도 그것들을 믿는 거냐고! 당신이야말로 말해 보란 말이야!!

　발작하듯 소리치는 그녀에게, 너무나도 당연한 것을 내게 묻는 그녀의 모습에 나는 키득 웃고 말았다.

　그리고 나는 알 수 없는 서글픔으로 이렇게밖에 말할 방법이 없었다.

　"넌 내가 예전에 그분께 했던 말을 잊은 거냐? 나는 그들을 믿는다. 비록 그들 스스로가 만든 오욕(五慾) 속에 파묻혀 파멸해 갈지라도… 나를 잊었다고 하더라도… 절대 그들을 버리지는 않을 거다."

　서글픔이 배어 나온다.

　나의 마음을 알아주지 못하는 저들이 한없이 원망스럽기만 하다. 그리고 아직도 미련을 버리지 못한 나에게도…….

　그래도… 파멸할지라도… 나는 그들과 함께한다. 그래, 그게 내 선택이다.

"미안하다… 너희들에게 정말… 미안할 뿐이다."

한없이 시려오는 가슴을 다잡으며 나는 차마 눈물을 쏟지 못했다. 그저 그렇게 끊임없이 속삭일 뿐… 나의 선택이 잘못된 것이 아니길 빌며…….

그렇게… 속삭이고만 있을 뿐이다.

그리고 나도 그들도 계속 침묵했다.

윤과 륜은 이미 내 답을 알고 있었다는 것처럼 쓸쓸한 미소를, 그리고 '미르' 는 더욱 살의를 피어 올리며 나의 결정에 말없이 반발할 뿐 그들도 나도 서로를 바라보며 어떤 말도 할 수 없었다.

그런데 어째 좀 서늘하다는 느낌을 받은 나는 순간 들려온 음성에 풋 웃고 말았다. 웃을 때가 아님에도 불구하고 그렇게 나직한 웃음이 터져 나왔다.

"…저 녀석들이… 여긴 왜 있는 거지?"

"……."

아, 그를 잊고 있었다.

내 품속에 있는 마신(魔神)을…….

그의 몸속에서 배어 나온 적의는 호흡하는 공기 속에 완벽하게 녹아 든 지독한 살기(殺氣)로 화한 채 윤들을 쏘아보고 있다.

당장이라도 찢어 죽일 듯한 살기를 풍기면서 광분하여 날뛰는 유논과는 달리 당사자인 나와 신수들은 더없이 차분하게 그를 바라보고 있을 뿐이었다. 그때의 일을 아직도 기억하고 있었다손 친다면 훗, 저렇게 길길이 날뛸만도 하다는 공통적인 생각을 하면서.

아간 어째 못 알아보나 했더니만 이성을 잃어서였던 것 같다.

그가 살기를 숨기지 않은 채 자리에서 일어난다.

"말해 봐."

그리고 보랏빛 눈동자는 아무 말도 없이 있는 나를 향한 채 그의 손끝은 그들을 가리키며 당장 설명해 보라는 무언의 압력을 보냈지만 나는 미소를 지을 뿐이다.

아무런 감정도 담기지 않은 그냥 웃음.

청룡을 비롯한 사신들은 그런 그의 이유있는 살의를 즐기듯 서 있을 뿐이었고 나는 그들의 중간에서 그저 관망하고 있을 뿐이었다.

그러다가 문득 차가워져 가는 그들의 분위기가 왠지 사생결단을 낼 것 같아 일부러 장난스러운 표정을 숨기지 않은 채 입을 열었다.

"무후후후~ 그렇게 뜨거운 눈길을 보내는 걸 보니 마음에 드나 봐? 내가 소개시켜 줘?"

"지금 네 입에서 그 딴 말이 튀어나와?! 사실대로 말하지 않으면 죽여 버릴 거야. 말해!"

내 말에 한순간 붉어졌던 유논이었지만 곧 시끈덕거리는 말투로 항의하듯 소리쳤고 나는 그런 그를 침착하게 바라보며 어느샌가 침묵하고 있을 뿐이었다.

"……."

"왜 대답을 못하는 거야!!"

당연히 이런 내 태도에 불안한 듯 연신 굴리던 유논의 보랏빛 눈동자가 내게 닿으며 고함을 질렀고, 내실 안은 공작 이하의 모든 이들이 외침과 동시에 터져 나온 그의 살기에 놀라 반사적으로 몇 발이나 물러섰다.

순간 튀어나온 유논의 거친 어투에 나는 한순간 미소를 지었다.

내게 쏟아지는 이유없는 추궁이다, 저건. 나는 대답할 필요성을 느끼지 못했다.

다만 다시금 미소 지으며… 의미없는 미소를 지으며 그저 그렇게 관망할 뿐.

"왜… 저들이 여기 있느냐고. 빌어먹을! 진, 말해 봐. 내가 생각하는 게 잘못된 거라고 말해 보라고. 장난이라고 그렇게 말해 달란 말이야!"

내가 숨을 힘겹게 내쉬는 순간부터 어쩔 줄 몰라 하던 유논은 이미 사라지고 바이올렛 눈동자에 가득 살기를 피워 올리며 그 살의에 걸맞는 지독하게 광분하는 고함 소리가 내 귀를 강타했다. 집요하고도 거친 울림을 토해내 내실 안을 샅샅이 휘저으며 폭주한다.

"젠장, 너희들이 왜 여기 있는 거지? 아무나 말해 보라고. 당장 너희들을 죽여 버리기 전에!"

내가 대답이 없으니 곧장 화살이 저들에게로 향한다. 하지만 아무도 대답이 없다. 대답할 수가 없는 거다. 너무도 당연한 것을 묻고 있는 그에게 희미한 격동이… 지독한 광분이 암울한 그의 눈동자를 타고 나에게 닿았다.

"어……."

뭐라 내게 말했다. 하지만 나는 알아들을 수가 없었다.

너무도 나직한 속삭임이기에…….

그리고 그 속삭임의 정체를 알지도 못한 내게 극도의 분노를 띠며 나를 바라보는 유논이 보였다. 거친 야수와도 같은 적의가 내게 쏟아졌다. 거칠고 암울한 그의 눈동자만큼이나 검은 기류가 터져 나오며 일순간 신수들을 덮쳤다.

윤을 비롯한 다른 이들은 급히 자리를 떴지만 한순간 당한 공격인 탓인지 멀리 되튕겨져 나갔다. 내게 모든 신경을 집중하고 있던 탓이기도 했지만 갑작스런 그의 공격에 분노한 윤과 다른 신수들이 나를 바라보고 있었다.

당장 명령만 떨어진다면 그를 죽여 버릴 듯 순수한 신기를 사방으로 퍼뜨리며 나를 바라보고 있었다. 하지만 유논은 그들에게 아랑곳하지 않은 채 나만 응시하고 있었다.

나도 그러했지만…….

차랑—

그의 몸을 두른 시슬의 떨림이 들려왔다. 분노로 인해 극도로 차가워진 이성을 드러내며 야수처럼 울부짖는다.

"용서 못해! 저들 모두 죽여 버릴 거야—!!"

그의 처절한 울림에 나는 질끈 눈을 감아버렸다. 내가 유일하게 기대하고 또 그 기대를 무너뜨렸던 오천 년 전의 후회스러운 과거…….

그리고 천 년 전 한없이 시리기만 한 나의 과거를 그의 울부짖음을 통해 그렇게 떠올려졌다.

"죽여놓고… 그렇게 죽여놓고… 왜 그의 앞에 있는 거지? 너희들이 죽여놓고… 왜 그의 앞에 있는 거지? 너희들이 왜!! 진을 죽인 너희들이 왜 여기 있는 거냐고!!"

아직도 헤매고 있었다.

과거의 기억 속에서…….

천 년의 과거… 단편적인… 모든 것이 확실치 않은 과거의 기억 속에서 허덕이는, 그리고 고통스러워하는 어린 반려를 그저 슬프게 바라볼 뿐이었다.

　　　　*　　　　　*　　　　　*

술렁거리는 내실 안의 분위기가 나를 옭아맨다.

말 그대로 경악… 불신의 표정들…….

유논이 흥분했던 모양이다.

잊고 있었던 신력을 쓸 차례인 것 같다. 내가 지금껏 몸속 깊숙한 곳에 묻어두었던 기류가 뻗어져 나왔다.

언령이 구현된다.

마법도 필요없는… 나의 힘…….

언령(言靈).

천존(天尊)의 힘이 여기서 발현된다. 쇠사슬이 촤르륵 떨린다.

이 힘은 누구도 피할 수 없다.

풀썩 하는 의성어와 함께 내 품에 쓰러지듯 엎어져 서서히 감겨지는 보랏빛 눈동자는 나의 행동에 화가 난 듯하다. 하지만 나는 그의 표정을 보며 피식 웃고 말았다.

난 널 몰라… 내가 기억하는 건 단편적인 너에 대한 지식뿐…….

어린 꼬마야… 잠시 잠들어 있으라고…

모든 것이 정리될 때까지…….

잠시 잊으라고…

그 일은 과거의 일이니…….

그리고 그렇게 화를 내려거든 나중에… 내가 그 일을 끝낸 후에 화내라고… 아직 내가 할 일로 친다면 그때의 일은 일도 아니니까.

"훗."

나는 빙긋 웃으며 나의 가신들에게 시선을 돌렸다. 굳어진 표정으로 나를 응시하는 저들에게 나는 무어라 말해야 할지 고민스럽다.

설명을 해줘야 할 텐데…….

"하아……."

그런데 왜 갑자기 과거의 일이 떠오르는지 모르겠다.

내가 장수였던 시절… 그리고 영진이었던 시절… 그리고… 하늘이 전부였던 그때 내가 필요한 건 뭐였을까…….

과거의 나는… 무엇을 위해…….

나를 잊을 것이 분명했던 그들을 위해 왜 이단의 길을 자청했던 걸까…….

…이해할 수 없다.

"후훗."

갑자기 하늘이 그리워졌다.

푸르른 내 마음을 깨끗이 씻어주던 나의 하늘이…

고향의 하늘이……

…그립다…….

과거를 후회하며, 현재를 살며, 미래를 개척하는 존재.

부족함을 넉넉함으로 바꿀 줄 아는 지혜를 가지고, 어리석을 정도로 저돌적인 성품을 가지고, 현명함보다는 찰나의 감정에 집착하며 약하기에 위선과 가식으로 둘러싸고서야 마음을 드러내는, 누구도 이해할 수 없고 이해할 수도 없는 부조리 속에 살아가는 존재.

모두가 미워했지만 그속에 담은 애틋한 감정이 살아 숨 쉬는 자유분방한 일족.

그 일족을 사랑한 건 나…….

그리고 파멸로 향할 것도 나…….

그래도 나는 마지막 꿈을 그리고 있다.

그들 속에서 다시 존재하기를 나는 바란다.

이제 더 이상 센티멘털해지는 건 싫다.

그런데 왜 자꾸만 눈물이 나오는지… 이제 지쳤다. 나는 고개를 내저으며 지금의 심정을 잊기 위해 노력했다.

나는 내가 뿜어내는 언령의 기류에 점차 고요해져 가는 내실을 둘러보며 당연한 수순처럼 그들을 바라보았다.

내 곁에서 오랫동안 지켜온 사신들을…….

그리고 나도 모르게 그들에게 의문 어린 말을 속삭였다.

"내가 아닌 나의 기억이… 나를 괴롭혀… 기억하고 싶은데 기억하고 싶지 않아. 그런데도 알고 싶어… 이 모순적인 감정이 과연 누구의 감정일까? 다만 돌아가고 싶어… 그곳으로 돌아가고 싶어……."

청룡의 심유한 눈동자가 흐려진다.

그가 울고 있다.

겉으로 차마 드러내 보이지 않고 있지만 그는 처절한 절규를 토해내고 있었다.

그리고 나는…….

"당신은 돌아갈 수 없습니다. 이미… 당신은 그걸 각오하지 않으셨습니까… 나의 왕이여……."

아아…

앞이 잘 보이지 않는다.

뭔가 고인 것처럼…

방울진 물이 고여 뺨을 타고 흘러내린다.

내가 울고 있는 건가?

이곳에서…….

하늘만이 전부였던 시절의 기억이 나를 괴롭히고 있었다.

그 짧은 기억이…

아마… 나는 울었던 것 같다.

너무도 비통하게…

무너질 듯한 가슴을 부여잡고 통곡을 했던 것 같다.

그런데 나는… 왜 울고 있는 걸까?

무엇이 서러워서…

돌아갈 수 없음이…….

그곳으로… 나를 거부해 버린 그 땅으로… 하지만 그래도 나는 그곳을 사랑했다.

내 기억 속에 희미하게 남은 단어…

'아사달'을…….

그곳으로 나는 돌아가고 싶다.

제14장

붉은 사막의 땅

위대하신 아무하드 '라' 가 이르되…

너… 자랑스런 사막의 전사들이여,

내가 진정으로 그대들에게 이르노니…

살아생전에 미련을 남기지 말 것이며

사막의 가혹한 법칙 아래에서

나의 계율을 지키며 살지어다.

그 증거로 그대들에게 나의 현신을 내리노니…

그의 이름은 '아메노카르'.

그 이름을 이은 자가 곧 나이며

그가 붉은 이 사막의 지배자가 되리라…….

『대륙 역대기』 제30장

사막의 '아메노카르' 에 대한 신학편 中 발췌.

1

붉은 사막의 땅

수면은 행복하다.

낮 동안에 잃은 생기를 회복하며 새로운 아침을 맞이하기 위해 당연한 생존의 본능적인 행위. 하지만 그에게 있어 그 당연한 행위가 두려움으로 다가온 게 언제쯤이었을까.

기억조차 나지 않았다. 희미하게 짐작할 수 있는 건 그가 스스로의 자각이 가능하고, 또한 그것을 받아들였을 때부터일 것이다.

희미한 원망의 소리가 그를 괴롭히기 시작한 것은…….

그는 잠자는 것이 두렵고 공포스럽기만 했다. 하지만 지금 그는 편안한 잠에 빠져 있다. 근래에 수면은 그에게 정신의 안정과 생기의 원동력이 되어주고 있었다.

꿈속에서 그는 본다.

자신을 향해진 희미한 원망이……

그것으로부터 자신을 감싸는 갈색의 투박한 형태의 나무토막을…….

충만한다고밖에 느껴지지 않는 그 빛의 덩어리 속에 그는 오늘도 잠이 들었다. 빛의 밖에서 원망과 분노를 삼키고 있는 시커먼 그 무언가의 독기에 대항하며 그는 평온한 안식으로부터의 초대에 응하고 있었다.

그리고 이른 새벽녘.

아직 잠 속에 빠져 있을 이른 시간 익숙한 방 안에서 잠에서 깬 한 인영은 신께 모든 만물의 밤을 주어 휴식을 취하게 한 사막을 지켜주는 밤의 왕이며 달의 군주인 '라'에게 감사의 인사를 올리며 오늘도 육신의 평온함과 보람될 하루이길… 자신이 자신임을 잃고 날뛰지 않게 되길 진심으로 바라고 바라며 그는 조용히 옷을 걸쳤다.

푼트 국 왕자인 '아민 라 마하트라'는 그렇게 아침을 시작하고 있었다.

푼트 왕국.

끝없는 사막과 높이 솟은 태양만이 전부인 이 땅에 세워진 사막 왕국의 수도 엘 라 피야크(라의 땅)에 세워진 왕궁은 오전의 이글거리는 태양이 떠오르기 전 이른 새벽부터 시작되고 있었다.

낙타의 투레질 소리와 왕성을 오가는 이들의 손길이 바빠지는 새벽의 풍경은 평화스럽기만 하다.

"소레만!"

그 평화스러움을 가로지르는 한 남자의 고함 소리만 아니었다면 말이다. 왕성 복도를 빠른 걸음으로 지나치며 누군가의 이름을 외치는 저 남자.

소위 남자답다는 말이 어울릴 정도로 준수한 용모를 지닌 20대 중반의 남성. 사방을 압도하는 지배자에게나 나올 법한 강렬한 위압감과 존재감은 누구라도 고개를 숙이게 만들 만큼의 힘이 느껴졌다.

왕성에 있는 이라면 누구도 그를 모를 리 없으리라.

현 아메노카르의 적장자이며 사막의 전사다운 유능함과 과감함을 갖춘 푼트 국의 젊은이들이 '칸' 이라고 부르길 주저하지 않는 사내 아민 라 마하트라.

알 수 없는 병으로 미치광이라 불려야 했던 왕자의 등장에 왕궁의 하녀들은 황망히 자리를 떠야 했고 전사들은 그의 발작을 대비해 당장이라도 달려들 준비를 해야 했다.

그런 주위의 사정에 이미 익숙해져 버린 왕자 아민은 쓴웃음을 지으며 그의 '아무가드' 인 소레만을 소리쳐 부를 뿐이었다.

흐릿한 형태로 소리없이 모습을 드러낸 중후한 인상의 노인.

"칸 라 하마느 슈마(경외하는 '라' 께 경외를). 부르셨습니까, '카흐람' 이시여."

소레만은 무뚝뚝한 얼굴에 한 가닥의 경의를 드러내며 고개를 숙였다.

"불렀으니 그대가 내 앞에 왔겠지. 그보다 왜 이렇게 늦었는가, 소레만?"

"늙은 종의 나태함을 용서하시길… 만물의 휴식을 취하라 주신 숙면에 너무 깊이 빠져 '카흐람' 의 부름을 듣지 못하였나이다."

"…솔직해서 좋구나. 하지만 나의 '이무가드' 라는 자가 그 의무를 나태하게 했다는 것은 분명 잘못된 일. 반성하라."

"네, 카흐람."

엄중한 말이었지만 그 속에 담긴 형식적인 답변을 해야 하는 짜증감으로 일그러져 가는 것을 모를 리 없는 그다.

다른 왕족 같았으면 복잡하기만 한 왕실 법도로 이런 일로 서론만 하더라도 30분을 잡아먹었을 텐데 아민은 그저 한마디로 끝내고 걸음을 뗀다. 형식적인 것을 거부해 왔던 자유로운 사막의 전사들의 표본이라 할 수 있는 그의 주인의 몸과 발언에 배어 있는 행위에 소레만은 입가에 미소를 살짝 띠며 앞으로 발을 디디는 아민에게 몸을 옆으로 비켜섬으로써 길을 내어준다. 여느 때와 마찬가지로 시작된 아침이었다.

그리고 아민의 이무가드인 소레만은 오늘 아침 아민이 해야 할 일들을 차분한 태도로 나열해서 말하기 시작했다.

"우선… 해서… 한 다음에… 어쩌고 하시고… 그 뒤 간단한 식사를 하신 뒤… 하시면 됩니다."

윗말은 시간상 축약하고 또 축약한 것이라는 말은 굳이 설명할 필요도 없을 것이라고 믿는다. 하지만 중략의 홍수 속에서도 끝없이 이어지는 일의 나열에 아민은 벌써부터 질린 표정이다. 그러다 입을 열라 치면,

"좀 줄여주면……."

신음성마저 느껴지는 어투로 말하지만 소레만의 눈빛은 가차없다.

"이것도 많이 줄여드린 겁니다. 아메노카르가 되실 분께서 이 정도로 앓는 소리를 하시다니요. 카흐람의 부친께서는 매일 그것의 두 배나 되는 일을 하십니다. 혈기도 왕성하신 분께서 앓는 소리는 금물이지요. 자, 안색 펴시고 우선 내실로 가서야 합니다. 아메노카르께서 왕자님께 위임해 두신 일이 이미 넘칠 만큼 쌓였으니… 그리고 부족장들

이 왕자 저하께 그들에게 속한 부족들에 대한 보고를 위해 기다리고 있을 겁니다. 좀 드문 일이지만 아루 왕자님도 그 자리에 오신다 합니다."

그리고 아침에 우선적으로 해야 할 일에 대한 것을 설명해 나간다. 하지만 좀 민감한 사안인 듯 조심스럽게 말을 했지만 아민 왕자의 입가에 쓸쓸함과 복잡한 번민이 담긴 분노가 띠어졌다.

"부족장들은 그렇다 치더라도 아루라니… 골치 아파지겠어. 미치광이와는 일절 아는 척도 하기 싫다더니… 그 녀석이 얼굴을 들이민다고? 하아… 훗, 녀석도 고생이겠군. 안 그런가, 소레만? 이 미치광이 형님을 기다리느라 얼마나 노심초사할까… 하하하하……."

"카흐람이시여!!"

숙였던 고개를 순간 들며 질책하듯 날카롭게 소리친다.

"잊으셨습니까? 카흐람께서는 아메노카르의 자리를 지임받으신 '라'의 핏줄이며 현신이십니다. 그런 발언을 입에 담으시는 것은 추호도 없으셔야 합니다. 그건 병이었습니다. 잠시 '라'께서 당신의 인덕을 확인해 보기 위하신 시험이셨고 당신은 그것을 이겨내셨습니다. 카흐람 라의 축복을 받으신, 후일 사막의 왕이 되실 분으로 당신은 선택되신 겁니다."

"병이라고? …정신을 잃기만 하면 사람을 죽여대던 내가? 그리고 선택? 하하, 여지껏 그대에게 들어온 어떤 말도 지금의 헛소리보단 나을 거야."

"카흐람!!"

소레만의 표정없는 얼굴은 자신의 말에 복잡해하는 감정이 노골적으로 드러났다. 그 얼굴을 마주하며 아민은 조소했다. 그것이 시험이었다고? 그건 유린이었다.

아민의 심정으로는 그러했다.

'라'라는 자신이라는 존재를 인식하기 전부터 믿어온 절대자가 시험이라는 명목으로 나락까지 자신을 끌어내리며 마음껏 조롱하고 유린했다.

어둠 속에서 누구도 돕지 않는 지독한 공포 속에서 그는 몇 번이고 신의 이름을 부르며 도움을 구했지만 신은 결정적인 순간까지 나타나지 않았다. 오히려 신에 대한 부름이 애닯아지고 처절해질수록 미쳐가는 그의 정신…….

그건 신의 시험이 아닌 신에게 도움을 청하는 약한 인간에 대한 흥미이리라. 절망의 끝에 몰린 인간이 발버둥치며 괴로워하는 모습을 보고 즐거워하는 것이 신이다.

"진정 '라'께서 그것만으로 나를 위하시고 선택하신 것이라면 나는 나를 선택하신 '라'에게 당신의 혈족으로서 모든 것을 거부하고 싶다 말하고 싶은 게 솔직한 내 심정이야."

신에 대한 믿음으로 도움을 원했지만 그는 거부당했다.

아민은 더 이상 '라'는 믿되 절대적으로 찬양하진 않았다. 단단히 닫혀진 그의 마음에 소레만의 암갈색 눈동자가 안타까움을 띤다. 오랫동안 사막을 누벼온 전사 소레만은 아민 왕자의 약해진 심성에 조금 안타까운 느낌이 들었다.

그의 눈에 비추어지는 아민의 눈동자는 비록 당당함을 가지고 있다지만 그 눈 깊숙한 곳에 서린 찌들린 피곤함과 고통은 그의 마음속에 고스란히 비춰지고 있었던 것이다.

벌써 3년째다, 스물둘이었던 혈기 넘치는 사막의 매가 이상한 정신병을 앓기 시작한 것은.

현 아메노카르인 무하드님과 정비이신 신다아에게서 태어난 아민은 적장자이며 태어날 때부터 많은 주술자들에게 나라를 부강시킬, 현군이 되실 존재라 입을 모아 예언한 데다가 사막의 샤먼들의 장이며 예언가인 '자하칸' 에게서 '라' 의 은총까지 받은 유일한 왕자였기에 그 기대가 남달랐었다. 그 기대에 부흥하듯 그는 타고난 전사였으며 왕으로서 자질을 드러냈다.

국내의 유명한 '유마(문관)' 들로부터의 찬사와 전사로서 받은 부족장들의 충성 맹세. 특히 사막 곳곳에 퍼진 부족장들에게 용맹성과 과감함으로 인정받아 현 아메노카르로부터 총애를 받았지만 끝까지 고개를 숙이지 않았던 용장이며 푼트 국 전사라면 한 번쯤 흠모했을 '마지아드' 의 충성을 받아냈을 정도로 그의 능력은 출중했다.

그것도 순수하게 검술로 그를 꺾고서 말이다. 그의 명성과 실력은 전사로서, 지배자로서의 위엄을 갖추며 점점 그의 세력을 돈독히 하는 역할을 했고, 그가 스무 살이 되던 해 아메노카르로부터 다음 왕위를 약속한다는 의미로 '카흐람(왕세자)' 의 이름을 허락했다.

모든 것이 탄탄대로였던 그에게 3년 전의 병이 닥친 건 불운이라고 밖에 할 수 없었다.

어느 날부턴가 갑자기 시작된 발작.

처음에는 아무렇지도 않게 여겼지만 고작 며칠 사이에 분명 광기로밖에 볼 수 없는 행위로 변해간 것이다. 사방에 지나가는 모든 것을 죽이고 사람들이 보는 앞에서 여자를 겁탈한 뒤 죽여 그 시체를 씹어 먹는 등 도저히 제정신이라 할 수 없는 행위가 시작된 것이다. 마치 무엇에 홀린 것마냥……

　의식이라도 잃었다면 이렇듯 괴롭지라도 않을 텐데… 오히려 또렷한 정신으로 아민의 몸을 이리저리 휘두르는데, 머리는 원치 않고 몸은 그런 외침을 거부하는데 피를 갈구했고 그 피의 갈구는 살육으로 이어졌다.

　아민은 그 당시만 하더라도 거의 미쳐 있었다.

　그의 아버지 무하드 또한 돌연한 왕자의 발작에 주술자들이며 치유사들을 몽땅 불러 치료를 해보려 노력했지만 그의 병은 점차 깊어지기만 했다. 사람의 정신을 홀리고 육신을 유린한다는 고문서에서나 나오던 사령(邪靈)이라는 것을 사막 부족들 간에는 암암리에 믿고 있었고, 그것에 대한 퇴치법도 어느 정도 남아 있어 최후의 수단으로 부르기도 했다.

　물론 주술사들을 이용한 방법도 처음에는 괜찮았다.

　사막에서 내려오는 사령을 쫓는 방식으로 아민의 온몸의 라의 전언을 써넣고 그가 지내는 거처가 사문(死門)이라 하여 태양 빛이 가장 잘 드는 동녘으로 거처도 옮기는 간단한 치료였다. 그래도 초반에는 치료가 먹혀들기도 했다. 하지만 이내 내성이라도 생기는지 왕자의 상태가 점차 더 악화되어져 가는 것이었다. 살육의 강도도 강해져 갔다. 더욱 기세를 더해가는 그것에 처음에는 정신력으로 버티려 했지만 며칠 괜찮다 싶다가 갑자기 튀어나오는 야수와도 같은 광기는 사람의 연약한 정신력으로는 도저히 버티기 힘들었던 것이다.

　그때부터였을까… 아민이 스스로 왕궁 밖으로 떠돌기 시작한 것은.

　이상하게 왕궁 안에서는 광기를 뿌려댔지만 왕궁을 벗어나면 간간이 발작을 하더라도 상태가 그리 심하지 않고 악몽만 조금 꿀 뿐 이렇다 할 문제는 없다는 것을 알고는 더욱 왕성에서 체류하는 기간이 짧아졌다.

　아무도 그를 잡지 않았고, 누구도 미친 그에게 죽고 싶지 않았으니까. 물론 아민도 그런 걸 다행스러워했지만 소레만은 언제나 강인해 보였던 주인이 자꾸만 약해져만 가는 모습에 안타까워 항상 곁에 있어 주었다. 자꾸 삐뚤어져만 가는 그의 모습에 소레만으로서는 바라볼 뿐 그 어떤 방법도 없었다.

　소레만은 살짝 미소를 지으며 주인에게 힘있게 말했다.

　"이제 카흐람께서는 병색이 다 나으셨습니다. 벌써 넉 달째 더 이상의 악몽도 발작도 없지 않으십니까? 이 모든 것이 '라' 의 보살핌과 은덕이십니다. 그러니 부디 '라' 를 거부해선 안 됩니다, 카흐람이시여. 당신은 '라' 의 현신이시니까요. 그것은 스스로를 부정하는 것입니다."

　항상 무표정한 그였건만 이런 말을 하는 그의 목소리는 깊은 기쁨과 환의에 떨리고 있었다. 소레만은 진정으로 라에게 감사의 말을 읊조릴 정도로 그는 아민의 회복에 감격하고 있었다.

　하지만…….

　"……."

　그게 아니다.

　'라' 의 보살핌도 있겠지만… 또 다른 뭔가가 자신을 보호해 주고 있다고, 아민은 진심으로 자신을 걱정해 주는 소레만을 바라보며 차마 크게 말하지 못하고 속으로 중얼거렸다.

　그리고 무언의 압박감이… 말해서는 안 된다고 말하는 마음의 짓눌림으로 아민은 입을 다물 수밖에 없었고, 어느 순간 그의 손이 자신의 목에 걸린 투박한 형태의 나무를 살짝 감싸 쥐었다.

　그가 준 나무토막…….

"아무런 해도 없을 테니 몸에 지녀요. 이걸 몸에 지니고 있으면 편히 잠을
잘 수 있을 거요, 왕자."

"더 이상의 악몽은 꾸지 않을 거요."

"절대로 빼지 않길 바라겠소."

사막의 순수한 검은 하늘을 보는 듯한, 흑발을 가진 냉엄한 푸른 눈
에 넘칠 듯한 여유를 품은 유순함과 내면 깊숙한 곳에 숨겨진 야수
의… 눈앞에 먹이를 둬 잔혹함을 띤 맹수의 눈을 가진 황제라는 이름
이 너무도 잘 어울렸던 제국의 지도자.

그가 준 이것…….

크리아디아 공국의 사신들과는 형식적인 문답을 나누고 자신에게
당연하다는 것처럼 다가와 황제인 그가 직접 건네준 나무토막. 국가
간에 주는 선물이라면 화려하게 장식된 세공품으로 생각했던 그에게
이 나무는 물론 의외였다.

왕궁 내에서도 쉬쉬 하던 자신의 상태를 단편적이나마 알고 있다는
사실에 놀랐다. 뭔가 미심쩍었지만 그 자리에서 거절할 수는 없어 들
고 왔다.

그리고 아는 주술사에게 부탁해 목걸이에 대한 것을 조사시켜 봤다.
하지만 그것은 저주나 뭐 자신이 걱정하던 종류의 것이 아닌 단순한
소장품이라고 했다.

아민은 나무를 목에 걸지 못한 채 잠시 고민했다. 대륙의 강국이며
알려지지 않은 비밀이 많았던 황실에서 전해지는 마법 아이템이 아닐
까 하며 기대했던 왕자로서는 좀 어이가 없었고, 고작 장식품을 자신에

게 주면서 생색이란 생색은 다 냈던 황제의 모습에 울컥하기도 했다.

그래서 침대 한구석에 처박아두고 쳐다보지도 않았는데… 그날 하루 동안 바쁘게 돌아다닌 덕에 밤늦은 시간 침실로 돌아왔을 때는 목걸이에 대한 것을 까맣게 잊고 있었다.

악몽을 각오하고 발작이 일어날 것을 각오해 사방에 전사들을 풀어두면서까지 잔 그날 밤은 오랫동안 찌들었던 피로감을 완전히 쓸어내는 평온한 꿈속에 젖었다.

기억은 없지만 마치 어머니의 자궁 안에서처럼 완벽하게 보호되어지는 공간 속에서 아민은 자신 스스로도 놀랄 정도로 평온한 숙면을 취했다.

그리고 익숙한 새벽의 공기를 마시며 눈을 뜬 아민 왕자는 순간 몸이 굳어져 버렸다. 핏빛 눈동자… 날카로운 송곳니와 사람의 형상이라고는 볼 수 없는 일그러진 흉상들이 사방에 빼곡이 들어차서 원독이 가득 찬 눈빛으로 그를 내려다보고 있었다. 그 광경은 아민으로 하여금 적지 않은 공포를 불러일으키게 했다.

지독한 원한이 서린 눈동자로 당장이라도 그 날카로운 송곳니로 자신을 찢어 먹을 듯, 피 한 방울도 남기지 않고 마셔야 속이 풀릴 듯한 그 눈초리에 아민은 순간 굳었다.

너무 공포에 질린 탓일까? 비명조차 나오지 않았다. 용맹스러운 사막의 전사였던 아민이었으나 싸울 기력조차 잃었다.

기억으로 다가선 죽음에 대한 공포와 살고 싶다는 욕망은 그의 몸을 부자연스럽게 만들었다. 하지만 이어지는 광경은 아민으로 하여금 그 공포심을 잊게 만들기엔 충분했다.

어디선가 들려온 멜로디…

잔잔하면서도 부드러운 허밍…….

풀숲을 스치는 바람 소리인 듯 대지를 적시는 물소리인 듯 사라락 소리를 내며 부딪치는 나뭇가지들의 소리없는 교향곡이 울려 퍼졌다.

그리고……

우르릉― 콰과광!!

뭔가를 몰아낼 듯 강렬한 번개 소리.

더럽고 추악한, 허락되지 않는 존재에 대한 질책을 쏟아내는 듯한 천둥 소리가 울려 퍼졌다.

아니, 눈앞에서 벌어진 광경은 분명 그것이었다.

하늘을 가르고 내리꽂히는 가차없는 뇌격(雷擊), 그 붉은 존재를 꿰뚫으며 방 안을 진동시켰다.

아민은 그 믿을 수 없는 광경에 넋을 잃어야 했고, 강력한 진동에 순간 자신의 방 안으로 뛰어 들어온 전사들과 시녀들은 까맣게 타버린 방 안과 멍하게 넋을 빼놓고 있는 그를 발견할 뿐이었다.

그리고 그 나무의 위력이 그 존재로부터 자신을 구한 것임을 알게 된 것은 오래 지나지 않아서였다.

넉 달째.

나무에 의지하여 정신을 온건히 붙잡는지라 벌써 그렇게 시간이 흘러가 버린 것이다. 그리고 한 번의 발작도 없이 아민의 병세가 나아질 낌새가 보이자 기뻐하는 것은 줄곧 가슴앓이를 해왔던 그의 아버지, 어머니와 소레만이었다.

그 스스로가 그동안 겪어온 그 알 수 없는 뭔가로부터 완벽하게 보호당하고 있다는 것을 알고선 아민은 잠시라도 나무토막을 옆에서 떼놓지 않았다.

아민은 황제가 준 이것이 무엇인지 진정으로 궁금했다. 그날 이후 몇 번이나 그 이상한 것으로부터 그를 보호한 그 알 수 없는 힘.

다시 한 번 제국으로 가서 황제를 만나 묻고 싶은 마음도 있었다. 그런데도 가지 못하는 건 바로 '카흐람' 건 때문이었다.

요사이 갑자기 몸이 약해지신 아메노카르께서 왕위 계승을 위한 준비를 하는지라 그와 동생인 아루 간에 보이지 않는 암투가 시작된 것이다.

물론 그는 왕위에 관심도 없었다.

하지만 현실은 그런 그의 바램을 이루어주지 않았다. 아루에게도 분명 유능한 점은 있었지만 왕이 되기엔 부족했다. 인내력과 주색을 밝혀 부족 사회에 길들여져 잘 뭉치지 않는 사막 부족들을 한데 묶기에는 문제가 많았던 것이다.

아마도 그가 왕이 된다면 십 년 이내로 역대 아메노카르가 오랫동안 노력해 묶어놨던 사막 부족과 왕실 간의 신뢰를 한순간에 날려 버릴지도 몰랐다.

소소한 부족들로 이루어진 왕국인 푼트 국로서는 왕족과 부족 간의 신뢰가 사라진다면 그대로 붕괴하게 돼버릴 결속력 부족의 소왕국인 것이다.

게다가 믿음과 신뢰를 잃는다면… 전사로서의 강함과 권위를 우선으로 생각하는 부족들에게 있어서 약한 아메노카르는 필요없다는 불문율이 부족들 사이에 암묵적으로 이어져 오고 있었다. 또한, 그들이 원하는 이상적인 자를 내세워 왕실로부터 계승되었던 아메노카르를 부정하며 역대 아메노카르가 몇몇이 살해당한 전례도 있었다.

그만큼 푼트 국은 강함을 우선시했고 그들 자신에게 내려준 아메노카르의 강함을 인정하며 또한 약육강식의 사막에서 효과적으로 자신들을 보호해 줄 능력을 갖춘 이에게는 절대적으로 복종했다. 그런 면에서 아민은 왕위를 계승하기에 부족함이 없었다. 여기서 그의 뒤를 이을 후사까지 둔다면 더할 나위 없는 것이다.

아니, 지금으로써는 아민이 한시라도 빨리 후사를 얻어야 했다.

요사이 들어 잦아진 테프투스 왕국의 국경 난입으로 푼트 국은 소란스럽기 그지없었다.

테프투스 왕국이야 원래부터 그들과는 앙숙이었으니 서로 간에 신경전은 많았었지만 최근 들어 그들의 행보가 더욱 수상쩍기 그지없는 것이 푼트 국 백성들은 물론이요, 다른 왕국까지 사막을 주시하고 있는 형편이었다.

푼트 국처럼 이웃해 있지 않았지만 다른 왕국은 몰라도 제국에서마저 그들의 중요한 눈과 귀는 사막을 주시하고 있는 만큼 안 그래도 꺼림칙한 팽팽한 신경전을 벌이던 두 왕국은 테프투스 왕국 전사들의 갑작스런 난입으로 이레 전 국경 지대에 퍼져 살던 30여 부족이 학살당했다. 그 이후부터 사막은 불길하기만 한 전운이 감돌고 있었다.

게다가 오늘 내실에 부족장들이 몽땅 모였다는 것이 무슨 의미겠는가. 일 년에 한 번씩 있는 부족들의 생활사를 보고하기 위해 모였지만 실상은 카흐람인 자신에게 인사와 함께 그 속내에는 이번에 있었던 테프투스 왕국 전사들의 학살로 인한 복수를 위한 전쟁을 승낙받기 위함일 것이다.

푼트 국과 테프투스 왕국은 같은 뿌리에서 태어난 왕국이었기에 형식적으로도 서로 간의 왕국을 묵인하고 사신도 왕래했었다.

종이 쪼가리 형식이긴 했지만 평화 협상도 했다. 협상이 유효할 때까지는 서로에게 검을 나눈 적이 없을 정도였다. 물론 하층 전사들끼리는 자잘한 전투가 있긴 했지만 신경 쓸 정도는 아니었기에 그 정도쯤이야 서로 간에 암묵적으로 이해가 되고 있는 상태였다. 하지만 그들의 갑작스런 학살로 인해, 단 한 명의 생존자도 없는 그 살육 행위로 인해 이제 푼트 국 전사라면 누구든 분기탱천한 채 이를 갈게 되었다.

적대 관계이긴 했지만 그래도 서로 간의 평화를 유지해 오던 두 나라였는데… 아무 이유 없이 자행된 그 학살은 푼트 국의 전사들 모두에게 분노라는 단어를 심어주기에는 충분했다.

전쟁을 최대한 피하고 싶었던 아민은 당장이라도 전쟁으로 번질 만큼 감정이 고조돼 있는 푼트 국의 피끓는 전사들의 모습을 떠올리며 이번 일은 곱게 넘어가긴 글렀다고 여기며 쓴웃음을 지었다.

이번 테프투스 왕국의 학살로 인해 신생 부족 일곱이 희생되었다. 남녀노소 가리지 않고. 내실 안에 모인 족장들 모두는 자신의 혈족으로 이루어진 부족들에 대한 애정이 각별한데 족장들이나 전사들이 분기탱전해서 전쟁을 주청할 것이 틀림없었다.

왕위 계승 문제만으로도 적잖이 복잡한 문제를 가지고 있던 아민이었다. 그런데 전쟁이라니… 꼭 터진다는 건 아니지만 이런 상황에 전쟁까지 겹쳐진다면 아민, 그 자신이 겪어야 할 고생도 더해진다는 생각에 허용 수치를 넘어서 버린 머리 속은 발광 직전까지 몰려 버렸다.

게다가 지금 겉으로 드러난 외교적인 문제만으로도 아민은 미칠 지경이었다. 테프투스 당국은 푼트 국뿐만 아니라 여러 국가의 국경 지대를 집적거리면서 교묘한 속임수로 푼트 국에게 많은 악영향을 주고 있는 것이다. 로드 왕국이야 왕국이라고 볼 수 없는 약소국이었으니 그냥 넘어간다 치더라도 크리아디아 공국의 국경 도시를 난입해 음식을 약탈하고 부녀자를 겁탈하며 납치해 노예로 파는 등 할 짓 못할 짓 다 해놓고 흔적도 남기지 않고 도망가 버리는 거다.

그것도 딱 오해받기 십상으로 푼트 왕국 국경 지대를 우회해서 수도로 일직선으로 올 수 있는 '샨마르'로 와서 모습을 감쪽같이 숨겨 버려 푼트 국으로서는 테프투스 왕국이 벌인 짓을 덮어쓰는 이중고를 겪고 있는 것이다.

사실 아무리 흔적을 지웠다지만 일부러 그런 행보를 남기는 그들의 속셈을 다른 왕국도 모를 리 없을 테지만 외교적 우위를 점할 수 있는 절호의 기회인만큼 테프투스 왕국과 손발이 척척 맞아 푼트 국을 외교적으로 교묘하게 압박했는데 그것만으로도 푼트 국은 상당히 곤란한 지경인 것이다.

게다가 푼트 국이 가장 껄끄러워하는 상대인 크리아디아 공국―전에 있었던 영토 분쟁은 제국의 중재로 해결되긴 했지만 '달의 강'의 우선권을 가지며 푼트 국과 테프투스 국에 이것저것 간섭하며 자주성을 침범하여 많은 신경전이 있어왔던 공국―은 강이 그들의 영토 안에 있다는 이유로 여러 가지 국가상의 외교에 덜미를 잡혀왔으므로 항상 불편한 관계가 지속될 수밖에 없었다.

아메노카르이신 아버지는 지금 병석이 누워 계시고 대행자로서 아민이 지금 모든 일을 책임지고 있는데… 어떻게 좋게 마무리 지을 방법은 없을까?

아민은 걸음을 옮기면서도 내내 그 생각뿐이었다.

그리고 그 생각에 너무 열중해서인지 옆에서 소레만이 심각한 표정으로 뭔가를 골몰하는 아민을 걱정스러운 낯빛으로 바라보고 있다는 것을 몰랐다. 어리둥절한 표정으로 부르는 소리도.

"카흐람이시여."

조금 강한 익숙한 이의 음성.

아민은 귀가 쟁하니 울릴 만큼은 아니었지만 딴생각을 하느라 방심하던 중에 들은 탓인지 몸의 근육이 아주 잠시 동안 경직되었다. 몇 번이나 불렀던 모양인지 소레만의 낯빛은 조금 의아한 한편 굳어 있었다. 무얼 그리 생각하기에 몇 번이나 불러도 모르고 있느냐는 눈빛을 받은 아민은 조금 망설였다.

어차피 전쟁은 반발한다. 사실 그로서는 전쟁을 피하고 싶은 것이 솔직한 심정이었다. 사막의 전사였지만 전사라면 걸어온 싸움을 피해서도 안 되며 일방적인 승부가 아닌 비겁한 것으로 인해 당한 수모는 무슨 일이 있어도 갚아야 한다는 전사들의 마음을 생각한다면 이번 복수전은 의미가 있다. 소레만도 이번 사태에 대해서 알 것이다.

그리고 자신의 마음을 가장 잘 아는 것도… 또한 그만큼 모르는 것도 있는 것이 소레만이기에 아민은 솔직히 전쟁을 피하자고… 혹 그럴 방법이 없느냐고 묻고 싶었다. 하지만 그건 아니 될 말씀.

소레만 역시 전사다. 사막의 전사는 상대가 걸어온 전투를 피해서는 안 되는 것이라고 항상 누누이 자신에게 말해 왔던 이가 소레만이었고 그만큼 전사로서의 긍지와 자부심 역시 대단한 것이 그다.

아마도 아민이 복수전이라고 할 수 있는 이 전쟁을 피하자고 말한다면 소레만은 결단코 응하지 않을 것이다. 아민이 그의 주인이고, 또한 그가 자신이 내린 명령에 무조건 복종을 해야 하는 이무가드라지만 소레만은 소레만이다.

충실한 신하로서, 그리고 옳은 간언을 해야 하는 자로서 소레만이 아민, 그 자신이 전사로서 당연히 가져야 할 마음가짐을 저버리는 것을 허락할 리가 없다. 게다가 그 일이 발생한 후 복수심에 이를 갈고 있을 많은 부족장들이 와 있다.

자신이 반대한다고 그들이 아민의 뜻에 그냥 따라줄 정도로 호락호락하지도 않고 말이다.

그래서 약간 어리둥절한 듯 걱정스러운 눈빛을 한 채 자신을 바라보고 있는 소레만을 보며 더듬거리며 얼버무렸다.

"아아, 좀 신경 쓰이는 게 있어서……."

"무엇이……."

한참을 보고 있었던 모양인지 그의 눈동자에는 염려의 빛이 그득했다. 아민은 픽 웃으며 이제 막 떠오른 사막의 태양을 온몸으로 받아들였다. 거대한 무언의 빛, 자신의 몸을 구석구석 희롱하며 자극하는 그 묘한 감촉에 저도 모르게 길게 숨을 들이쉬었다.

그리고 애무하듯 다가오는 뜨거운 사막의 태양 빛에 순간의 충동을 이기지 못하고 머리를 두르고 있던 터번의 끈을 풀어버렸다. 그럼으로써 드러난 아민의 외향에 소레만은 당연한 것처럼 걸음을 멈추며 경외하듯 숭배하듯 읊조린다.

"경외하는 이여, 어서 터번을 다시 두르소서……. 위대한 현신께서 드러내신 풍모로 인해 태양의 신을 뵈옵는 영광을 누리게 하옵시면 이 늙은이는 두 발에 힘이 빠져 걸을 수조차 없사옵니다."

아민은 쓴웃음을 지으며 소레만을 말없이 바라보다 외면해 버렸다.

정말… 그에게만큼은 정말 듣고 싶지 않았던 말이었다. 좀 특이한 용모를 타고났다는 이유로 자신을 신이니 뭐니 찬양하는 족속들이랑은 다르길 바랐다.

하지만 소레만도 아민, 그에게 특이한 그것으로 특별 취급하는 것이다. 왠지 자신의 존재가 부정당하는 느낌에 아민은 심히 불쾌해하며 그에게서 시선을 돌려 버렸고 묵묵히 내실로 이어지는 복도를 걸었다.

그러다가 문득 왕궁 정원에 있는 연못을 지나게 되었는데 이렇다 할 장식도 없이 그저 관상용으로 놓여 있던 작은 나무 두 그루가 자연스럽게 그늘을 형성한 중간 크기의 연못은 그다지 크진 않았지만 아민은 연못 속에 비추어진 한 인영의 모습을 유심히 바라보았다.

적당히 햇빛이 그을린 구릿빛 피부와 함께 쭉 뻗은 키, 그 피부와 어울리는 회암빛을 띤 머리칼. 남성다움을 물씬 느끼게 만드는 굵고 뚜렷한 이목구비는 뭇 여인들의 마음을 사로잡기에 충분했다.

그리고 역광의 실루엣을 연상시키는 불꽃마냥 짙은 신비로움을 드러낸 레드 아이(Red Eye)를 바라보는 순간 연못 속의 비춰진 아민의 인상은 처참하게 구겨졌다.

…정말 지독하게 선명하게 비추어지는 붉은 눈동자다.

유일무이한 태양의 상징이며 사막의 신이며 일족을 수호한다는 '라'의 불변의 약속의 증거인 아민의 적빛의 눈은 타오를 듯 화려하게 그 붉음에 뚜렷함을 더하고 있었다. 또한 대낮의 사물을 선명하게, 그리고 균등하게 비추는 강렬한 태양의 빛처럼 말로 형용키 힘든 성스러움과 그 눈을 마주하는 동안만은 감히 범접하지 못할 위엄을 드러내고 있었지만 아민 그 자신에게는 거추장스러울 뿐이었다.

뽑아낼 수만 있다면 당장 뽑아버리고 싶을 정도로.

사막의 부족들은 붉은색을 숭배한다. 일체의 부정한 것을 인정치 않는 '라'의 유일무이한 힘의 상징인 태양을 숭배하듯 그들은 붉은 것을 좋아했다.

아마도 싸움을 즐기는 본성은 붉음에 광적으로 매달리는 그런 종족적 특성 때문인지도 몰랐다.

　그들이 숭배하는 선홍 빛깔을 사막에 뿌리며 그 붉음을 사랑하는 '라' 에게 바치는 유희와도 같은, 광기와도 같은 그 신앙심으로 이어져 통할 수도 있을 터이다. 어찌 되었든 붉은 것은 사막에서 살아가는 이들에게 있어서는 신의 상징이었다. 그 신의 상징을 아민은 타고났던 것이다.

　1대 아메노카르를 제외하고선 누구도 가질 수 없었던 이 신의 상징.

　평상시 일족과 마찬가지로 평범한 갈색 눈동자를 가진 아민이었지만, 조금만 신경 써서 바라만 보아도 그 속에 덧씌워진 붉은 빛깔의 동공이 태양을 반사해 내며 일견 광명해 보이기까지 하건만 아민의 일그러진 표정은 쉬이 펴지지 않고 있었다.

　오히려 짜증스러움과도 같은 부담감과 혐오가 그 눈동자의 빛을 거부하고 있었다.

　"젠장할……."

　더 보고 싶지 않았다.

　이것 때문에 그 자신에게 바쳐질 생명들, 그리고 그 생명들을 취해야 했던 자신을 저주해야 했다. 끝없이 자책하며 자신의 존재를 부정해야 했다.

　그렇지 않는다면 이런 것을 타고났다는 이유로 많은 생명의 무게를 짊어지진 않았으리라. 내가 원하지 않았던, 입 밖으로 내는 것조차 혐오스러운 그런 것들 모두가 내게 주어지진 않았으리라!!

　대체 이런 상징 따위가 무엇이길래, 어떤 가치가 있기에 모두 숭배해 마지않는 건지 이해조차 하기 싫었다.

　하지만 목까지 차 오른 말을 차마 입 밖으로 내지는 못했다. 지금은 이런 불만을 내뱉을 때가 아니었으니.

내실에 있을 일만으로도 골치 아파질 텐데 이런 사소한 고민 따위로 머리를 혹사시킬 필요는 없는 것이 아닌가.

게다가 자신이 이런 마음을 품고 있다는 것을 알면 왕족 중 누구라도 펄펄 뛰고도 남을 만큼 이 생각은 불손한 것이었으니 이런 불만은 가슴속에 감춰두고 있는 것이 낫다. 그것이 현실적으로 불란을 일으킬 요소도 가장 적었다.

어찌 보면 '카흐람'이 될 수 있었던 것도 이 빌어먹을 눈 때문이 아닌가. 무조건 배척하고 저주하고 있을 수는 없었다. 최대 한도로 이 눈을 이용해 자신의 기반을 다지고 또 힘을 넓혀야 한다.

그렇게 마음을 다지며 호수에서 고개를 돌려 버림으로써 끓어오르는 분기를 삼킬 수밖에 없었다.

게다가 아민에게 그것뿐만 아니라 요사이 좀 곤혹스러운 일이 생겼다.

바로 그의 후계 문제였다.

이미 아메노카르가 될 존재로 지임받은 아민이었으나 왕이 될 자로서의 당연히 얻어야 할 자식을 생산할 정비는 물론 후처마저도 없었다. 그의 기반을 다질, 왕세자로서의 안정을 요할 후사가 없다는 점에서 아민을 지지하는 세력들은 하루라도 빨리 그가 비를 맞아 아들을 얻길 입을 모아 한 목소리로 말하며 그를 재촉하고 있는 것이다.

그는 아직 비를 원하지는 않았지만 후보들마저 뽑아둔 상태였고 얼마 전에 두 명의 후보가 아민과 대면하기도 했다.

정비가 될 존재로는 '라'와 정신적 교류가 가능한 무녀들 중에 뽑는 게 정석이었기에 왕국 내에 알아주는 무녀가 이미 도착해 있었다. 사적으로는 부친이지만 대외적으로 사막을 이끄는 신과도 같은 절대적인 왕인 '무하드'가 직접 아들을 위해 뽑아둔 후보였기에 거절할 수도 없는 난처한 입장이었다.

물론 아민에게 흥미를 갖게 한 여인이 한 명 있었지만 사랑이라는 감정과는 달랐다. 그저 흥미였을 뿐.

'라'를 떠받드는 무녀들은 정결해야 하며 아름다워야 하다는 믿음 때문인지 지금껏 아민이 보아왔던 무녀들 중 아름답지 않은 여인이 없었지만 빼어난 외모의 무녀들 가운데 일견 평범함을 띤 그 여인… 추하지도 아름답지도 않았지만 눈을 끄는 이질적인 내면의 아름다움이 아민의 마음을 순간적이나마 사로잡았던 것이다.

게다가 그녀의 주위에 흐르던 그 성스러운, 마치 여신을 보는 듯한 기품과 우아함은 그 자리에 있던 어떤 여인들보다 돋보였다.

그리고 유일하게 아메노카르의 명을 거역하며 그 자리에서 아민의 아내가 되길 거부했던 여인이라는 점에서도 그러했다.

사실 아민은 여인의 거절에 조금 놀랐다. 그것도 아메노카르의 면전에 대고 확고하게 드러낸 거절의 의사는 그 자리에 있던 대신들에게 놀라움을 주기에 충분했다.

사실 사막의 여인들이, 특히 무녀들이 가장 원하는 것이 아메노카르와의 관계다. 그의 아기를 갖는 것을 영광으로 여기고 그와 작은 안면식이라도 갖는 것이야말로 자손 대대로 번창할 증거로 여겼다. 사막의 여인들은 물론 무녀들에게 있어서 그는 모든 기대에 부흥하는 신랑감인 것이다.

평범한 사막의 여인들도 그러할진대 무녀가 그것을 거절하다니 신기하지 않은가.

사막의 남자로서 여인에게 거절당했다는 것이 은근히 기분이 상해 그날 밤 몰래 그녀의 거처로 갔었다. 그리고 자신의 거부한 이유를 묻던 그 자신에게 던졌던 말, 정결하고 정숙해야 할 무녀의 입에서 나왔다고는 믿을 수 없을 정도로 괄괄했던 그 말투.

의도한 바는 아니었지만 아민의 입에서는 가는 웃음소리마저 흘러나왔다.

"…푸… 풋… 크… 크큭… 푸후흐흐……."

참아보려 했지만 이미 터져 나온 웃음을 주워 담기엔 무리한 일이었다.

오히려 웃음을 참으려고 뒤로 돌아섰다가 가까이에 있던 소레만의 벙찐 모습에 더욱 자지러졌다.

그리고 그 모습을 처음부터 끝까지 보고 있던 소레만은 갑자기 미친 듯이 웃기 시작하는 그의 모습을 어이가 없다는 듯 바라보고 있었다. 아까 전까지만 하더라도 얼굴을 험악하게 굳힌 채 차마 입 밖에 내지 못하는 불만을 삼키고 있는 주인의 모습에 씁쓸한 마음을 감출 길이 없었다. 항상 당당하던 주인의 모습만 봐와서 그런가? 최근 몇 년 간 너무도 달라진 그의 모습을 보고 있노라면 언제 봐도 씁쓸했고, 그를 제대로 모시지 못한 자신의 탓인마냥 마음이 무거워지기만 했다.

여전히 그는 자신의 눈동자를, 신의 상징인 붉은빛 동공을 오랜 세월 쌓인 번뇌와 분노, 그리고 자신의 그런 마음을 어쩌질 못하는 체념으로 채우고 있다.

그런데 갑자기 심각한 표정은 어디론가 사라지고 뭔가를 떠올리는 듯 갑작스럽게 터져 나온 웃음은 소레만을 어리둥절하게 만들기에 부족함이 없었다.

소레만은 혼자 뭐라뭐라 중얼거리며 자지러지게 웃기 시작하는 그의 모습에는 더욱 어이가 없었다.

도대체가 그의 마음을 알 수가 없었다. 아까 전만 하더라도 심각한 표정으로 뭔가에 대한 증오와 분노로 일그러졌던 주인의 모습에 가슴이 아팠었다.

오랜 기간 그를 모시며 지켜왔던 소레만은 누구보다 혈기 넘치는 젊은 주인을 잘 알고 있다고 자부하건만 요사이 들어 달라진 왕자의 모습은 적응키가 상당히 힘들었다. 누구보다 신을 믿고 따랐으며 자신의 형상이 '라' 에 가까운 것을 자랑스러워하던 그는 이제 자신의 신마저 부정하고 있다.

하긴, 아직 마음속의 원망이 가시지 않은 건지도 모르겠다 생각하면서도 소레만은 그에게서 시선을 뗄 수 없었다. 그 눈으로 인해 아민이 받았던 그 많은 목숨의 수를 생각한다면 원망할 수밖에 없겠지. 그라도… 그 자신이었더라도 당연하다는 듯이 행해진 그 의식을 끝낸 후 자신의 몸의 일부라고 할지라도 눈을 뽑아내 버렸을지도 몰랐다. 사실 그렇지 않은가.

하지만 103명의 심장과 피의 목숨을 취하고 '라' 의 상징에 스스로 몸을 바쳐 그 의식의 재물이 되고자 했던 젊은 전사들을 생각한다면 원망만 한다고 되는 일이 아니다. 원망스럽겠지만 그건 사막에서 관례처럼 이어져 내려온 의식이었고, 의식의 필요성이 없어져 잠시 없어졌지만 그 상징이 나타났으니 다시 시작된 영광된 것이 아닌가.

생각있는 일부는 하나의 악습이라고 하지만 소레만이 그걸 운운할 처지도 아니다. 소레만은 사막의 전사이며 또한 주인을 섬기는 몸이었다.

그의 몸과 마음은 정갈해야 하며 또한 '나' 라는 관점을 버리고 오로지 아민이라는 주인에 대한 맹목적인 복종과 충성만이 요구되는 것이다. 그리고 비록 주인이 고통스러워하고 그것 자체를 묵인한다는 것을 증오하지만, 사실 그 의식은 자신의 주인의 위엄을 나타내는 것이 아닌가.

그렇게 소레만은 스스로를 납득시키며 내년에 있을 의식에는 될 수 있는 한 자신의 손자도 바칠 수 있다면 바치겠다는 생각을 굳히고 있었다. 당장이야 가슴이 아프겠지만 그들은 의식과 함께 경외해 마지않는 '라' 와 한 몸이 되는 영광을 누리게 된다.

어차피 전사로서 자라긴 글러 버린 손자다. 장년의 나하트(전사) 가운데 손꼽을 정도의 실력자였던 그가 자랑스러워하던 아들과는 너무나도 대조적인 아이.

병도 잦고 어찌 된 게 검을 쥐는 것 자체에 겁을 먹는 손자를 보면서 소레만은 속이 펄펄 끓어올랐다. 사막의 전사는 강해야 한다.

사막에서는 약한 자는 살아남지 못할 뿐더러 인정받을 수도 없다. 뼛속까지 사막의 전사인 그에게 있어서 약한 손자는 인정할 수 없어 혹독하게 훈련을 시켰지만 실력은커녕 오히려 겁을 집어먹고 자신만 보면 숨어버리거나 도망가 버리니 소레만만 속을 끓을 수밖에 없었다.

단 하나뿐인 아들이 남긴 아이였다.

이메노카르를 노리는 테프투스의 흉적(凶賊)으로부터 자신의 목숨과 맞바꿔 지켜낸 자랑스러운 전사였던 아들 '사지트' 의 피붙이였다. 조부이기에 앞서 전사였던 그는 더 이상 손자에게 미련을 버렸다.

내년에 있을 의식에 바치기로 마음을 굳힌 이상은 더 이상 그 아이를 보호해 줄 생각도 없었던 것이다. 자유로운 사막의 전사였기에 주인으로 섬김으로써 잃게 될 자유가 싫어 지금껏 그는 그 자신만을 위해 검을 휘둘렀고 스스로를 지켰다.

많은 친우가 맹세라는 허울 좋은 울타리에 묶여 불로 뛰어드는 불나방처럼 죽어가는 모습을 바라보면서 그는 자신의 결정에 스스로 만족하며 부족의 일원으로서, 전사로서 가족을 충실히 지키며 사막의 남자로서 열정적으로 사막을 누볐다.

현 아메노카르에게 전사의 칭호를 받았지만 그에게도 고개를 숙이지 않았다. 그저 부족의 일원으로서, 사막의 일원이 된 자로서 그의 명에 응했고 순순히 따랐을 뿐, 그가 진정으로 충심을 다한 것은 아민, 그뿐이었다.

사막의 지배자이며 영원불멸할 신의 대리인이 되길 약속받은 아민 왕자의 그 더없는 용맹스러움에, 그리고 사람을 한없이 미혹시키는 그 몸에서 자연스럽게 흘러나오는 사막의 전사로서의 그 용맹함에 반해 소레만은 충성을 맹세했다. 늦어도 삼사십 대에 주인을 선택한 다른 전사들과는 다르게 소레만은 육십이 넘은 노령까지 주인을 섬기지 않았고 충성이라는 단어 자체를 혐오스러워하며 지냈었다. 그런 그였기에 그 공백 기간을 메우기라도 할 듯 이제야 찾은 주인에게 아낌없이 주고 싶은 마음뿐이었다. 피붙이인 손자에 대한 작은 죄책감이 들긴 했지만 애써 그 감정을 지우고 충실한 가신으로서 주인에게 건넬 적당한 위로의 말을 떠올리며 다가가려고 하던 결정적인 순간, 갑자기 자지러지게 웃는 아민의 모습은 순간적으로 소레만으로 하여금 벙찌게 만들기 충분했던 것이다. 그리고 한참을 그렇게 웃다가 뭔가를 회상하듯 아련한 표정을 지으며 사막을 응시하는 그의 모습에 소레만은 무슨 생각을 하기에 냉막하기만 하던 자신의 주인이 저렇듯 부드러운 표정을 지을 수 있는 것인지 마냥 놀랐다.

　하지만 아민은 그의 그런 생각에는 별로 신경 쓰지 않고 그때의 일을 떠올렸다.

　그녀에게 흥미를 가지고 있던 아민으로서는 여인의 거절을 믿을 수 없었기에, 싫다는 말 한마디만 하고 뒤돌아서 내실을 나가 버린 그 여인을 며칠 뒤에 자신의 발로 찾아갔었다.

　물론 몰래.

　하지만 그녀는 자신이 이미 올 줄 알았다는 듯 간단한 다과상과 차를 준비해 두고 자신을 기다리고 있었다. 묘하게 사람을 두근거리게 하는 매혹적인 미소를 지으면서.

　평범했지만 그 속에 범상치 않은 빛을 감춘 여인의 모습에 아민은 순간적으로 매료되었지만 오래 머물고 싶은 생각은 없었다.

　사막의 차기 주인인 '카흐람'이 직접 방문했건만 너무도 담담하게 자신의 방문을 맞는 그녀나 그녀의 주변에서 흐르는 경계를 알 수 없는 모호한 기운이 아민으로 하여금 그녀에게 다가서는 것을 본능적으로 막아 세웠기 때문이었다.

　어두워 잘 보이지는 않았지만 무녀들만이 갖는다는 10마갈(1마갈=1평) 남짓한 성지 겸 그녀가 섬기는 이름없는 초자연과의 대화를 나누는 장소는 으레 있는 사막의 무녀들의 성지와는 차원이 다른 이질감마저 들었다.

　게다가 온몸을 떨게 하는 그 묘한 정적감이란……. 아민은 그때의 일을 떠올리면서 오싹함과도 같은 느낌을 받고 있었다.

　더 이상 시간이 끌었다가는 그대로 주저앉았을지도 몰랐다. 그래서 그녀가 마련해 준 자리에 기다렸다는 듯이 앉았고 단도직입적으로 물었다.

"어째서 비의 자리를 거절한 거지, 무녀여?"

자신에게 차를 따르고 있던 그녀의 눈동자가 자신에게 곧게 향하자 아민은 조금 긴장했다. 그녀의 집에 들어서면서 느꼈던 예의 그 묘한 무언가가 강렬해지는 느낌과 함께 자신의 마음을 꿰뚫을 듯한 차가운 비수와도 같은 날카로운 질타를 담은 눈빛이, 누구에게도 두려움이라는 것을 느낀 적이 없었던 아민에게 두려움까지는 아니지만 가슴이 철렁 내려앉게 만들었던 것이다.

물론 굳게 닫혀 있던 그녀의 입술이 열리는 순간 그 철렁거림이 허무함으로 바뀌었지만.

"한밤중에 여인네의 집에 쳐들어와서 하는 말이 고작 그거예요? 참 나, 그거야 내 맘이죠. 내가 싫다는데 무슨 상관이람? 혹시 나한테 반했어요? 뭐, 저의 잘난 외모와 몸매로 볼 때 반하는 건 당연하겠지만… 훗훗, 뭐 하지만 저는 마음이 넓은 여인이라서… 저의 사랑스러운 컬렉션에 당신도 추가해 드리죠. 훗훗훗."

컬렉션… 이라니…….

아민은 순간적으로 벙쪘다. 이 여자가 지금 뭔 소리를 하는지… 어떤 상황에서도 살아남을 수 있는 침착한 판단력과 정확한 사고력을 가졌던 아민은 순간적으로 그녀의 입에서 나온 그 황당무개한 답변에 할 말을 잃어야 했다. 그 순간 아민이 그녀에게 받았던 신비로운 분위기는 와장창 박살났다는 것은 말한다면 입 아플 일이었고 말이다.

벙찐 표정으로 한참 그녀를 말없이 보고 있으려니 느긋하게 차를 마시고 있다가 깔깔 웃으면서 자신의 등을 두드리며, 그것도 퍽퍽 소리나

도록 아주 시원스럽게 두드리더니 까르륵 웃으면서 눈을 짐짓 부라렸
다.

　"후훗… 이봐요, '카흐람' 씨. 그렇게 노골적으로 이미지 개박살났
다—!! 라고 외치는 표정으로 보지 말라구요. 뭐, 농담도 못해요? 거참,
남자가 그렇게 상황 전환을 할 줄 몰라서야… 쯧쯧, 당신 부인이 누가
될지는 모르겠지만 같은 여자로서 동정을 표하겠어요. 아니, 여자에게
아직 관심도 없는 남자한테 너무 진도가 빨리 나가는 건가? 어쨌든 그
런 노골적인 표정은 여자에게 뺨 맞고 술 마시기 일쑤라구요. 어? 내
말을 못 믿는 거예요? 뭐, 당신은 지배자니까 여자가 알아서 달려들 테
니 아쉬울 거야 없을 테지만."

　노래를 부르듯 미려한 음성이었건만 아민의 인상은 순간적으로 팍
구겨졌다. 그녀의 말이 순간 거슬렸던 것이다.

　"무녀여… 나는 '카흐람', 사막의 신이며 이 붉은 대지를 지배하기
로 신으로부터 지임받은 자이다. 이 무슨 무례한 행동인가. 지금 나를
모독하려는 것인가?"

　항상 극존대와 극도의 찬사와 경외만을 받아왔던 아민이었고, 그것
이 거추장스럽다 뭐다 해도 그 역시도 그런 것에 익숙해져 버려 그녀
의 반말은 물론 행동조차 무례해 보였기에 조금 화가 났다. 편안히 자
신을 대하는 그녀에게 거부감은 들지 않았지만 위대한 존재의 대리자
라는 긍지에 금을 내는 듯한 무례한 무녀의 태도에 알 수 없는 분노가
일었던 것이다.

　누구도 자신을 이토록 함부로 대하지 않았기에 더욱 그랬는지 몰랐
다. 조금 언성이 높이며 무례를 운운하자 그녀는 잠시 눈을 깜빡깜빡
거리더니만 뭐가 그리도 즐거운지 깔깔 웃음을 터뜨린다.

"무례? 전 당신에게 무례를 범한 적이 없답니다. 무엇이 그리도 화가 나서서 언성을 높이는 건지 저는 도저히 모르겠군요. 너무 뻣뻣한 당신에게 잠시 평안한 자리를 마련한 것뿐인데… 제게 당신은 평안함보다는 격식을 원하시나요? 제가 비록 무녀이고 속세와는 인연이 없지만 여기저기서 주워들은 건 많은데… 이번에 카흐람이 되신 분께서는 아주 솔직하고 격식을 싫어한다고 들었는데… 저는 속세에서 들은 대로 카흐람께 편안한 자리를 마련해 드린 것뿐이랍니다. 무례라면 당신이 제게 했지요. 저는 당신에게 배려한다고 했건만 오히려 그 배려를 깡그리 무시했으니… 안 그런가요, '카흐람'? 상대의 배려를 무시하시고 오히려 역정을 내시다니… 제가 화가 나네요. 자려고 이부자리 다 깔아놓고 있으려니 한밤중에 찾아와서 다짜고짜 역정이라니… 카흐람, 좀 짜증나네요. 그렇게 무례한 행동을 하시려거든 나가주시죠."

"…이 무례한!!"

"그대야말로 무례하다. 여기가 어디라고 생각하느냐!! '라' 의, 그리고 유일한 천상의 왕이신 '한' 의 영지다. 언성을 높여 그분의 잠을 깨우지 마라!! 오만한 인간이여!!"

순간적으로 아민은 그녀의 목을 베어버리고 싶은 충동이 일었지만 그녀의 차갑게 선 눈동자에 오히려 압도되어 버렸다.

촛불 몇 개만으로 어둠을 밝히는 그녀만의 성지에서 느껴지는 기묘함이 더욱 강렬해지며 아민의 온몸을 조여왔고, 그녀의 눈빛은 자신의 성역을 소란으로 더럽히고 있는 자신에 대한 강렬한 질책의 빛을 띠었다.

주위를 살피다가 엄청 당혹해하면서 당신 때문이라는 듯 정말 무섭게 자신을 쏘아보는 눈동자에 찔끔거렸다.

그 시선은 금세 사라졌지만 한동안 아민과 그녀 사이에서는 기묘한 침묵이 오고 갔다. 그러다가 고개를 푹 숙이며 혼자 뭐라뭐라 중얼거리다가 고개를 번쩍 쳐들곤 이를 부득 갈더니 손으로 턱하니 자신을 가리켰다.

그리고 이토록 분노할 수 없다는 표정과 딱딱 끊어지는 어투로 충격적인 말의 문장이 그녀에게서 튀어나왔는데, 그 순간 아민은 상당량의 진땀과 식은땀을 소비하는 희귀한 경험을 했다.

그 말이란 아랫말과 같았다.

"당신 때문이잖아! 제엔~장! 안 그래도 아까부터 쟁쟁거리면서 내 성질을 돋우던 녀석을 달래고 달래서 겨우 재워놨었단 말이다! 네가 시끄럽게 떠드니까 '현'이 깨어나서 짜증 부리잖아. 빌어먹을! 너, 나가, 임마!! 누가 니놈처럼 겉 다르고 속 다른 놈한테 시집간대? 빌어먹을 개망나니 같은 놈들!! 뭐, 자기 명 어겼으니까 사막의 차기 지배자한테 보낸다? 지 밑에 안 깔려주니까 헛지랄 떨고 자빠졌네. 누굴 비로 보내? 당장 씹어 삼켜도 시원찮을 개자식!! 너, 뭘 봐! 숨 쉬어, 임마! 송장 치우게 할 일 있어? 그리고 너, 사우나실에 있냐? 왜 땀 삐질삐질 흘리고 지X이야. 꺼져, 이 망할 XXX한 자식!! 누가 너 같은 고자 놈에게 시집이나 간대냐? 난 임자가 있는 몸이니까 당장 꺼져 버리란 말이다!!"

"쿡쿡쿡……."

그때 정말 그녀의 서슬 퍼런 기세에 놀라 도망치듯 나왔지만 거처로 돌아와서는 왜 그렇게 우습던지 몇 날 며칠을 실없이 웃다가 실성했다는 말까지 들었었다.

"아아, 정말 신랄한 여자야……. 고자… 고자라니… 큭큭……."

오만함을 넘어서 초연함마저 비추어지는 적안에는 감출 수 없는 즐거움이 드러났다.

소레만은 혼자 킬킬거리며 웃는 주인의 모습에 노골적인 호기심이 일었지만 묻지 말아달라는 무언의 제스처를 취하는 그의 모습에 그 호기심을 접을 수밖에 없었다. 아민은 자신의 충실한 가신을 대동한 채 어느샌가 도착한 내실 문 앞에서 걸음을 멈춰 섰다.

머리 속에선 그때의 무녀에 대한 기억의 유쾌함으로 키득거리고 있었지만 그의 차가운 감성과 잔혹하리만큼 냉정한 이성은 심연의 밑바닥에서 고개를 들이밀고 있었다. 그리고 아민의 변화를 눈여겨보던 소레만이 침착한 어투로 내실로 들어서길 권했다

아직 시간이야 좀 남았지만 사안이 사안이니만큼 이미 조회를 준비하고 있는 이들도 있었다. 물론 그런 이유도 있었지만 미리 들어가서 그들의 반응을 살펴보고 마음의 준비를 하라는 뜻도 포함되어 있었다.

소레만은 바닥에 떨어진 터번을 아민에게 건넸고 아민은 익숙하게 터번을 감고는 그들이 모인 장소로 천천히 다가갔다. 그 문 앞에서 공손히 시립해 있던 문지기는 그가 도착하자 숙달된 움직임으로 문을 열곤 그곳을 통해 안으로 들어갈 왕국의 지도자가 될 이 젊은 왕자에게 경외를 표하며 고개를 숙였다.

왕으로서의 자태와 흠없는 당당함을 갖춘 그의 이무가드임을 자랑스러워하며 소레만은 두 눈에 젊은 왕자에 대한 자부심을 가슴속에 담으며 그림자처럼 그의 뒤를 따랐다.

자신을 섬기는 것에 깊은 자부심을 느끼는 소레만의 뿌듯한 시선을 모를래야 모를 수 없는 아민은 그에게 보이지 않는 신뢰의 눈빛을 보

내며 자신에게 유쾌함을 준 무녀의 이름을 다시 한 번 머리 속에 새긴 채 내실로 들어섰다.

인상만큼이나 특이한 이름.

아민은 조용히 웃으며 잊고 싶어도 잊혀지지 않을 듯한 독특한 이름의 소유자의 얼굴을 떠올렸다. 거절의 이유를 묻는 그에게 통렬한 욕설을 날린 당찬 무녀의 모습을. 그리고 끝에 누군가를 떠올리며 깊은 애잔함을 간직한, 누군가를 그리는 듯한 눈동자를 하던 그녀를 아마도 오래도록 잊지 못할 것 같았다.

'미아 우마르.'

미아(곰) 우마르(여자). 이름도 곰 여자라니… 특이한 인상만큼이나 독특한 이름.

아마 그 이름은 한동안 아민의 뇌리에서 맴돌 것 같았다.

아민은 그런 알 수 없는 확신을 가지며 자신에게 향하는 수십의 부족장들의 시선을 받으며 내실의 제일 윗석에 앉았다.

기분 좋은 긴장감이 가슴에 와 닿았다.

지금 그는 사막의 왕.

아버지를 대신하는 자리에서만큼은 그는 신이 되는 것이다.

자신이 태어나고 자란 붉은 땅.

죽음의 땅이며 동시에 더없이 자유롭고 너그러운 사막의 땅의 신이 되어 아민은 그들과 마주하는 것이다. 아민은 더없이 차가운 지도자의 눈동자로 오연하게 허리를 세우며 어느 순간 감겨졌던 눈을 서서히 떴다.

붉은 눈동자.

사막의 신성함의 증거가 드러나자 내실의 모든 이들은 환호하기 시작했다. 그리고 자리에 있는 이들이 자리에 일어나 모두 경외감으로 아민에게 절대적인 신뢰와 믿음을 내비친다.

살아 있는 신이 강림했다. 그들은 벅차오르는 마음을 누르지 못하고 눈앞에 당당히 모습을 드러낸 신의 증거를 바라보며 입을 모아 찬탄(讚歎)한다.

그리고 아민은 그런 그들의 광기와도 같은 환호를 받으며 보이지 않는 씁쓸함을 애써 감추려 눈을 감았다.

그렇게 오래도록 계속되는 환호가 가라앉기만을 기다리면서.

비록 마음속에서는 그 사실을 인정하고 있지 않더라도 자신이 사랑하는 이 왕국을 지키고 수호하기 위해서 그는 오늘 이 자리에서 바로 살아 있는 사막의 신 '라' 를 연기해야 하는 것이다.

2

붉은 사막의 땅

사막.

변화무쌍한 사막의 지형에 동화된 사막의 왕성에서는 여느 때와 마찬가지로 붉은 사막을 태우며 거대한 능선을 감상하듯 태양이 하늘 위를 군림하며 눈부신 빛으로 대지를 비추며, 모든 것을 태울 듯 넘실대는 절대 순수의 불꽃과도 같은 열의로 자신의 존재를 드러내고 있었다.

수백 년이 흘러도 변하지 않는 이 살인적인 열기는 지나는 모험가들이나 카라반(사막 상인)들에게는 익숙해지지 않는다.

그리고 그 익숙하지 않은 열기가 더하며 유달리 떠들썩한 곳이 있었으니, 푼트 국의 수도 '엘 라 피야크'.

바로 타 왕국에서는 황제라 할 수 있는 '아메노카르'의 내실 안이었다. 사막의 더운 지형을 고려해서 바닥이 조금 위로 뜬 형태의 좌석에 일렬로 늘어서 앉은 이들은 심상치 않은 분위기로 들썩이고 있었다.

삼삼오오 모여 잔뜩 상기된 표정으로 무언가를 부르짖는 모습을 조금 높은 단상 위의 한 남자가 골치 아프다는 표정으로 쳐다보고 있었다.

꽤 높은 신분인 듯 화려한 문양과 값비싼 보석으로 장식된 의자에 오만한 표정으로 앉아 있었지만 그 표정에는 숨겨지지 않는 짜증스러움이 함께 배가되어져 있었다.

주위의 경호원으로 보이는 듯한 전사들과 시녀로 보이는 듯한 여자들로 둘러싸여 있는 그, 바로 아민 라 마하트라였다.

"망했군… 젠장, 단단히도 작정하고 왔군. 끼리끼리 몰려왔어… 젠장!!"

그리고 그의 속을 뒤집는 족장들의 쫑알대는 말에 견디기가 힘들었는지 짜증 섞인 말을 내뱉자 곁에 있던 남자들 중 하나가 곁으로 다가선다.

"…카흐람이시여, 불만스러우셔도 참아야 합니다. 어차피 승낙을 받기 위해 온 것일 터. 그냥 속으로 삭이십시오."

행여 남들이 들을세라 조바심을 내듯 소레만이 귓가에 조그맣게 속삭이자 아민은 미간을 잔뜩 찌푸렸다.

"빌어먹을."

아민은 나직하게 욕설을 퍼부으며 눈앞에서 벌어지는 공방전을 바라보았다. 이마에 석 삼 자를 그리면서 입을 닫았지만 불만스러워하는 기색이 역력했다.

곤혹스러운 듯 말없이 내실을 훑는 그의 눈빛은 분명 지쳐 있었다.

예상대로였다.

아민이 내실 안에 들어서기가 무섭게 느껴지던 전의와 마주하는 순간부터 그는 저런 반응을 예상하고 있었다.

자신에게 극도의 경외와 존경을 표하는 부족장들과 여러 신료들에게서 형식적인 인사를 받고 일 년에 한 번씩 있는 보고도 빠짐없이 듣고 그간 늘어난 인구와 재산, 그리고 곡식의 저장 문제와 가끔씩 있는 부족들끼리의 마찰을 중재해 화해시키는 기본적인, 그리고 이렇다 할 문제점이 없는 단순한 회의를 진행하면서 제발 그냥 이런 안건만 나누다가 끝나면 오죽 좋을까 하면서 정말 진심으로 바랐다.

물론 그 회의의 내면에 어떤 계기로 그 일이 언급되기를 초조하게 기다리고 있다는 것도 알고 있었지만 얼핏 봐도 호전적인 기개를 풀풀 풍기며 간간이 검을 움켜쥔 채 당장에라도 테프투스 왕국으로 향할 듯 이를 바득바득 갈고 있는 속이 뻔히 보이는 행동과 말들.

하지만 아민의 인상은 어찌할 바를 모르고 파박 구겨져 있었다.

일 년에 한 차례 있는 보고도 할 겸 온 것일 테지만 그들의 의견은 이미 모아진 것이나 다름없었다. 다만 카흐람인 자신에게서 허락을 받기 위해 온 것이다. 작정을 하고 온 것이 틀림없었다.

그렇지 않고서야 신중파나 온건파에 속하는 노령의 부족장들은 눈 씻고 봐도 안 보이고 보이는 건 호전적인 젊은 부족장들이나 강경파에 속하는 반 테프투스 파들만이 내실을 꽉꽉 메우고 있는 것만으로도 그들의 결의를 모를 바가 아닌 것이다.

물론 그를 적대하는 이들은 없었지만 모두 전쟁을 부르짖는다는 게 문제였다. 전쟁을 웬만하면 피하라는 부왕의 뜻도 있고 자신의 생각으로도 전쟁은 대체로 피해야 한다는 생각이었지만 지금의 상황에서 그걸 입 밖에 냈다가는 많은 충성심을 받아낸 그라 할지라도 그 주종 관계의 신뢰가 무너질지도 모를 위험이 있었다.

이번의 학살로 인한 피해 부족 중 그에게 충성을 바칠 이들도 여럿 있었던 터라 더욱 그랬다. 아민은 그들의 주인으로서 자신에게 충성을 바친 이들이 당한 모든 것을 복수해 줄 의무와 책임이 있었다. 그로서는 대체 어찌하면 좋을지 갈피를 잡기엔 너무 상황이 좋지 않았다.

그들이 요구할 것이 무언지는 예상하고 있던 터였지만 어떻게든 달래 전쟁을 막아보고자 했던 그였기에 상상외로 분기탱천한 부족장들의 살기를 받아내며 어찌할 수 없는 침묵으로 답할 수밖에 없었다.

"형제 국으로서의 예의를 잊고 그들이 어찌 우리들에게 이럴 수 있단 말입니까! 이건 도발입니다!"

"그렇소. 자그마치 오백 명이오. 수로는 십여 개의 부족이… 그리고 그 속에 오백 명이 넘는 동족들이 학살되었소이다. 노인이나 어린애 할 것이 없이 모조리 다!!"

"카흐람, 결단을 내리십시오! 복수를 해야 합니다. 우리 민족의 자존심이 걸렸소이다!! 이 '홈바카', 승낙만 내리신다면 이 사막에 원수의 피와 살을 바칠 것이외다!"

평소에 의견 통합을 보려면 몇 날 며칠을 밤새워도 하나로 통합되기 어려웠던 것이 복수라는 미명 아래 하나로 뭉쳐 한 목소리를 내고 있으니… 한마디 한마디 내뱉을 때마다 느껴지는 살의에 찬 결의는 웬만한 일에는 눈 하나 깜짝 하지 않던 아민은 물론 소레만조차 간담을 서늘케 할 정도였다. 한번 욱하면 앞뒤 안 가리고 달려드는 저돌성이 발동되어 버렸으니 전쟁은 언제라도 터지는 게 기정사실이 되어버렸다.

전쟁이 터지는 순간에 있을 왕국의 혼란도 혼란이었지만 다른 이유로도 그의 안색은 눈에 띄게 어두워졌다. 눈앞에 가장 만나고 싶지 않던 존재가 떡하니 서 있음에야 아무리 어릴 적부터 수양을 쌓아 인내심이 강하다고 하는 그라 할지라도 표정이 일그러지는 것을 막을 길이 없었다. 아민은 이를 부득 갈았다.

이 상황이 더없이 만족스럽다는 듯 그의 곤혹스러움을 즐기는 듯한 자신과 빼다 박은 저 청년… 부왕의 여러 자식들 가운데 유일하게 같은 모친에게서 태어난 자신의 동생 아루 라 마하트. 어릴 적 기억을 함께 공유해 온 자신의 유일한 핏줄이었다.

누구보다 정이 많고 자신을 좋아하는 동생이었던 아루가 지금 자신에게 차갑게 미소 짓고 있는 모습이란 착잡하기만 했다.

부인을 여럿 두어 스무 명에 가까웠던 많은 이복 형제들 중 유일하게 같은 어머니에게서 난, 많은 형제들 가운데 유달리 사랑했던 동생이었다. 하지만 그 사랑하던 동생은 이제 아민에게 가장 최악의 적이다. 친형제였지만 굵직한 이목구비와 체구를 가진 아버지를 많이 닮았던 자신과는 달리 전사로서의 체형에는 뒤떨어지지 않지만 아민과 비교해 보면 여성스러운 감이 적지 않는 아우인 아루는 어릴 적부터 추억을 공유했었지만 사사건건 부딪치기도 했다.

지기 싫어하는 승부욕과 자기 과시욕으로 항상 자신과 비교당했던 탓일지도 몰랐지만 그래도 아민은 동생을 아꼈었다.

성격적으로는 그다지 닮지 않았지만 그래도 같은 모친의 사랑을 받고 또 같은 기억을 공유해 온 유일한 존재가 아루였던 것이다. 하지만 형제 간의 우애라는 이름으로 엮여졌던 아루와는 이제 너무도 멀어져 버렸다.

이 왕좌 때문에.

아민은 원치 않았지만 자신에게 정해진 것처럼 돌아온 이 자리 때문에 말이다. 장담컨대 아마도 눈앞에 신중론을 펴오던 온건파들이 보이지 않는 것은 아루의 작품일지도 모른다. 아루는 비록 자신보다 하수이기는 하나 전사로서의 자질도 뛰어날 뿐더러 주색이 심하긴 하나 영민함으로도 다른 왕자 중에서도 독보적이라고 할 만큼은 뛰어났다.

그리고 사람을 부릴 줄 알아서인지 그를 지지하는 세력도 소수이긴 하지만 있었다. 삼 년 간의 공백으로 자신을 대신해서 국정을 운영했던 동생이었고, 웬만큼의 효과를 보아서인지 그 세력도 꽤나 된다. 물론 대부분 보수파들이라는 게 문제였지만.

푼트 국의 국정 역시도 지금 신진파들과 보수파들 사이에서 보이지 않는 암투가 계속되고 있는 데다가 이 자리에는 없지만 아메노카르이 신 '무하드' 는 오랫동안 푼트 국 국정을 운영하던 보수파들을 멀리하고 개혁가로서 사명이 투철했던 신진파들을 가까이 해 그들의 불만이 컸던 것으로 기억한다.

원체 과감한 성정을 지녔던 데다가 종교적인 이유로 고리타분하게 금욕만을 외치는 보수파들보다는 아직 경험은 없지만 그만큼 또 다른 것을 추진하는 젊은 신진들에게 쉽게 매료되어 가까이 두어 갑작스럽게 국정의 신료들 대부분이 물갈이됐던 것을 기점으로 이슬아슬하게 이어졌던 균형이 한순간 깨어져 한 반년 동안 그들의 밑에 있던 부족끼리 싸움이 붙기도 했었다. 물론 아민이 어찌어찌해서 말리기야 했지만 카흐람이 되고 얼마 되지 않아 생긴 일이라 상당히 곤혹스럽기까지 했었다.

갑작스럽게 진행된 세력 교체에 당연히 뒤따른 부작용이었다.

웬만한 일을 삼 개월 이상 소비하지 않던 아민이 보수파들과 신진파들에게 적당한 권리를 나누면서 달래는 데 거의 일 년에 가까운 세월을 허비했을 만큼 그들 간의 갈등은 심각했던 것이다. 그리고 좀 가라앉는가 싶었는데 갑자기 발병한 자신의 병……

그때를 기점으로 국정에 발을 디디기 시작한 아루가 자신의 세력을 쌓는다고 기껏 맞춰놓았던 그들의 균형을 교묘하게 깨어 보수파들을 자신의 지지 세력으로 만들면서 아민에게 반발한 것이다. 아루의 세력 중 많은 세력이 아민을 지지한다는 것을 모를 리가 없을 텐데도 말이다.

예전부터 아루, 그에게만큼은 유달리 마음이 약했던 아민이었지만 그건 어디까지나 그가 카흐람이 되기 전까지였을 뿐… 공사(公私)는 엄연히 구별되어져야 하는 것.

아민은 차기 아메노카르로서 이 자리에 서 있는 것이다.

게다가 상황이 상황이니만큼 그들의 의견에 귀를 기울이곤 있으나 전쟁에 대한 어떠한 승낙도 없을 것임을 모를 리가 없을 텐데도 저렇듯 일부러 자신의 속을 긁어 무슨 이득이 있으리라고 보는 건가.

물론 전쟁론이야 무시해 버리면 그만일 테지만 아민이라고 해서 그걸 무조건 배제할 수도 없는 것은 그의 위치 때문이다. 어찌 되었든 그들의 의견을 듣는 척하면서 적절하게 때를 노려 자신의 의견을 수긍시키는 수밖에는… 아민의 권한이 아무리 크고 또 '마하트라'의 성을 부여받은 적통(嫡統)의 후계자라지만 아직 완전한 통치권을 얻지 못한 왕족이기에 저들을 설득시킬 정당한 근거나 이유가 필요했다.

절대 왕권이라지만 어디까지나 부족장들의 반수 이상의 충성을 밑바탕에 깔아두고 있어야 하며 무조건적인 반대는 그들의 반발로 이어져 그들의 충성에 기반을 두고 있는 아민에게 치명적일 수밖에 없는 것이었다.

역대 아메노카르 중 가장 강력한 지배권을 행사했던 선대조차 저렇듯 부족들이 연합해 뭔가를 요구해 올 때에는 옳든 그르든 한 발 물러서서 그들의 뜻을 받아들였을 만큼 아직 왕권은 완전히 다져지지 않은 상태인데다가 부족들 개개인의 발언권이 강했고, 그 힘이 왕권을 능가해 왕실 자체를 좌지우지할 만큼의 위력을 과시해 왔다.

어떻게든 설득시켜 보려 해도 그들은 복수라는 이름 아래 단단히 결속되어졌고, 그 결속의 중심에는 아민의 동생 아루가 있었다.

호시탐탐 자신의 빈틈을 노리며 그의 세력을 무너뜨리고자 수단 방법을 가리지 않던 동생이다. 전쟁의 무조건적인 반대는 자신에게 타격을 줌과 동시에 오히려 아루에게 힘을 실어주는 결과를 낳게 된다.

어찌 되었든 아루는 그의 친아우이고 왕족이니 비록 자신이 정통 계승자로 인정을 받았다지만 어떤 계기로든 부족장들과 왕실에 누를 끼치는 존재가 된다면 그 계승권은 고스란히 동생에게 넘어갈 수밖에 없다. 아니, 넘어가지 않더라도 자신은 이름뿐인 왕이 될 수밖에 없다. 이미 병으로 많은 신뢰를 잃었던 아민이었기에.

게다가 아직 다 낫지 않은 정신병. 그것이 아민에는 치명적인 오점으로 작용하고 있는 것이다. 그렇지 않아도 그것 때문에 족장들 사이에서 그에 대해 이러쿵저러쿵 말이 많은데 지금 모두가 원하는 전쟁마저 반대한다면 그 오점에 치명적인 독을 뿌리는 셈이 되는 것이다.

아마 사막을 부흥시킬 의무와 책임을 지닌 신의 현신이 스스로의 숙명을 거역하였다는 죄를 물어 왕위 계승권 박탈은 물론 사형마저 운운하고도 남을 것이다.

이 붉은 눈동자 덕분에 왕이 될 수는 있겠지만 왕실의 상징물처럼 취급되어지고 여태껏 사막의 긍지였던 신의 혈통을 의심받게 되는 사태가 나올 수도 있었다.

물론 아민으로서는 그런 사실을 알면서도 그런 기반 약한 세력들로 자신에게 의미없는 대항을 고집하는 동생의 모습에 어떤 감정도 들지 않았다.

비웃어줘야 할지, 아니면 동정을 해줘야 할지 혼란스러워 감정을 다 잡을 수가 없었다. 그리고 그가 그렇게 잠시간의 상념에 빠져 있는 사이에도 그들의 흥분은 쉬이 가라앉지 못하고 오히려 시간이 흐를 수록 그 열의를 더해가고 있었다.

그리고 그 열의가 점점 형태를 강하게 띠어갈수록 아민을 향해 부르짖는 구호는 점차 흡사 출전을 앞둔 병사들과도 같게 되었다. 전의를 불태우며 결정을 원하는 부족장들의 결의는 단호했고 강한 신념으로 열의를 띠고 있었다.

그리고 그 목소리에 열의를 띠어갈수록 아민은 이보다 더 골치 아플 수는 없다는 듯 미미하게 인상이 구겨질 수밖에 없었다.

물론 순식간에 원상 복구되기는 했지만 속이 타고 입술이 바짝바짝 말라서 되려 신경질이 날 지경이었다. 그것을 재빨리 눈치 챈 소레만이 근처에 있던 시녀에게 '타흐'와 '아이락'을 가져오게 해 그의 화를 우선적으로 막았다.

아이락은 푼트 국 전통 술로 말 젖을 발효시켜 만든 대표적인 술 중 하나였다. 물론 푼트 인에게 있어서는 술보다는 음료에 가까운 것으로 말 젖을 발효시켜 만든 이 순한 음료는 맛이 약간 시며 특히 갈증 해소에 좋았다.

여름철 사막의 살인적인 더위에 푼트 국의 왕국을 방문하는 사신들에게 왕실이 종종 대접하는 이 음료는 금방 만든 것은 맛이 순하지만 오랫동안 보관하면 와인 정도의 알코올 기가 생기는데 십 년 정도 발효시킨 것은 웬만한 주량을 자랑하는 전사들조차 꺼릴 정도로 강렬한 취기를 동반해 독주로 통하기도 한다.

시금털털한 술 내음으로 볼 때는 그 정도까지는 아니지만 그래도 냄새만 맡아도 핑 도는 술 향으로는 연거푸 마시는 것을 고려해 봐야 할 것도 같은데 아민은 그것을 벌컥벌컥 마셔댄다. 물론 눈이 있는 만큼 품위와 격식을 갖추고는 있었지만 눈 몇 번 깜짝한 사이에 다섯 잔을 원샷 해버린 건 심하다 싶기도 했지만 아무도 말리지는 않았다.

말리지 않는 이유로는 취기를 가시게 하는 타흐를 함께 먹고 있기 때문이었다. 타흐 역시 푼트 국의 양식으로 독주로 통하는 아이락과 유일하게 짝을 이루는 이른 바 안주용 과자다.

취기를 가시게 함과 동시에 어떤 작용에선지 모르지만 머리를 맑게 하여 두통 해소용으로 딱인 것이다.

아민이 이 음식들의 기운을 빌려 취기를 느끼는 동시에 점차 맑아져 가는 이성으로 속이 타다 못해 재가 되다시피 한 마음을 애써 달래고 있는 것을 모를 리 없었던 소레만인 것이다. 물론 내실 안에 있는 부족장들은 카흐람이 자신들의 보고를 듣고 비분강개해서 분기를 누르지 못해 마음을 달래고자 술을 들이키고 있는 것으로 착각하고 있지만 말이다.

물론 그것도 잠시.

반투명한 베일로 얼굴을 반쯤 가렸지만 일부 보여지는 그 미색만으로도 웬만한 남성을 홀리기에는 충분한 자태를 지닌 시녀 하나가 연거푸 비워지는 술잔을 채우며 만연한 홍조를 띤 채 뭔가를 갈구하는 듯한 눈빛으로 응시하다가 분노에 차 흉흉하게 일그러진 아민의 표정에 흠칫 놀라며 떨었다. 그 바람에 여자에게는 좀 약한 편인 그는 머쓱한 표정으로 속으로 분노를 곱씹으며 표정을 애써 달래야 했지만 그의 마음속 앙금이 쉽게 없어지지 않는 것만큼 표정을 다스리는 것 역시 쉽지 않았다.

그런 사정으로 그는 묵묵히 아이락을 입 안에 털어 넣어야만 했다.

술을 마시는 도중에도 계속해서 격앙된 어조로 전쟁을 부르짖는 부족장들의 모습을 바라보면서도 아민의 시선은 줄곧 한곳에 틀어박혀 있었다.

복수를 부르짖는 무리의 중심에 서서 그들을 말리는 척하면서도 교묘하게 아민의 생각과는 반대적인 성향으로 대세를 몰아가는 청년 아루의 가증스러운 모습을 볼 때마다 아이락은 빠르게 비워지고 있었고, 그의 마음을 어지럽히던 감정의 조각들은 분노라는 이름 하에 점차 형태를 띠며 그의 이성의 한계를 시험하고 있었다.

아민은 이를 부득 갈았다.

사막의 부족은 한곳에 뭉치기 힘들다. 간혹 뭉치더라도 작은 바람에도 쉽게 흔들리고 변모하는 것이 그들이다. 아민의 많은 안다(의형제)들이 그를 떠받들고 추앙하지만 작은 바람에도 변화하기 쉬운 사막을 닮은 그들을 무조건 신뢰하기에는 사막 민족의 습성을 너무도 잘 아는 아민에게는 결코 쉽지 않은 일이었다.

어디까지나 충격을 줄이고 자신의 뜻대로 그들의 불만을 누르며 전쟁 불가를 수긍시키는 것이 목표. 그렇게 복잡한 머리를 정리하고 있던 아민은 무표정하게 내실을 훑어보며 굳은 표정으로 자신을 응시하는 부족장들과 대면한 채 그 적절한 기회를 기다리며 침묵하고 있었다.

그 침묵을 어떻게 받아들였는지는 모르지만 부족장들은 결정을 내리지 않고 입을 굳게 다물고 있는 아민을 질책하듯 한마디씩 하며 거친 콧바람을 뱉고 있었다.

"지금 당장에라도 뛰어나가 도륙해도 시원치 않을 판에 이렇게 엉덩이를 바닥에 붙이고 있다는 것 자체가 한심스러운 일입니다, 카흐람. 우리들은 이미 모든 준비가 되어 있습니다. 형제 국으로서 우애를 지키지 않고 학살을 자행한 반국(反國) 테프투스의 종자들은 지금 이 시간에도 우리 민족을 도륙하고 있거늘… 이렇게 가만히 앉아 있는다는 것은 있을 수 없는 일입니다!"

"그렇습니다."

"카흐람, 승낙을 해주시오. 우리에게는 피 끓는 젊은 전사들이 있고, 또한 '라'의 가호가 우리에게 있을 것이 자명한 일이 아닙니까?"

"그리고 그 복수 뒤 '크리아디아' 공국과도 결판을 지어야 합니다. 달의 강의 소유권을 운운하다니, 이건 원칙으로 보나 무엇으로 보나 모두에게 필요한 것임에도 너무도 안하무인이지 않습니까? 평화 협상을 추진해 서로 간에 충돌없이 지내고자 했거늘… 그쪽에서 소유권을 운운하다니… 우리가 너무 참고 있었던 낫입니다."

"오오… 옳은 말입니다, 아쿠렌. '나토'가 있을 때만 하더라도 가능하던 모든 것이 그의 아들이 뒤를 이으면서 우리를 완전 갖고 놀고 있단 말이오. 달의 강은 누구도 소유할 수 없소!! 사신을 파견해 이번 일을 엄중히 따져 보고 차후 이런 일이 있지 않도록 확실히 해야 하오!"

"%&#@$&!!"

"$%&#!$!!"

아니, 아예 그의 허락을 받았다고 생각했는지 언제 쳐들어갈지 의논하는 이들도 있었다. 모욕감인지 분노인지 모를 표정으로 얼굴을 시뻘겋게 붉힌 채 씩씩거리면서 언성을 높이는 부족장들의 홍분이 그나마 얌전히 있던 소수의 젊은이들에게까지 전염된 듯 내실 안은 전사들이 은연중에 풍기는 살의로 넘쳐 나 흉흉한 분위기를 드러내고 있었다. 그리고 그런 분위기에 아민이 찬물을 끼얹은 것은 한순간이었다.

"애석하지만……."

작은 목소리였지만 복수에 대한 열의에 들떠 뭐라 소리쳐도 듣지 못할 듯 보이던 이들의 흥분은 약속이라도 한 듯 가라앉았다.

모두 복수를 부르짖으면서도, 자신들의 형제와 자매를 죽인 반국(反國)에 대한 적의와 분노로 살의를 드러내면서도 그들의 눈과 귀는 오로지 한곳, 아민에게 쏠려 있었던지라 한창 회의가 진행 중임에도 입을 다문 채 술잔만 기울이던 아민이 드디어 입을 열자 내실 안에 있던 모든 이들은 숨죽인 채 그의 열려진 입술을 응시했다.

내실 안에서 시중을 들던 시종들조차 이번 사안에 드러내지 않고 있지만 속으로 분개하고 있는지라 살아 있는 신의 증명이며 위대한 '라'의 현신 아민 라 마하트라, 자신들의 군주이며 드넓은 사막을 군림할 '카흐람', 멀지 않을 미래에 아메노카르의 직을 이을 영민한 젊은 왕세자에게로 시선을 모은 채 숨죽이며 그의 결정을 기다리고 있었다.

당연하게도 그들은 자신들의 영민한 군주가 이번에 가장 선두에 서서 자신들을 이끌고 반국에 대한 응징을 할 것이라는 믿음을 갖고 있었다.

아민은 자신의 승낙을 기다리면서 침묵하고 있는 내실 안 부족장들의 마치 성난 맹수처럼 복수에 대한 결연함으로 무장된 모습에서 순간 망설임을 느꼈지만 자신이 내려야 하는 결정을 어찌할 수는 없는 법이었다.

최근 몸이 약해져 거의 모든 정사를 아민이 맡아보고는 있지만 아직 왕좌를 지키고 있는 현 아메노카르 '무하드' 는 나하트(전사)라기보다는 유마(문관)에 조예가 깊었다. 그는 칼을 쥐기보다 책을 가까이했던 탓에 탁월한 수완으로 사막 부족들에게 가장 막강한 영향력을 행사했고, 빈번했던 나라 안 부족 간의 사소한 전투를 최소화하여 단결력을 굳건히 했으며 수백 년의 세월 동안 끊임없이 계속되었던 사막의 피바람을 잠시 동안 잠재웠다.

그는 나하트 출신의 역대 아메노카르들과는 달리 반신을 쓰지 못하는 불구인 탓에 몸이 비교적 약했다. 비록 선대의 어떤 왕보다 현군으로서 추앙받았지만 사막의 부족들을 통솔해 앞서 전쟁을 할 만할 전투력을 갖추지 못했었다. 자주는 아니었지만 병도 잦았다. 아메노카르가 된 이후 20년 간은 당시 테프투스 왕국의 지도자였던 '세무카' 와 안다(의형제)가 되어 외교로써 적당히 평화를 유지했었다. 하지만 '세무카'의 넷째 아들인 '하쿤' 이 그를 몰아내고 왕이 된 후 요 4년 사이에 그들은 푼트 국을 향한 작은 국경 분쟁이 아닌 위협으로 보이기에 충분한 군사 행동을 당해야 했다. 상당한 피해를 입은 푼트 국으로서는 화를 삭일 수밖에 없었던 것이, 그들을 전장으로 이끌어야 할 주인이 말을 타지 못했고 그의 후계자로 지임받았던 카흐람 역시도 몇 년 사이에 정신병 때문에 왕성에 진득하게 붙어 있지 못했던 탓이었다. 물론 부족들이 생사를 떠나서 개별적으로 싸울 수는 있지만 그건 어디까지나 작은 규모의 분쟁 정도다.

한두 부족이 뭉쳐서 싸우는 것 정도야 국가 간으로 번질 위험이 없으니 적당히 훈계하고 무마하면 끝이었고, 사실 왕실과 부족 간에 서로의 세력권을 인정하고 인정받으며 지금껏 균형을 유지해 왔기에 큰 규모의 전투는 아메노카르나 그 자리를 물려받을 카흐람이 상황을 살펴 전쟁을 이끌어가는 것이 관례였다. 신의 상징에 대한 예우로써 부족들도 기꺼이 그들에게 자신들이 키워온 부족의 전사들과 함께 그의 휘하에서 명령을 따르고 복종해 왔다.

그것이 관례였고 왕실과 사막의 소부족 간에 나라를 건국함과 동시에 서로 간에 지켜야 했던 묵계였다.

어찌 보면 그러한 묵계를 통해 왕권이라는 이름 아래 구속되려 하지 않는 자유로운 사막인들을 묶은 족쇄일 수도 있으나 그 관례는 큰 효과는 아니었지만 큰 전쟁에서 각기 다른 부족들을 효과적으로 통솔하기에는 부족함이 없을 만큼의 위력은 있었다.

그러한 이유로 부족들은 관례를 좇아 자신들을 효과적으로 통솔해 그동안 묵혀온 복수를 해줄 아민의 승낙을 절실히 바라고 원하고 있었다.

아무리 부족들이 비분강개해 복수니 뭐니 떠들어도 왕실의 허락이 없으면 그들이 오래도록 품속에 묻어오던 원한을 그대로 삭여야 하는 것이다.

작은 시비거리라도 발견되면 당장이라도 쳐들어가 찢어 죽일 살의로 무장돼 있던 부족장들이었기에 아루의 부추김도 있었지만 때마침 벌어진 그들의 학살 건에 오히려 반가워하며 당장에 왕궁으로 달려온 것이다.

한순간 광기로 살인을 저지르던 아민의 병세도 호전되어 왕실이 어느 정도 안정을 되찾고 국력을 쌓아가고 있는 이 과도기적인 시점을 놓칠 수는 없다는 공통적인 생각이 그들의 뇌리 속을 지배했고, 그들의 결의는 흥분과 열의로 바뀌어 내실 안을 후끈하게 데우고 있었다.

물론 그동안 잠잠했던 만큼 날뛰고 싶어하는 욕구도 한몫하고 있을 것이다. 어떻게 말해도 사막의 부족들은 전쟁을 일상사처럼 겪어오고 전쟁을 두려워하기보다는 오히려 즐기기까지 했던, 피에 굶주리다시피 한 이들이니까.

잔혹한 사막 부족들의 습성은 아군에게는 공평했지만 적에게만큼은 호전성과 그 밑에 깔린 잔인함이 만들어낸 것. 어찌 보면 그들 밑바탕에 깔린 잔혹성을 만족시키기 위해 창출된 하나의 특징일 수도 있었다.

어찌 되었든 그들의 그 열의는 아민에게 잠시간의 망설임을 제공했지만 그 망설임과는 다르게 그의 입에서는 자신의 결정에 쐐기를 박듯 단호한 어투로 안.돼.를 외치고 있었다.

"이번 사안은 승낙할 수 없소."

"네, 그렇습니다. 현명한 결정이십니다. 이것은 절대로 승낙해서는 안 되는… 뭐… 뭣?!"

전혀 예상치 못했던 답변인 탓일까.

당연히 떨어질 승낙의 답변에 동조하려 입을 열었던 한 부족장은 짧은 순간 무례를 잊고 몸을 일으키며 언성을 높였다가 자신과 마찬가지의 이유로 방금 자신들의 두 귀로 들은 전쟁의 불가(不可)함에, 그것도 테프투스에 대해 상당히 좋지 않은 감정을 지녔던 카흐람의 입에서 흘러나왔다고는 믿을 수 없는 반대에 사방을 일정한 배율로 메우고 있던 많은 이들이 자신의 두 귀를 의심했다.

그리고 놀람과 불신을 반반씩 담은 눈초리가 아민에게 집중되며 방금 전과는 다른 이유로 그들은 흥분했다.

"카흐람?!"

"…세상에… 신이시여! 아니 된다니 그 무슨 말씀이십니까? 도저히 저희들이 납득할 수 없는 그런 말씀을 하시다니……!"

"카흐람! 사막에 존재하는 모든 것은 우리와 형제입니다. 지금 그 형제가 아무런 죄도 없이 학살되어 우리에게 복수를 비통하게 부르짖고 있을진대 그게 말이 될 법한 결정이시란 말입니까!"

'그럼… 전쟁을 하자 말하는 게 말이 되는 결정인가? 이 상황에서?'

비록 속내를 밝히긴 했지만, 여전히 복잡하기만 한 사안을 맞닥뜨리고 있는 아민이었기에 추호의 흔들림도 없었다. 어차피 저들의 반발은 사막 부족으로서는 당연한 반응인 것이니 이제 차근차근 대화를 통해 저들을 납득시켜 어떻게든 좋게 끝내야 했다. 적당히 그들이 수긍시킬 수 있는 이유가 생겨날 때까지는 어떻게든 전쟁을 미뤄야 했다. 하다 못해 그의 아버지가 잠시라도 병상에서 일어나 자신과 동조해 의견을 합쳐 평화적인 사안이 정해질 때까지만이라도 어떻게든 해야 했다.

지금 자신이 겪고 있는 사사로운 일도 있는데다 아무리 생각해도 이번 전쟁은 무리였다. 비록 가벼운 복수라는 이름이지만 이미 원한이 쌓일 만큼 쌓여 작은 분쟁 하나에도 서로에게 이를 들이대고 있는 것이다. 같은 뿌리에서 난 왕국답게 기마술이 뛰어나고 샴실을 다루는 솜씨 또한 비범하여 서로 간에 검을 들이댄다면 짧아도 수 년 간은 사막의 혈향이 진동하고도 남을 살육전이 벌어지는 데는 부족함이 없는 대대적인 전투로 이어질 것이다.

그리고 대륙에서 전쟁이 있을 때마다 중재와 화해를 주선해 오던 제국이 개입함은 당연한 것. 그 개입과 동시에 전쟁은 어떤 형태로든 종식될 것이다. 또한 그와 함께 시시비비(是是非非)를 가려 우리 쪽이 이기든 테프투스 쪽이 이기든 서로 간에 제국의 상당한 간섭을 받게 됨은 정해진 수순일 것이다. 어느 왕조보다 오랜 세월 동안 대륙의 강대국으로서 제국은 그 자리를 굳건히 매김해 왔고 세월이 흘러가면서도 변함없이 그 강력한 통치력과 권세를 자랑하며 각국의 왕실을 보이지 않게 휘둘러 왔다.

그 영향력의 가장 큰 예가 바로 크리아디아 공국이다. 전 황제 그레이엄의 가장 가까운 가신이 그의 허락으로 세운 이 나라는 제국의 영토의 일부에서 출발했지만 그 위세는 제국을 제외하면 누구도 함부로 대할 수 없을 정도의 군사력과 통치력을 자랑하고 있었고 제국이 직접 나설 만큼의 큰일이 아닌 규모의 일이 터질 경우 대신해서 전쟁을 중재할 만큼의 국력을 자랑하고 있었다.

왕이라 칭해도 부족함이 없으나 그들은 여전히 제국에 충성하면서 황실의 가장 큰 힘이 되어주고 있다. 그런 크리아디아 공국이 푼트 국이 아님을 알면서 국경 난입의 책임을 물음에도 그들이 어찌할 수 없는 것이 그러한 이유일 것이다.

물론 크리아디아로서도 대륙의 다른 어떤 왕국보다 제국과 가깝고 또한 위협을 가할 만한 곳은 사막 부족인 푼트 국과 테프투스 왕국이었으니 이 상황을 이용해서 어떻게든 그들의 위세를 꺾어둘 필요성을 느낀 탓일 것이다.

제국의 황제는 모르겠지만 크리아디아 공국과 황제의 가신들 간에는 이런 부류의 일로 서로 간에 말이 오고 갔을 것이다.

누구라도 고개를 숙이는 제국에 유일하게 고개를 숙이지 않았던 것이 사막 부족이다.

특히 푼트 국에게는 개인적인 감정이 많을 제국이니 대대적인 전쟁이 벌어졌을 때 가장 큰 피해를 볼 것이 뻔한 이치. 아마도 괘씸한 마음도 상당히 있었을 테니 전투가 벌어졌을 때 곤란해지는 건 푼트 왕국이다.

자존심 상할 말이지만 황제의 가신들이 자신의 고국의 힘을 꺾어두기 위해 중재는커녕 테프투스 왕국을 원조하여 아예 속국화시킬지도 모르는 일.

그 사태가 벌어진다면 아메노카르를 대리해 이 나라를 책임지고 있는 그에게 상당한 영향을 줄 것이 자명했다.

어떻게든 무난한 방법으로 넘어가야 할 테지만 방법이 없으니…

사막의 태양은 더 더욱 열기를 더해가고 그 후텁지근한 열기가 그런 그의 고민에 짜증을 돋우었다. 지끈거리는 두통만이 그 위세를 더해가고 있으니…

사막을 붉게 물들이는 태양만이 아민의 답답한 심경을 대변하듯 조금씩 늘어나는 미간의 주름을, 그리고 무심하게 달아오르는 대지를 비출 뿐이었다.

천부경

1

천부동

"끼아아악~"

시끄럽다…….

전날 밤의 피로로 폭신한 침대에서 느긋하게 잠에 취해 있던 나는 내 귀청이 떨어져라 빌기라도 하는 것처럼 째지는 웬 여자의 비명 소리에 아직 반쯤 잠에 함몰돼 있던 뇌를 억지로 끄집어내고 있는 중이다.

알다시피 살아 있는 사람이라면 당연한 생존 본능에 의거해 숙면을 취한다. 그 숙면을 끝내고 아침의 시작을 알리는 것은 제각각. 아침의 새소리, 혹은 새벽의 차갑고 청명한 맑은 공기를 맡으며, 혹은 가까운 이의 가벼운 고함 소리 등등으로…

오늘 나의 아침은 방금 들었다시피 짜증스럽게도 시녀의 비명으로 시작됐다.

아아… 짜증나. 대체 얼마나 지나야 익숙해질 참인지…….

내가 인상을 팍 구긴 채 하이소프라노 음성으로 갖가지 형태의 비명을 지르고 있는 시녀를 바라보고 있으려니 참 짜증스럽기 그지없었다. 그때 밖에서 센시아를 비롯한 노련한 중년 시녀들이 우르르 몰려 들어와 거의 하얗게 질려서 겁을 잔뜩 집어먹은 시녀를 데리고 나가는데… 암만 봐도 신참인 모양이다.

뭐, 그야… 내 꼬락서니를 처음 본다면 암만 간뎅이가 부은 작자라도 놀라기는 마찬가지겠지만… 으으… 그보다 아파 죽겠다.

으휴… 인간 '박장수', 아니, 인간 '카인'… 이러다가 말라죽겠다……. 이걸로 몇 번째지? 첫날 시작해서부터니까… 대충 서른아홉 번?

틈만 나면 칼부림이 일어나니 나로서는 이제 로위나의 칼부림이 없을 때면 오히려 불안할 정도다. 나… 매져 다 됐어. 흑흑… 여하튼 내 눈에 비추어지는 건 천사처럼 잠들어 있는 그녀와 그녀의 손에 쥐어진 그것. 어제 내가 그녀의 손에 쥐어준 은장도와 크기도 형태도 비슷한 그 날카로운 단검의 날에는 붉은 피가 적셔져 있었다.

역시… 어젯밤에도 날 죽이려고 갖은 애를 썼던 모양이다. 내 입으로 말하긴 좀 뭣하지만, 나는 생사를 오가는 아슬아슬한 잠자리가 무엇인지를 절실히 보여주는 밤을 보내고 있다.

그날, 내가 잠시 '나' 이길 포기하고 무신들의 권리 향상을 위해 벌인 일. 대대적인 물갈이가 있었던 그날 나의 과거를 알고 또 사신들과의 조우를 통하고 나의 본신을 찾았던 그날 이후 내 침상을 차지하고 있는 여인 로위나 드 리보아……. 씁쓸하게도 나는 내가 사랑하는 여인에게 목숨을 위협받고 있다.

그날… 혼의 근원적 핵의 파괴로 산 자에게 통용되는 특유의 생기와 감정이 거의 모두 상실되어 나조차 알 수 없는 형태로 인해 로위나는 산 인형이 돼버렸다. 내가 좋아하던 그녀의 생기발랄함도, 바람결에 날리며 물결치던 꿀빛 머리칼도, 맑고 투명했던 로위나의 눈동자 모두가 힘을 잃고 축 늘어져 버렸다.

그녀가 그나마 생기가 도는 것은 아침뿐.

내가 온몸에 피칠을 한 뒤 힘없이 웃으며 그녀를 안아줄 때서야 그녀는 조금이나마 감정이라는 것을 표현한다. 처음에는 알 수 없었지만 지금으로써는 뚜렷하게 알 수 있는 그것. 죄책감과 말로 형용키 힘든 그 어떤 것에 대한 집착으로 인한 광기.

그 광기가 조금이나마 풀어짐으로써 드러나는 감정을 보기 위해서라지만 아침마다 내가 겪는 고생은 이루 말할 수 없을 정도다.

영구 리커버리 주문을 반복적으로 걸어둬서 생명에 지장은 없지만 밤마다 그녀의 그런 살육욕을 풀어준답시고 그녀의 손에 쥐어주는 단검으로 나의 몸은 학대 아닌 학대를 당하고 있는 형편이다.

평소에는 멀쩡하다가도 갑자기 빡 돌아서 어디서 구했는지 틈만 나면 나에게 흉기를 휘둘러 대니⋯ 많이 나아지긴 했지만 낮이나 밤이나 가리지 않고 나에게 검을 박아대고 불지불식간에 나에게 달려들어 죽이려고 악을 쓰는 그녀에게 긴장을 풀 수 없었던 것도 있었지만.

지금껏 날 죽이려다 미수를 그친 것이 한⋯ 서른아홉 번째? 처음에는 방 안에 장식용으로 놓아뒀던 도자기를 깨 그 조각으로 내 목에 찌른 것이 그 시작이었다. 같이 자기 시작한 지 이틀째였던가 그날도 으레 황제로서의 해야 할 모든 직무를 끝내고 황후궁으로 가서 로위나를 껴안고 고이 잤다.

지금에서 와서 생각해 보면 자는 내내 뭔가 바늘에 찔리는 것처럼 내 몸이 따끔따끔거려 자면서 신경질이 나기도 했었다. 처음에는 모기 정도로 봤다. 사실 이 대륙이 이때쯤이면 한국의 장마철처럼 모기가 들끓는 계절이었고 내 방에서도 모기 때문에 상당히 고생한 적도 있어 그런 줄 알았던 것이다.

그래서 좀! 많이 아팠지만 남자라면 이 정도 아픔쯤이야 참을 수 있어야 한다는 처절한 마음으로 꾹 참고 잤는데… 습관처럼 일찍 일어난 나는 새벽 공기나 마셔보자는 생각에 방 안의 커튼을 치고 문을 벌컥 열었는데…….

베란다 밑으로 누군가 지나가길래 손을 흔들어줬다.

그런데… 이상하게 거품을 물고 쓰러지는 게 아닌가? 처음에는 하늘같은 황제에게 인사를 받았다는 감격(?)에 마음 약한 시종이 기쁨에 겨워 기절한 줄 알았다. 왜냐고? 내가 좀 착하잖아. 쿄호호호호~ 이래 봬도 황궁 내에서 내가 얼마나 착한 황제로 정평이 나 있는데. 귀족들이야 그날 그 사건 때문에 나만 보면 피에 굶주린 황제니 뭐니 하면서 욕하지만서도.

하여튼 기절한 시종에게 조의를 표하고 방 안으로 들어온 나는 아직 아침 직무를 시작하려면 두어 시간쯤 남아서 빨리 씻고 산보나 하러 나가자는 생각으로 밖에 시립하고 있을 시녀들을 부르기 위해 침대 위의 노끈을 잡아당겼다.

그러자 우르를 쏟아져 들어오는 시녀들…

그리고 곧 이어 쏟아지는 비명…….

하.하.하. 조심스럽게 내 방 안으로 들어오던 시녀가 하나가 일차적으로 기절하고 뒤따라 들어온 시녀는 거의 미칠 듯이 비명을 질러대고…….

그 비명 소리에 순간 쫄아서 굳어 있으려니 그 비명 소리를 듣고 문 밖을 지키고 있던 기사들이 내 이름을 열렬하게 부르며 또 우르르… 그리고 진짜 토씨 하나 안 틀리고 입을 쩌억 벌리더니… 아까 전과는 다른 경악한 표정으로 굳어버리는데…….

내가 당황해서 무슨 일이냐고 되물었더니만 노엘이 재빨리 나에게 장신거울을 보여줬다.

그리고 그 뒤에 본 광경은… 하하하… 장난이 아니더구만. 온몸이 피칠이 돼서 잠옷이라고 보기에는 지나치게 화려하고 고급스러운 옷이 완전히 걸레가 돼버렸고, 내 몸은 완전 칼에 난자당한 채 내가 흘리고 있는 피로 바닥을 적시고 있더군. 처음에 나인지도 몰랐어.

거울에 비친 것이 내 모습이라는 것은 인식하기가 무섭게 나도 놀라 덩달아 비명을 지를 뻔했지만 가까스로 터져 나오려는 비명을 누를 수 있었지.

왜냐고? 사실 황제 체면에 부하 앞에서 비명을 지를 수야 없잖은가.

그때만큼은 내 스스로가 상처를 낫게 할 만큼 이성이 또렷했던 것이 아니어서 아직 궁 안에 머물고 있던 신관들에게 치료를 받았다.

그리고 밤새 벌어진 피부림에 의해 난 상처의 원인을 유추하다가 그 원인이 로위나였다는 것을 알고는 나도 아연실색했고, 함께 달려왔던 내 가신들을 비롯한 황실 종친들조차 놀라움으로 입을 다물지 못했다.

사실 로위나가 제정신이 아니라는 것을 내 가까운 측근―그래 봤자 노엘과 루이스가 다였지만―외에는 몰랐다. 그래서 처음 내가 그녀와 합방하겠다는 말을 했을 때 노엘과 루이스는 펄펄 뛰었다. 그렇지 않아도 황제 시해 혐의를 쓴 그녀의 처분 건으로 귀족들의 질타가 쏟아지는 마당에 무슨 짓이냐고. 또다시 위협이 될 수 있는 상대와 함께하는 건 자신들이 용납할 수 없다며 길길이 날뛰는 녀석들을 밟아 사람들 몰래 같은 방을 쓰고 있었는데… 또 그녀에 의해 내가 상처를 입자 완전 눈깔이 뒤집어져서 로위나와 100m 접근 금지를 부르짖는 두 호위 놈을 또다시 밟아야 했다.

그 후엔 철저한 비밀 엄수를 위해 신관들 입을 막고 어의를 부르지 않고 내가 혼자 치유 마법으로 해결했다. 물론 궁 안의 시녀들에게도 함구령을 내렸고, 소문이 나지 않도록 좀 잔인한 처방이긴 하지만 입이 무거운 시종들을 제외하고는 혀를 잘라 벙어리로 만들어 버리겠다고 엄포를 놨다. 그리고 내 엄포를 어기고 입을 잘못 놀린 시녀들의 혀는 내 손으로 뽑아버렸다.

잔인해도 어쩔 수 없었다.

내가 사랑하는 여인을 위해서라면 뭐든 못할까.

난 로위나를 위해서라면 뭐든 한다 이거야. 흥흥… 어쨌든 나에게 암수를 부리는 그녀에게 시간이 좀 흐르니 익숙해지기 시작했다.

그리고 노엘과 루이스도 그날 이후 지들이 날 지킨답시고 알아서 방어 체계(?)도 갖추고 있었고, 첫날 이후로 위험 사전 봉쇄 버전으로 들어간 노엘과 루이스는 내 옆에 달라붙어 있다시피 해서 더 이상 악화될 만한 상황은 일어나지 않았다.

뭐, 비밀 경호 부대인 흑기사들이나 노엘과 루이스가 눈을 부라리며 그녀의 공격을 사전 봉쇄하여 조금 마음이야 놓고 있었지만 좀 씁쓸한 건 어쩔 수 없었다. 여하튼 그날부터 지금까지 일주일. 하아~ 짧다면 짧다고 할 수 있는 이 기간 동안 내가 얼마나 골병이 들었던가.

하지만 이런 나의 태도는 나보다 신분이 낮은 것들에게나 통했지 황실의 종친들은 펄펄 날뛰며 엄청난 분노를 로위나에게 양동이로 퍼붓기 시작, 그날부터 나와 종친들 간의 신경전이 시작되었다.

처음에 내가 종친에게 직접 찾아가서 이번 일을 함구해 달라고 정중히 부탁했지만 절대 불가하다면서 오히려 당장 폐후 전교를 내리라고 나를 들들 볶았다.

그리고 나는 그들의 들들 볶아대는 따발총 같은 주청에 머리카락이 상당히 빠지기도 했다. 여기서 잠깐! 종친들과 나의 신경전을 말로 표현하자면 상당한 줄 낭비를 초래한다. 그러니 우선 여기서 설명을 끊고 현실로 돌아가 본다면… 에구구… 전쟁터를 연상케 하는 방을 보니 아주 참담하다.

치워야지. 누가? 내가? 오, 노! 당연히 시녀들이지~

나는 방 안의 참담한 상황을 잠시 멀거니 쳐다보다가 침대 위 노끈을 잡아당겼다. 그러자 우르르 쏟아져 들어온 시녀, 혹은 시종들이 기다렸다는 듯이 내 방 안을 샅샅이 쓸고 훑고 닦기 시작한다.

시간이 오래 흐른 까닭인지 바닥과의 열렬한 사랑의 구애를 청하고 있는 검은 딱지들이 서서히 뜯겨져 나가고 다시 삐까번쩍하게 변해가는 광경을 별 거부감 없이 바라보고 있었다.

"폐하, 일어나셨습니까."

"어."

"후우, 오늘도 별다름이 없으시군요. 세수하시기 전에 옷부터 갈아입으시는 것이 좋겠습니다. 오늘 아침에 들어온 아이는 신입이라서 좀 놀랐는지 밖으로 내보냈습니다. 가져다 드리겠습니다."

처음에는 피투성이의 방 안에 질려하며 들어오길 꺼려하던 시녀들도 이제 아침마다 벌어지는 사태에 익숙해진 듯 기침 시간에 딱딱 맞춰 내가 입을 옷과 세숫대야를 든 채 방 안에 들어온다.

그리고 그 모든 것을 관리하는 철혈의 여인 센시아.

나의 전용 시녀장이다.

그녀는 옷으로 보기에는 좀 민망한 차림새에 인상을 팍 구기면서 세수를 하는 내게 옷을 건네는데…….

참 아깝다. 웃으면 훨 예쁠 텐데.

이상할 정도로 무표정한 얼굴의 내 전속 시녀장인 센시아다.

그리고 어느샌가 내 옆을 호위하듯 달라붙어 있는 두 놈… 노엘과 루이스. 오늘도 내가 피로 떡칠하고 있는 모습에 실로 참담하다는 표정들이다. 뭐랄까… 걱정이랄까, 근심이랄까? 혹은 안타까움이랄까?

표현력이 달려 한마디로 표현하긴 힘들지만 그들은 아침마다 이런 광경을 본다는 것 차체가, 나와 마주하고 있는 것 자체가 그다지 깊지 않은 인내심의 한계를 시험당하는 시간인 듯, 표정은 일그러지고 구겨진 채 묵묵히 내게 예를 취했다.

그러고서 굳어진 표정과 몸을 풀 생각도 하지 않은 채 말없이 내게 뭔가를 내밀었다. 온몸이 피로 범벅이 된 내 모습을 보고 있기 심히 괴로울 것인데도 묵묵히 아침 일찍 내가 기침할 때마다 찾아와서 그들이 내미는 것은 피로 회복제다.

다양각색의 신비로운 오색의 보석처럼 빛나는, 얼핏 보면 달 것 같다는 느낌이 들지만 그 맛은… 절대 표현 못한다. 소주잔 반 정도의 양이건만 지독하게 쓰다. 아마도 한약을 한두 첩 먹어본 사람들은 알 것이라 생각한다. 아니, 한약도 한약 나름이지, 이 포션은 쓰기로 치면 한약의 수십 배다. 단 것은 물론 쓴 것을 싫어하는 나로서는 가장 싫어하는 것의 전형이건만 묵묵히 먹을 수밖에 없는 것은 몸의 통증을 단박에 날려 버리는 데다가 아침마다 키몬에게 달려가 거의 닦달하다시

피 해서 그날그날 만들어지는 포션을 내게 가져다 주는 그들의 정성을 생각해서다.

그놈의 정이 뭔지… 나는 정말 모르겠다. 크… 그보다 이 약 진짜 쓰다. 아무리 쓴 거라도 매일같이 먹으면 그나마 익숙해질 법도 한데 어째 먹을수록 더 써지니… 정말 아침마다 곤욕이다. 먹기 싫다고 개기기에는 온몸의 통증이 장난이 아니니 이 쓴 약이라도 먹어야 몸이 좀 나아진다. 흑… 정말 싫다. 아침마다 뼈 마디마디가 쑤시고 치통, 요통, 생리통… 은 아니지만 통증이란 통증은 몽땅 동반하니 맑은 정신으로 아침을 시작해야 할 나로선 괴롭기만 하누나. 물론 내 품에서 꼼지락거리면서 자고 있는 누군가를 생각하는 순간 그 괴로움이 누그러져 버렸지만. 그 누군가란 바로 로위나. 그녀는 지금 이 세계에 속해 있는 나의 아내이며 내가 세운 이 가이칸 제국의 국모. 심약했지만 어느 여인들보다 배려가 깊었던 마음과 현명함으로 존경받는 나라의 어머니였던 그녀가 원인 모를 사기(邪氣)에 영혼의 근원이 되는 핵의 대부분이 파괴되어 살아는 있지만 의식이 없는 인형이 되어버린 이후 나와 함께 식사를 하고 잠을 자게 된 지도 꽤 된 것 같다.

아침에 일어나자 내 시선은 자연스럽게 내 품에서 움직이는 어떤 것, 즉 로위나에게 쏠렸고 내 입가에는 자연스럽게 미소가 걸려졌다.

캬아~ 정말 이쁘단 말이야…….

아침의 햇살을 받아 물결치듯 빛나는, 얼핏 보더라도 부드러울 것 같은 꿀빛 머리칼이 보드랍고 뽀얀 흰 피부를 휘감고, 깊이 잠이 든 듯 숨을 쉴 때마다 오밀조밀하게 움직이는 붉은 입술. 녹수정에 비유되는 맑고 깨끗한 그녀의 눈동자가 눈꺼풀에 의해 가려져 보이지 않았지만, 눈을 가리는 덮개를 우아하게 장식하는 저 긴 속눈썹을 보라. 다른 사람 눈에는 어떨지 모르겠지만 내 눈에는 경국지색이 따로 없다. 눈이 콩깍지가 씌었는데 무슨 말이 더 필요하랴.

물론 그녀를 보는 나의 마음이 씁쓸하긴 했지만 말이다.

"흑……."

잠들어 있는 로위나의 홍조 어린 뺨을 만지려니 순간 몸이 저린다.

욱! 아파… 저녁마다 영구 리커버리를 걸어두고 자는데도 몸이 쑤시니… 역시 따로 자야 할까? 피야 멎긴 했지만 옷인지 걸레인지 구별이 안 가는 피로 떡칠돼 있는 옷이나… 후우, 굳이 내 입으로 말한다면 한심스러운 상황이지만, 내 모습을 정말 이해할 수 없다는 듯 내 옆에서 천사처럼 잠들어 있는 로위나를 갈무리되어진 짙은 살기로 노려보고 있는 노엘이나 루이스를 볼 때면 나도 모르게 씁쓸해진다.

나에게 상처를 입힌 건 사실이고, 그 원인을 설명해 주질 않았으니 실성한 것쯤으로 알고 있는 그들에게 뭘 바랄까? 내가 일어나는 것을 기다렸다는 듯 시녀들이 잠들어 있는… 아니, 막 깨어나 초점없는 눈으로 허공을 쳐다보고 있는 로위나를 황후전으로 옮기는 모습이 보인다. 그 모습이 왠지 모르게 나를 씁쓸하게 만들고 있었지만 어떻게 해줄 수도 없다.

이제 며칠 뒤면 그녀는 지고한 황후의 자리에서 폐위된다. 내가 우격다짐으로 후궁으로 남겨두어 본가로 내보내게 되긴 했지만 어찌 되었든 그녀는 폐후(廢后)이니…….

내가 로위나를 비호하려고 해봤자다. 황궁의 사람들에게 있어서는 거의 신에 비할 바가 아닌 나의 몸에 심한 상처를 입힌 그 순간부터 나와 가신들 사이에 있었던 공방전. 나는 로위나를 여전히 곁에 두고자 그녀를 감싸려 했지만 로위나의 상태가 들통난 순간부터 그런 내 시도는 불가능이었다.

한 나라의 국모가, 그것도 대륙의 제일 강대국인 제국의 황후가 실성해서 황제의 몸에 상처를 입혔다는 것은 나라의 위신에 관련된 문제이고 황제의 위상을 실추시키는 행위였으니까. 당연히 가까스로 나와 가신들 사이에서는 황후 폐위론을 정식 사안으로 정해 서로 간에 언성을 높였고, 로위나의 아버지인 리보아 공작은 그녀에게 어떤 결정을 내리든 상관하지 않겠다 말하고는 입을 굳게 다물고 있으니… 가신들이야 당연한 수순처럼 그녀의 폐위를 내게 주청했다.

그리고 로위나는 며칠 뒤 폐위되어 후궁으로 강등 조치시키고 치료를 위해 피접을 감행한다고 잠정 결정 내려졌고, 피접은 아마도 리보아 공작이 주선할 모양이다.

피접을 떠나는 날이 오늘이니 오늘 이후로 그녀를 보려면 공작가를 직접 찾아가야 할 것이다. 이제 그녀는 한낱 후궁이니… 그리고 내가 만나고 싶어도 실성했다는 이유로 가신들이 반대할 테니 이제 그녀와 나는 더 이상의 만남도 힘들어질 것이다.

일주일… 고작 일주일이다. 처음에는 그냥 내보내려 했지만 나를 묘하게 원망하는 듯한 그녀의 모습에 부부로서 합궁을 감행했다.

나는 고집을 피우고 반억지를 부려 그녀와 함께 침대를 썼고, 내가 모든 자아… 까지는 아니지만 단편적인 지식을 얻은 그 순간부터 나는 더 이상 내가 아닌 다른 한 존재의 마음을 뒤따르고 있었다.

내가 확신하건대 그것을 얻는 순간부터 나는 더 이상 장수라는 이름으로도, 카인이라는 이름으로도 불릴 수 없는 존재가 돼버릴 것이니 오히려 잘된 것인지도 모른다. 그래서 항상 피해왔던 그녀와의 합궁이었지만 마지막 흔적이라도 남기고 싶어서 일주일 간 나는 항상 그녀의 손에 난도질당하면서도 그녀와 살을 섞었고 함께 잠들었다. 일주일이 었지만, 남는 건 허탈감뿐이었지만 그래도 마지막이라는 생각에 그녀 를 정성껏 대해주었다.

혹여 나를 알아볼까 해서 돌보았지만 역시 그건 무리였던 모양이다. 하얀… 붉은 피와는 대조적으로 하얀 실크 잠옷 위에 나의 피로 피어 난 혈화(血花)가 곳곳에 장식되어진 광경을, 그리고 무표정하게 시녀들 의 손에 이끌려 밖으로 나가는 그녀를 씁쓸하게 바라보다가 그녀들이 가져온 세숫물로 세수를 하고 피 묻은 옷을 갈아입었다.

폐비 전교까지 내려진 사안에 미련을 가져 봤자 도움될 건 없다.

어차피 내 옆에서 나를 지킬 반려(伴侶)는 그녀가 아니었으니까. 만 나서 오랜 회포를 풀어야 할 상대는 그녀가 아니니까. 장수였던 내가 사랑했던 그녀를 생각하면서 나는 입을 굳게 다물고 말없이 시녀들이 내온 식사를 했다. 별로 먹고 싶진 않지만 눈앞에 눈을 부라리고 있는 내 호위기사들의 눈빛을 그냥 외면하기에는 내 연약함이 굴복될 수밖 에 없었다.

흑… 정말 싫다. 먹기 싫은 거 억지로 먹으면 체한다는 만고의 법칙 을 각오, 혹은 무시해 가면서 꾸역꾸역 목구멍으로 집어삼킨 뒤라야 무언의 압력에서 벗어날 수 있었던 나는 며칠 동안 흐리멍덩하던 하 늘에서 부슬부슬 내리기 시작하는 빗방울을 잠시 멍하니 쳐다보다가 얼핏 내게 시선을 모은 채 말없이 내가 입을 열기를 기다리고 있는 노 엘과 루이스의 눈과 마주쳤고, 나는 순간 픽 웃으며 고개를 돌려 버렸 다.

그들의 눈을 피한 것이다.

지금 내 눈동자는 검으니까… 저들이 항상 보아오던 푸른 눈동자가 아닌 밤하늘 빛으로 빗은 보석처럼 검은… 어찌 보면 이 세계에서의 내 눈동자와 머리 색은 이질적이다. 어렴풋이나마, 아니, 온몸으로 느껴지는 이질감으로 그들로서는 뭐 감당할 수 없는 것은 아니겠지만 그래도 아직 익숙해지려면 좀 오랜 기간이 걸릴 테니 우울하다. 언제가 되어야 이 우울함이 사라질지는 모르겠다.

"후우… 노엘, 루이스."

"네, 폐하."

"잠시 혼자 있고 싶으니 나가라. 곧 부르겠다."

평소와 다름없지만 한층 우울함이 깃들여진 목소리다. 아직 내 감정조차 다스리지 못하고 있는 실정이다. 일일이 하나하나에 신경 쓰고 싶진 않았다. 비록 저들이 나의 기사들이고 내게 충성을 맹세한 이들이라고는 하지만 아직 저들과 아무렇지 않게 웃으며 떠들 만큼 감정이 메마르지도 않았다. 나가라는 내 말에 내 호위기사들의 표정이 일순 흐려졌지만 알아서 나가준다.

"후우~"

절로 한숨이 나온다. 옆에서 한숨 짓는 내게 걱정스러운 눈길이 향하는 기사들의 표정이 보였지만 나는 눈을 지그시 감았다. 오늘이 마지막이 될 것이다. 이런 미안함을 갖는 것도 저들에게 갖는 이런 감정도… 이제 버릴 것이다.

나는 눈을 지그시 감았다. 오늘 일로 그들과 만나야 할 테니… 잠시 동안만 그들을 잊기로 했다. 아주 잠시간……

＊　　＊　　＊

허공 속에 붕 떠버린 세계.

내 심연의 의식 속에 갖추어진 내면의 공간은 텅 비어 있다. 그리고 그 텅 비어버린 세계는 나라는 존재가 들어섬으로써 그 형태가 새롭게 변해간다. 불길할 정도로 텅 비어 정적만을 유지하던 내 의식 속 세계는 찌잉— 하는 시원스러운 음색과 함께 주변을 메우면서 퍼지는 빛의 다발로 넘쳐 난다.

현실 속의 우울함을 모두 날려 버리기에 충분한 따뜻한 빛의 음색이 나의 마음을 위로해 준다. 한 며칠 터울로 한 번씩 들어오는 곳이지만… 으음, 이제 매일 와야겠다.

하지만 아무리 멋진 모습도 혼자서 계속 보면 지겹지.

"나와라."

빛의 다발이 술렁이는 것이 눈에 띄었다. 커다란… 커다란 무언가에 둘러싸인 듯한 느낌이 확연하게 내게 다가온다. 빛의 축복에서 나의 축복 속에서 태어난 영혼.

나를, 그리고 나만을 위해서 태어난 그들. 푸르고 붉은, 그리고 흰… 거친 힘의 다발이 넘쳐 나며 서서히 사람의 모습을 만들며 내게로 다가온다. 내 의식 속에서 나의 부름만을 오래도록 기다리던 그들의 얼굴에는 변함없는 충성심과 신뢰가 있다.

갈무리되어진 오행(五行)의 힘이 잠시 몽롱했던 나의 의식을 완벽하게 일깨우며 빛나고 있다.

역시나 강하고 아름다운 나의 사신들이다. 비록 나의 뜻을 어겨 나의 화를 자초했던 녀석들이지만 여전히 나는 그들을 곁에 두고 있다. 내 자아가 스스로 그 모든 것을 잊었어도 그들을 곁에 두었을 정도로……

─오셨습니까…….

청룡(靑龍), 사신(四神)의 수좌(首坐)인 윤(侖)이 나를 보며 짓는 희미한 웃음.

나는 픽 웃었다.

"빨라서 좋군."

─칭찬 감사합니다.

"……."

─…….

그리고 짧은 대화와 함께 그들과 나 사이에는 잠시간의 침묵이 있었다.

"…나는 깨어나고 싶지 않았다."

흠칫.

저들의 몸이 눈에 띄게 흔들린다 싶더니 바닥을 보고 있던 사신들의 원망스러운 시선들이 내게로 박힌다.

청룡은 씁쓸한 체념의 눈빛을, 백호는 쉽게 내칠 수 없는 원망의 눈빛을, 주작은 결코 용서할 수 없다는 증오의 눈빛을… 그들은 수천 년간을 품어온 그들 나름대로의 감정을 드러내며 나를 바라보았다.

─그럼 저희들이 어찌해야 했습니까?

애써 누르고는 있지만 나를 결코 외면할 수 없게 만드는 애처로울 정도로 떨려오는 음성이었다. 나는 말없이 그들을 훑었다. 내가 무엇 때문에 이들을 찾았는지 저들은 알 것이다. 언제나 장난기가 많았던 백호(白虎) 류(侖)조차도 침묵하며 내 입을 응시하고 있다.

─당신이 모든 것을 잃어가면서 사랑했던 그들이 그렇게 당신의 모든 것을 부정하고 더럽히고 있는데, 하찮은 인간들에 의해 당신의 성지

가 망가지고 있는데 우리들이 참을 수 있을 거라 생각하셨습니까? 당신의 뜻을 받들면서도 우리에게 끝없는 허탈감만 안겨주는 그 세계의 인간들을 저희가 언제까지나 지켜줘야 했습니까?

"…내가 분명 그들에게 원하는 건 없다고 했다. 먼저 사람에게 손을 내민 것도 나다. 그들이 좋아서, 사랑해서, 그들과 함께하길 원했던 건 나다. 나는 분명 너희들에게 말했던 걸로 기억한다. 분명 후회할지도 모른다고. 그런데도 나를 따른 것은 너희들이요, 나의 유지를 받고 그들을 지켜온 것도 너희들이다. 그런데도 나를 원망하는 것이냐?"

—아니요!!

거칠게 나의 말을 끊으며 부정하지만 나는 너희들이 내 말에 어떤 반응을 보이든 그건 상관없었다. 원망해도 상관없다. 그런 원망 정도는 이미 각오하고 있던 터였으니까.

청룡의 금안이 한순간 차분함을 잃고 폭풍처럼 흔들리며 격렬하게 떨리고 있었다.

—저도… 인간을 사랑합니다. 그들의 마음속에서 우러나는 그 따스함을 사랑했습니다. 그래요, 사랑했습니다. 당신을 죽이면서까지… 그렇죠. 그런 마음은 아마도 당신께서 인간이 몸을 빌려 이 세계에 넘어와 당신의 뜻에 따라 지금의 몸으로 다시 환생하기 전까지 저희들이 몇 번이고 환생하는 당신을 죽여가면서 지금껏 당신의 유지를 이어온 충분한 이유가 되겠지요. 저의 마음도 이럴진대 제가 그런 당신을 어떻게 원망할 수 있을 것이며 어떻게 당신을 죽이면서까지 지키려고 했던 인간을 미워할 수 있겠습니다. 다만… 저희들이 당신을 깨운 것은, 잠들어 계실 당신을 깨운 것은 그저 뵙고 싶었기 때문입니다. 그래서 당신께서 남기신 천부경(天符經)을 제가 보관하고 있었던 것이죠.

"넋두리였을 뿐이니… 그렇게 민감하게 반응하지 마라……."

처연하게 흔들리는 그들을 바라보고 있자니 가슴이 아프다. 사신들도 나도 서로 간에 쌓인 가슴속에 묻어둔 원망으로 응어리진 한이 봇물 터지듯 흘러나오고 있다.

다 나의 이기적인 심성이 자초한 것인지도…….

씁쓸한 마음이 나를 잠시 침묵하게 만들었다.

─언제까지… 대체 언제까지 저희를 괴롭게 하실 겁니까……. 우리에게 언제까지 당신의 존귀한 육신을 해하게 만드실 거냔 말입니다. 당신의 모든 것이 부정당한 지금에까지 이렇듯 희생하실 필요가 어디 있느냔 말입니까. 한!! 당신의 민족은… 당신이 사랑하고 지켜내었던 '배달족'은 이미 죽었습니다. 그런데 왜 당신은 끝까지 그런 껍데기밖에 남지 않은 그들에게 언제까지 구속되어야 하는 거냔 말입니다.

"윤(蘊)……."

─이제 그만 자유로워져도 되지 않느냔 말입니다!!

나는 씁쓸하게 고개를 저었다.

─한!!

토해내듯 내 이름을 부르면서 애처롭게 흔들리는 청룡을 나는 멍하니 바라볼 수밖에 없었다.

'한'. 최초의 이름이며 내가 떠올리기 싫었던 과거의 영광된 이름…….

하지만 내가 나임을 입증시키는 본신의 증거… 그 증거가 그들로 인해 확실시 되어간다.

구속인가… 내가 자초한 과거로의 구속.

절규일 것이다. 아마도 윤의 저 외침은, 오랫동안 마음속에 묻어온 반복되어진 고통이 한순간 토해져 나오는 비통은 아직도 미련을 버리지 못하고 있는 모든 것에 대한 분노일 것이다.

그리고 저 분노를 쉽사리 내칠 수 없는 것은 내가 저들에게 지워준 짐에 대한 죄책감이다.

윤이 소리쳤다.

—어째서 부정하십니까? 이제 와서 부정한다 해도 그건 이미 늦은 거란 말입니다. 깨어나 이토록 후회하실 것이라면 어째서 그런 허황된 꿈을 꾸고, 또 그 꿈을 버리지 못해 이계에까지 와서 이토록 고통스러워하시는 것입니까…….

—한, 제발 저희들과 이제 안식의 땅으로 가서 지친 몸을 쉬십시오. 비록 고향인 금미달(今彌達)은 아니지만 그래도 저희들에게 허락된 성지는 당신을 맞기에 부족함이 없을 것입니다. 차원을 넘기에는 상당히 귀찮은 일이지만 한과 저희들은 신수. 어떤 것에도 얽매일 수 없는 자유로운 존재… 약간의 힘의 충돌이 있을 수 있겠지만 돌아갈 수 있습니다. 제가 다스리는 서의 영지인 백호족이 당신이 없는 동안 성심성의껏 지켜온 정결한 바람은 한, 당신의 노곤함을 풀기에 부족함이 없습니다.

—당신에게 반항하는 것 역시 무의미하다는 것을 알아, 한. 나는 미르, 당신에게 속한 주작의 여왕이야. 서의 영지가 싫다면 나의 성지(城地)로 와도 좋아. 한, 비록 당신에게 평온함을 줄 수는 없겠지만 그래도 당신이 오겠다면 환영하겠어. 당신이 밉지만… 여전히 당신은 나의 주인… 그리고 비록 계승하지는 못했지만 모든 생명들이 경배하는 천존(天尊)이니…….

—제발, 한. 배달족은 잊으십시오. 당신을 잊고 스스로의 자긍심마

저 퇴락해 버린 그런 인간들은 잊고 저희들과 함께 가실 수는 없겠습니까?

—그들이 마음에 걸린다면, 기억을 봉인(封印)하신다면… 정 껄끄러우시다면 저희들에게 맡기십시오. 그렇게 한다면 괜찮지 않습니까?

윤과 륜이 나를 설득하려는 듯 그 음성이 자못 절절하기까지 했다.

아마도 내가 깨어나기를 기다리면서 마음속 깊은 곳에서부터 묻어 온 말들일 것이라 생각하니 나도 모르게 웃음이 피어난다. 모든 것을 버리고 저들을 따른다면 분명 나는 그들의 보호 속에서 평온함을 누릴 수 있을 것이다.

내가 바라고 저들이 바라는… 원상태로 돌아갈 수는 없지만 그래도 그들 모두에게 있어서는 가장 유연한 해결 방안이다. 기억을 봉한다면, 지금껏 내가 마음속에 품은 그들에 대한 집착을 봉한다면 나는 마음 편히 내가 쉴 그들의 성지로 갈 수 있을 테지만 그건 내가 원하는 바가 아니다.

"그들은 나의 핏줄이다. 그들을 버릴 순 없어."

—젠장!! 지금 저희들의 인내를 시험하시는 겁니까? 한, 당신의 핏줄은 이미 끊어졌습니다. 억지를 부리려거든 될 법하게 하시란 말입니다. 천존께서 '화하족' 들로 하여금 당신이 퍼뜨린 모든 사상들과 맥을 끊게 하시고 때를 같이해 자결케 한 것을 잊으셨습니까? 단군왕검(檀君王儉)은… 당신의 아들의 핏줄은 이미 거의 다 사라져 버렸단 말입니다!

"아니… 그건 아니야. 지금 존재하고 있는 이 몸 '박장수'. 나의 혈육이며 또한 마지막 단(祖)의 핏줄이 아직 남아 있어. 아직… 다 사라지지는 않았어."

나의 말에 윤의 얼굴에는 짙은 절망이 깔렸다.

―젠장할!! 제발 그만둬 달란 말입니다! 이제 포기할 때도 되지 않았습니까? 한, 언제까지 저희들이 무력하게 당신의 고통을 바라봐야 하는 겁니까……!

"마지막까지… 모든 것이 끝나는 순간까지 아마도 너희들은 지켜봐야 하겠지."

―납득할 수 없습니다!

격렬하게 떨리는 윤의 외침에 나는 피식 웃었다. 감정이 소거된 밋밋한 차가운 웃음이다.

"안 해도 상관없다. 내가 너희들의 마음을 생각했다면 이런 미친 짓을 벌였을 리 없지."

내 말이 심했던 모양인지 순간 발작하듯 몸을 일으키는 주작을 백호가 겨우 눌렀다.

나는 모든 힘이 빠진 듯 고개를 떨군 윤을 바라보며 힘없이 입을 열었다.

"나의 기억은 아직 불안정하지만 그래도 너희들에 대한 기억은 확실히 가지고 있어. 내가 기억하는 너희들은 항상 나를 믿어주었고, 나의 가장 가까운 곳에서 그 옆을 지켜주었다. 너희들의 마음은 잘 알아. 내가 하는 일이 얼마나 어리석은 짓인지 잘 안단 말이다. 너희들 말대로 그저 모든 것을 다 버리고 너희들의 마음을 받아들인다면 내게도 안존할 곳이 생기는 것이니 좋은 일이겠지만… 나는 그들을 버릴 수 없어."

―당신의 그 잘난 희생 정신으로 살아남는다고 해봤자 얼마나 갈 거라고 생각하는 겁니까? 한, 당신의 그 알량함으로 그들을 배려하면 할수록 그들은 더욱 진흙탕 속에 뒹굴게 될 것임을 모르시는 겁니까? 당

신이 그들의 곁에 머물려 하면 할수록 그분의 분노는 고스란히 배달족에게 향하게 돼 있습니다. 당신이 그들에게 고스란히 내어준 정기(精氣)는, 천지(天地)를 진동케 하던 그 긍지는 이미 모두 화하족에게 흡수되어 껍데기만 남아버렸다는 것을 누구보다 당신께서 더 잘 아시지 않습니까? 그나마 남아 있는 정기마저도 미미한 것임을 모를 리 없을진대……

예상하지 못한 것도 아니지만 윤의 입으로 듣는 순간 왜 그렇게 서글픈지 울 뻔했다. 젠장, 배달족을 미워하시리라고 생각은 하고 있었지만 일말의 자비로움도 없으시다는 건가.

나의 아버지는… 생명의 아버지이신 그분은 아직도 그들을 미워하고 저주하고 계신다.

화하족. 나의 부족인 '배달족'에게 있어 한낱 제후국에 불과했던 화하족을 이용해 아버지는 어질었던 나의 민족을 그토록 비참하게 만들어야 했을까? 그것을 떠올리며 나의 정신은 한순간 슬픔으로 물들었다.

―이제 그만 포기해 주시길 간청합니다. 부디 한, 당신은 할 만큼 했지 않습니까? 그 억겁의 세월을 스스로 고통의 나락 속에서 살아오셨습니다. 그러니… 제발…….

잠시 침묵하는 나에게 윤은 간곡한 어투로 설득하지만 나는 그것을 받아들일 수 없었다.

"다시 되살릴 거다. 내가 이룩한 광명천국(光明天國)의 자손들은 그리 쉽사리 무릎 꿇을 만큼 연약하지 않아. 백두산의 광명한 정기를 타고난 밝고 어진 민족으로, 밝음을 상징하는 태양의 민족으로… 비록 이계라고는 하지만 대지를 울리던 기상을 가졌던 오래전 옛날로 돌아갈 순 없지만 그래도 스스로 자긍심을 갖고 살 수 있도록 만들 거다."

하늘을 진동시키던 민족은 아직 죽지 않았으니까.

―차라리 당신을 죽여 버리겠어!!

망연한 표정으로 나를 주시하는 윤을, 그리고 뭐라 말하고자 하는 기색이 역력했지만 차마 입을 떼지 못한 채 고개를 떨구고 있는 백호를 바라보다 방금 내게 절규하듯 소리친 미르에게 시선을 멈췄다.

―그래, 죽여 버리는 게 낫겠어. 나 주작. 사신(四神). 북의 여왕이며 신조(神鳥)의 이름을 걸고 맹세하지. 당신을 죽여주겠어. 다시는 깨어나지 못하게 영혼을 혼돈의 바다 속에 처박아주겠어. 한, 나의 왕이여. 천존의 지도자여.

타오르는 화염과도 같이 섬뜩하리만치 선명한 붉은 눈동자가 당장이라도 피눈물을 쏟을 듯 나를 바라보는 애증(愛憎)의 눈빛에 살의가 번뜩인다. 무슨 생각에서인지 천천히 다가가는 나에게 원망과 함께 뭔가 호소하려는 듯 그 눈동자가 가늘게 떨리고 있었지만 나는 그 눈빛을 애써 외면해 버리고는 내게 죽음을 통보하는 그녀에게 가는 미소를 지어주었다.

그리고 말했다.

"죽여봐."

한 자 한 자 똑똑히 각인시켜 주겠다는 의지 때문이었을까? 나의 표정은 마음과는 다르게 환하다.

그래, 내가 사랑했던 것은 인간.

평안했던 인간들의 품…….

그 어떤 생명에게도 없는 따뜻함이 영원히 지속되길 바랬던 자그마한 소원…….

훗, 저 눈들은 뭐지? 하하… 내가 미쳤다고 생각하는 건가? 이해하지 마. 이해해 달라고 한 적 없으니까.

─크으… 으흐…….

하지만 왜 울지 미르? 내가 불쌍하다는 거야? 나를 후회하게 만들지 마라. 그런 눈으로… 가엾다는 듯이, 동정한다는 듯이 나의 모든 것을 부정케 만드는 애처로운 눈길로 나를 보지 마라… 보지 마… 보지 마…….

"나는… 후회하지 않아……."

아마도 이렇게 슬픈 것도, 이렇듯 후회스러운 것도 이번이 마지막일 것이다.

더 이상의 후회는 없을 거다.

나의 바램이 이루어질 때까지…….

─싫어! 싫어! 이제 싫어!

옥같이 아름다운 그녀의 얼굴이 한순간 일그러지며 비명을 울렸다.

그리고… 그녀의 비명은 나의 비명이었다. 상처받고 상처 입어온 오랜 과거의 끊어지지 않는 인과율(因果律). 그것이 나에게는 너무도 버겁게 다가왔다.

─난 이제 싫어어어어!!

나의 뇌리를 강렬하게 때리는 그녀의 절규를 들으면서도 나의 정신은 내가 의식하지도 못하는 냉혹함이 지배하고 있었다. 그리고 그 냉혹함은 차갑게 변해 버린 이성이 나를 더 이상 내가 아닐 수 있도록 만들었다.

그 이성이 이 순간만큼 고마울 때도 없겠지만.

어느 순간 으스러질 듯 쥐어진 창백한 주먹을 바라보며 나는 가볍게 실소했다.

 "너무도 뻔뻔하구나, 미르. 너희들의 의지가 나를 깨우고자 하였다면 나는 무엇이지? 내가 나의 의지로 너희들에게 반복되는 나의 명(命)을 취하도록 했듯이 너희들의 의지로 나를 깨웠다. 의지(意志)는 변하지 않는다. 천 년 전… 이곳에서 나의 후손의 몸을 취하고 이곳에 뿌리를 내려 환단(桓檀) 시대의 기틀을 마련하고 변함이 없을 나의 '의지'를 핏줄에 남겨 이계로의 통로를 만들어 '의지'의 이끌림으로 '박장수'라는 지금의 내가 이곳에 왔다. 그것만으로도 반은 원점으로 돌아온 셈. 수천 년 전에 실패한 그 일을 내가 한다고 하여 너희들이 할 말은 없을 것이다. 예전처럼 내가 선택한 몸을 죽이고 그 피를 천지에 뿌려야 했다. 나의 피와 살이 천지에 녹아 백두대간(白頭大幹)을 타고 흘러 사방으로 그 기세를 강맹하게 떨쳐 나감에 나의 의지는 만족했을 것이다. 싫다고? 이젠 싫다고? 그럼 나는? 지금 나의 기분은 어떻다고 생각하지? 싫다면 왜 내 눈앞에 나타난 거냐? 왜 날 깨운 거지, 미르? 칭얼거리려거든 입 닥쳐!! 원망하고 싶다면 스스로를 원망해라!! 이 모든 결과를 예측했음에도 날 따르려 했던 널 원망하란 말이다!!"

2

천부경

참으려고 했다. 아니, 응당 참는 것이 당연했다.

화를 낸다는 것은 이 모든 것을 인정하는 셈이니까. 내가 가장 거부하고 싶은 본신을 인정하는 셈이니까 인내해야 했다. 그런데 내 마음 속에서 스멀스멀 기어 올라오는 불쾌감은 나의 모든 인내를 앗아가 버렸다.

"싫다고? 뭐가 싫다는 거지? 하하… 그래, 이해 못하는 건 아니야. 지금 나도 원망하고 있으니까. 몇천 년 전의 빌어먹을 내 본신의 한 덕분에 뒤틀려 버릴 내 미래를 생각하면 나도 화가 나. 왜 하필 나였느냐고 원망하고 싶은 마음뿐이라고. 소멸되어야 했어. 그는… 아니, 나인가? 비록 조각조각나 기억조차 희미한 까마득한 과거의 전생은 영원한 혼돈의 바다 속에 섞여 사라져 버렸어야 했어. 그랬다면 복잡하게 얽힌 과거가 나를 옭아매고 있을 필요가 없었겠지. 난 인간일 수 있었다고. 인간이고 싶었는데 거부당한 나는 어떻게 되는 거지? 미쳐 버리라는 건가? 끝없이 반복되고 정적 속에 묻혀 버려야 할 나는, 나란 의지는 어떻게 되는 거지? 나는… 인간이고 싶어. 신은 고독해. 외롭다고… 아버지처럼 되고 싶지 않았단 말이야!! 그래서 모든 것을 너희들에게 맡겼는데… 젠장할!!"

깊숙한 내면 속에 갈무리되어진 귀기가 그 이성을 뚫고 나옴을 차마 의식도 하기 전에 살이 저미는 듯한 살기를 줄기줄기 내뿜고 있었다.

그래, 이건 내 이성의 내면에 웅크리고 있던 분노다.

나의 안식을 방해받은 분노…….

"너는… 너희들은 날 원망할 자격 따윈 없어!!"

그 분노를 숨김없이 드러내며 나는 싸늘함을 감추지 않은 음성 그대로 미르가 내게 품은 감정, 회환과 그리움이라는 이름의 집착에 대한 모든 것을 부정했다. 게다가 사신들의 저런 반응들이야 예상한 바이니 별로 신경 쓸 것이 못 되었다.

이렇게까지 말했는데 내 말에 토를 단다는 또한 있을 수 없다. 나도, 저 녀석들도 서로가 서로를 원망하는 마음을 모두 드러낸다면 한세기 정도는 그냥 넘길 만큼 쌓여 있을 테니… 저들의 칭얼거림을 일일이 들어주기보다는 냉정하게 잘라내 버릴 수밖에는 없는 일이다.

지금 내가 원하는 것은 따로 있는 것이다.

이런 꼴 갖지도 않은 재회를 예상하고 있었음에도 저들과 대면하고 있는 이 시간이 내게는 초조함과 함께 짜증을 동반하게 했다.

아, 젠장. 냉정해야 하는데…….

냉정해야 한다고 다짐했는데 말하다 보니 오히려 끝에 가선 발악이 돼버렸다.

빌어먹을!! 이럴려고 저 녀석들을 부른 게 아닌데…….

내 속의 냉정함과 인내를 시험하는 이런 불편한 자리는 한시라도 빨리 내가 원하는 것을 얻고 피하고 싶다.

마음을 진정시키느라 나도 모르게 이가 부득 갈렸다.

지금 입을 열면 어떤 말이 나올지 나도 몰랐다.

그래서 잠시 마음을 가다듬고 묵묵히 내 앞에서 부복한 채 입을 굳게 다물며 무언의 시위를 하고 있는 사신들을 향해 입을 열었을 때는 마음이 조금 진정돼 있었다.

"더 이상 길게 말하지 않겠다. 내가 원하는 게 무언지는 너희들도 알 터. 그것을 내게 돌려다오."

―…….

대답은 없었지만 눈에 띄게 굳어져 버린 청룡의 얼굴에서 나는 나의 요구에 그가 어떤 생각을 하고 있을지 연상이 되었지만 상관하지 않았다. 그리고 그가 입을 열기를 기다리기보다 내가 그 대답을 끌어내어야 했다.

지금껏 쌓인 짜증으로 인해 그가 스스로 입을 열길 기다릴 만큼 인내가 따라줄지도 의문이었고, 게다가 개인적으로 가장 신뢰하던 청룡에게 화를 내고 싶진 않았으니 최대한 부드럽게 말했다.

"사정이 있어. 너희들에게 맡겼지만 그 일을 위해서 가장 필요로 하는 물건이다. 그것을 어서 줘."

―무엇을 말씀이시옵니까, 한…….

"천부경(天符經)."

다행히 내가 애쓴 덕에 방금 전 흥분한 기색은 말끔히 사라져 있었다.

—그것을 원하십니까… 진정으로?

대답할 필요도 없이 나는 말없이 긍정했다.

—저는 감히 그만두시길 간청드립니다. 그리고 이대로 천부경을 부숴 버릴 것을 감히 청합니다. 그렇다면 모든 고통으로부터 해방되실 수 있습니다. 한이시여, 제가 처음이자 마지막으로 간청드립니다. 부디… 모든 것을 잊으시고 저희들과 함께 평온의 안식에 드시길 원하옵니다.

저 말은 천부경이 다시 깨어나는 순간 내게 따를 운명의 무게를, 인과의 무게를 안다면 피하라는 권고다. 마지막으로 내게 고하는 권고인 것이다.

—당신이 과연 버틸 수 있으시겠습니까? 당신이 설혹 버틸 수 있다손 치더라도 제가… 아니, 저희들이 버틸 수 없습니다. 수많은 세월 동안 쌓여온 억겁의 염(念)이 또다시 당신의 몸과 정신을 갉아먹는 것을 바라볼 수는 없습니다.

눈에 띄게 굳어 힘겹게 냉정함을 찾으려 조금 거친 숨을 몰아쉬는 윤의 모습이, 핏기가 완연히 가신 창백한 낯빛을 띠면서 반박하는 륜이… 그리고 뭔가에 불안해하면서도 아랫입술을 꾹 깨문 채 나를 노려보는 주작의 눈빛이 내게로 쏠려 있다.

권고를 받아들이지 않을 것을 알면서도 한 가닥 희망을 담은 채 나를 안타깝게 응시하고 있는 녀석들이 가엾기만 하다.

천부경.

나의 상징, 배달의 상징, 백의민족의 상징인 하늘의 신물을.

내가 고개를 젓자 정중하게 조아리던 윤이 더 이상의 반항도 없이 체념한 표정으로 픽 웃는다. 아무런 뜻도, 의미도 없는 밋밋한 웃음이

묘하게 나를 죄책감에 빠지게 했지만 그는 미르처럼 내게 반항하며 날
뛰지는 않는다.

오로지 관망하여 따를 뿐.

사신들의 수좌인 청룡다운, 모든 것을 관망하고 중용(中庸)하는 수좌
의 냉정함이 필요할 때인 모양이다.

겨울 밤 시릴 듯이 차가운 검푸른 바다처럼 줄기줄기 뻗어져 나오는
푸른 기류.

청룡족의 왕만이 갖는다는 금안과 독특한 청빛을 내뿜는 기류는 조
금씩 엉키며 뭉쳐지면서 둥근 원을 그린다. 그럼으로써 드러난 것은
오묘한 신비함을 띤 여의주(如意珠).

그 여의주는 주인의 뜻에 따라 찬란한 빛을 띠며 동조하듯 다색으로
변해가는 광경을 연출하며 나의 시야를 빼앗았다.

그리고 얼핏 흐릿해진 시야 속에서 보여진 그 무엇이 차갑게 얼어붙
었던 심장을 달아오르게 했다.

"하아……."

내 입에서 절로 흘러나온 탄성.

그 탄성의 중심에 허공 위에 여의주의 빛보다 덜하지만 그 영험함은
오히려 깊은 빛이 구의 형태를 띠면서 내게 다가온다.

주륵…….

뭔가가 내 뺨을 타고 흘러내린다.

천부경.

완전한 형태가 띠지 않은, 그저 둥근 빛의 형태를 띤 반만년의 세월
이 지나 내 손으로 들어올 천부경의 변함없음에 나는 소리없이 눈물을
흘렸다.

희열인가… 그리움인가…….

　―본디 주인은 당신이셨으니 돌려드려야 함이 마땅하겠지요. 과거 천부경을 봉함(封緘)이 당신이 의지이며 뜻이었듯이 이제 당신께서 봉함을 깨는 것 또한 당신의 의지에 따르는 것이니 동해 청룡왕인 저 윤은 당신에게 천부경을 돌려드림이 마땅할 터… 하지만 결국은… 이렇게 되는 거군요. 한, 부디 이것이 당신의 뜻이길… 그리고 후회하지 않는 결정이 되시길 바랍니다.

　나의 눈빛이 그들에게 보내는 무언의 죄의식을 띠어갔다.

　윤은 완전히 형태를 드러낸 청빛 여의주를 반공에 뜬 채 내게 씨익 웃는다.

　―자, 이제 천부경을 한, 당신께 양도해 드리겠습니다. 이제 스스로의 힘으로 천부경의 힘을 깨우시길… 나 청룡의 이름으로 걸어둔 봉함입니다. 하지만 어디까지나 저의 힘은 함(緘)일 뿐 모든 것은 당신의 의지대로 행하여 돌아갈 것입니다. 하지만 분명 말씀드리옵건대… '배달민족(倍達民族)'이 당신 스스로가 준 정기를 외면하고 파멸시킴으로써 당신과의 모든 인연은 끊어졌다는 것을 잊지 마시길.

　후우…….

　안도의 한숨일까, 탄성일까.

　나는 반공 위에서 서서히 내게로 내려오는 천부경에 손을 뻗었다.

　형태를 주지 않은 것은 나다.

　그저 빛의 형태로 대지 속에 녹아들어 광명(光明)과 지고지순(至高至純)함으로 마음속에 녹아들 수 있는 상징으로써 내가 만들어낸 형태.

　내 가슴 앞에서 멈춰 선 채 기이한 빛을 내뿜는 천부경을 바라봄에 희미한 미소가 서린다. 그리고 내 입을 통해 주문처럼 희미하게 내 머리 속을 채우던 단어들이 낭송되어졌다.

"일(一)의 시작은 무(無)에서 시작하나 일(一)이라[一始無始一]. 삼극(三極)으로 석(析)해도 본(本)은 무진(無盡)이니라[析三極]. 천일(天一)은 일(一)이요, 지일(地一)은 이(二)요, 인일(人一)은 삼(三)이라[無盡本]. 일(一)에서 적(積)하여 십(十)으로 거(鉅)해도 화(化)함에는 궤(櫃)함이 없느니라[天一一地一二人一三]. 천(天)에도 이(二)·삼(三)이 있고, 지(地)에도 이(二)·삼(三)이 있고[一積十鉅], 인(人)에도 이(二)·삼(三)이 있나니[无櫃化三], 대(大)의 삼(三)에 삼극(三極)이 합쳐서 육(六)이 되니[天二三地二三人二三], 일(一)·이(二)·삼(三)을 합하면 칠(七)·팔(八)·구(九)가 생긴대[大三合六生七八九]. 운(運)의 삼(三)은 사(四)로써 성환(成環)하고[運三四成環], 오(五)와 칠(七)은 일(一)로써 묘연(妙衍)하여 만왕(萬往)하고 만래(萬來)해서 용변(用變)해도 본(本)은 움직이지 않느니라[五七一妙衍萬往萬來用變不動本]. 본심(本心)은 태양(太陽)에 본(本)해서 앙명(昂明)하며[本心本太陽昂明], 인중(人中)에서 천지(天地)는 일(一)이라[人中天地一]. 일(一)의 끝은 무(無)로 끝이나 일(一)이라[一終無終一]."

파우웅······.

주문처럼 낭송되어지는 말들이 허공에 산산이 부서져 빛의 강렬함을 더하게 했다. 태고의 빛이 깨어난다.

나의 의지는 어디로 흘러갈지, 그리고 이계에서 꿈은 어디까지 진실이 될지······. 다만 이것이 꿈이 아닌 현실로 이루어지길 나는 바란다.

"···아··· 하··· 하··· 으흐흑··· 으흑··· 훗··· 하하하핫··· 하하하하······."

통곡인가.

　내면의 심연을 울리는 강렬한 통곡성이 어둠 속에 녹아드는 광경이 내 시야를 강렬하게 사로잡는다. 어느샌가 내가 품 안에 안은 미르가 날 밀칠 생각도 하지 않은 채 멍한 눈빛으로 망연하게 웃는 건지, 아니면 우는 건지 알 수 없는 통곡을 토해낸다. 나는 그 통곡성을 그냥 그렇게 마냥 들어줄 수밖에 도리가 없었다.

　내 손에 천부경이 들린 이상 모든 것을 되돌리기에는 이미 늦었으니까.

　그리고 망연한 듯 나를 바라보는 류이나 미르와는 달리 윤은 침착함을 유지하며 한참만에 입을 열었다.

　―천부경은 당신의 손에 양도되었습니다. 그리고 더 이상의 볼일도 없으실 터. 너무 오래 내면에 계시면 여러 가지로 신경 쓰일 테니 이제 그만 돌아가셔야 할 듯싶습니다. 이곳에서 흐르는 시간과 실제 밖의 시간은 현저한 차이를 보이니까요. 빠르게 흘러갈지, 느리게 흘러갈지는 모르지만 오해의 요지가 생기기 전에 나가시는 것이 좋을 겁니다. 그리고 저희들은 이만 봉인지로 돌아가겠습니다. 이제 더 이상 저희들에게 볼일이 없으실 테니 봉인지로 돌아가 당신의 부름을 기다리겠습니다. 미르의 상태도 상태인만큼 흥분을 가라앉히기에는 조용한 봉인지가 제일 적격이니까요. 그리고 생각을 정리하기에도 그곳만큼 적격인 곳도 없지요. 이미 풀려 버린 천부경에 미련 따위를 가지며 시간을 보낼 바에는 후일을 생각하는 것도 하나의 방법이고요. 그리고 한, 잠깐만 기다려 주십시오. 나가시기 전에 한 가지 묻고 싶은 것이 있습니다.

　홀린 듯 천부경의 빛을 바라보던 나는 그의 말에 온몸에 힘이 빠진 듯 축 늘어진 미르를 류이 부축하고 있는 광경을 바라보며 작게 고개를 끄덕였다.

그의 말대로 이미 흘러간 과거에 발목이 잡히는 것보다는 그것을 해결할 방도를 떠올리는 것이 효과적이다. 게다가 윤의 말대로 미르의 저 상태로 볼 때 거의 실혼 수준이니 잠시 마음을 가다듬을 수 있게 하는 것도 좋을 테니까.

내가 이 의식 속을 나가려는 시도를 할 찰나 다급히 나를 불러 세우는 윤의 외침에 약간 의아함을 담으며 그에게 시선을 주었다.

"뭔가 하고 싶은 말이 있나, 윤?"

―예.

확실히 뭔가를 말하려고 하지만 주저하는 기색이 드러나 있다. 내가 고개를 갸웃거리며 말해 보라는 표정을 짓자 윤이 입을 열었다.

―…다.

"뭐?"

좀 낮은 음성이었는지라 한 번에 알아들을 수 없어 반문하자 윤이 목소리 톤을 조금 높였다.

―…어째서 인간이었느냐는 말입니다.

"그게 무슨 소리지?"

―천계인들처럼 불로에 가까운 무한의 생이 당신에게 환멸을 주었다는 것은 잘 알고 있습니다. 소멸을 하되 그래도 불멸에 가까운 수명을 타고나는 것이 저희 천계인이니 유한의 생을 가진 종족들이 가지는 생동력에 쉽게 매료되어 온 건 어제오늘 일이 아니니까요. 그런데 왜 하필 인간이냐고 묻는 것입니다. 저도 인간을 좋아하지만 인간에게 모든 것을 희생할 만큼의 가치가 있다고는 생각하지 않습니다. 제가 겪어본 인간들은 변함없는 신뢰를 주기에 너무도 변덕스럽고 간사하기까

지 한 자들이었으니까요. 당신께서… 고귀하신 '한' 인 당신이 오랜 세월이 지나도 변함없는 보살핌을 줄 이유는 없다고 지금껏 여겨왔고, 당신이 그런 줄기찬 희생을 바치는 이유가 의문스러웠습니다. 왜 하필 인간이었지요? 군이 유한한 존재들을 찾는다면 인간이 아니더라도 많은데, 믿을 수도 있고 신뢰할 수도 있는 존재들이 있었는데도 왜 그들이었습니까, 한?

무슨 질문인가 했더니… 훗, 그건가? 하긴 궁금할 만도 하겠지. 천부경이 내 속에 완전히 흡수되어진 것을 확인한 나는 저들과 마주하고 처음으로 평안함을 띤 미소를 지을 수 있었다.

"…내가 아닌 한의 입장에서 말해 준다면 따뜻해서라고나 할까? 그들의 품에 안겼을 때의 포근함은 어떤 존재에게도 없었거든. 다른 녀석들은 너무 차가워서 싫었어."

이렇게 말하면 되려나…….

쿡쿡, 아아… 간단한 말이지만 수긍하긴 힘들 것 같다.

나는 이곳에 들어와 처음으로 희미한 웃음을 지었다

"그들과 함께 있으면 즐겁거든. 너희들도 그건 알 거라고 생각하는데… 겁이 많으니 자신과 다른 존재에 대해 잔인하고 간사해질 수밖에 없는 것. 하지만 그 본심은 어떤 존재들보다 여리고 선하다는 것이 나의 판단이쥐~ 무후훗, 비록 이렇게 돼버렸지만 아직 나는… 인간임을 자부한다고."

픽…….

어찌 보면 이 세계가 아닌 우리 세계의 모든 생명을 파괴시킨 장본인인 내게 질책하는 것일 수도 있는 말일 거다.

내가… 아니, 한이 수천 년 전부터 인간에게 보낸 지나친 애정이 그들의 오만을 낳았고 수많은 종들의 멸망을 초래했으며 지금도 끊임없이 사라져 가고 있는 많은 생명들을 모독해 온 인간을 그토록 아끼는 나의 모습은 윤에게는 무척이나 의문스러운 일이었을 거다.

하지만 그건 힘있고 높은 위치에 선 자의 오만함일 뿐 인간은 약하다. 약하기 때문에 끊임없이 사방의 위협 속에 노출되어 목숨의 위협을 받아야 했고 살아남기 위해 자연을 벗어나 그 자연을 반(反)하는 행위를 하며 그것을 통해 자신의 안전을 찾고 주변의 모든 위협적인 존재들을 파함으로써 살아남을 수 있었던 거다.

그것이 수천 년이 지나 그 살아남은 지혜가 과학이라는 이름으로 바뀌어 자연을 통틀어 모든 신적 존재들에게 위협이 돼버렸지만. 그래도 그런 행위 모두가 고래적 인간들의 생존을 위해서, 살기 위해서 행하여진 결과물이다.

인간의 행위에 대해 원망하기에 앞서 인간들이 살아온 길부터 냉정하게 판단해 봐야 하는 게 아닐까?

인간의 그런 행동에 질책하고자 한다면 인간을 창조하면서, 생각하는 능력을 주면서 자연을 헤쳐 나가기에 부족함이 없는 힘을 주었어야 했다.

그리고 다른 동물들처럼 본능만을 주었어야 했다고 말하고 싶었다. 물론 그랬다면 '한' 이 인간에게 마음을 줄 필요도 없었겠지만.

―봉인지로 돌아가겠습니다.

내 모든 설명을 듣고 한참 입을 다물고 있던 윤이 천천히 입을 열었다.

조금 화가 난 모양이다. 평소 어떤 말에도 차분함을 잃지 않던 윤의 깊은 금안이 살짝 흐려져 있었다.

게다가 옆에서 한마디 말도 못하고 입만 벙끗거리고 있던 백호까지
영 표정이 안 좋다. 아직도 내 품에서 울고 있는 주작이야 아까 전부터
계속 그 상태니까 그렇다 치더라도, 에효~ 왜 저러는 건지 조금 이해
되긴 하지만… 쪼잔한 것들…….

"윤."

—네.

"류."

—네.

"미르."

—으흑… 왜 불러!!

각자 개성에 맞은 대답이다.

"삐쳤냐?"

—…….

말 못하는 거 보니 맞구만.

끌끌.

사방신이라는 작자들이 저렇게 쪼잔해서야… 인간들 좀 칭찬했다고
그새 삐쳐서 입을 한 사발이나 쭈욱 내민 모습이라니.

킥킥, 웃음이 나온다.

몇억 년이나 산 녀석들이 삐치는 걸 보니 어찌 보면 귀엽다고 해야
하나.

어째 저 녀석들은 변함이 없을까 하는 생각에 웃음이 비집어 나오려
했지만 기분이 되려 나빠질까 싶어 애써 웃음을 눌렀다.

"그래도 나에게는 너희들이 최고야. 삐치지 말라고. 아무리 인간들
이 좋더라도 너희들은 내가 가장 먼저 마음을 준 녀석들이라고. 장수

였을 때도 그랬고, 지금도 너희들에게 갖는 감정은 인간들 이상이라고. 그러니 인상 좀 펴라. 응? 이래 갖고 내가 편한 마음으로 밖에 나갈 수 있겠냐?"

―…….

침묵. 고개를 스리슬쩍 돌리는데…….

"야! 진짜라니까. 말 좀 해라."

그래도 휙―

―봉인지로 돌아가겠습니다. 필요하면 부르십시오.

―흥, 난 안 불러도 돼. 그렇게 인간이 좋다는데 내가 왜…….

―이하 동문입니다, 한.

헐~ 한참 진지한 분위기를 연출하고 있다가 갑자기 쪼잔스럽게 왜 저런대… 반항이냐? 뭔가 서운하다는 기색이 역력한 그들에게 내가 무슨 말이든 해야 하지만 지금 한마디 더하면 오히려 역효과만 날 것 같다.

게다가 이 안에서 너무 오래 있었나 보다. 밖에서 자꾸만 나를 부르는 것이… 그냥 무시해 버리기에는 문제가 좀 있는 음성이라서…….

"…으… 나……."

너무 내면 깊숙한 곳에 들어와서인지 무슨 소리인지는 잘 들리지 않지만 왠지 다급한 음성이다. 아이의 칭얼거리는 소리 같기도 하고 초조함이 섞인 짜증성 같기도 한 게… 으읏, 어서 빨리 나가야겠는데… 그냥 나가 버리기에는 저기서 입 쭉 내밀고 삐친 사신들이 문제다.

눈치 보고 있는 내 시선을 분명 느꼈을 텐데도 콧방귀나 뀌며 고개를 휙 돌리고 있는 그대로 목소리가 들리는 쪽을 아니꼽다는 듯 바라보는데… 이래 가지고 내가 어떻게 나가겠는가…….

"저기… 나 지금 나가야 되는데… 화 좀 풀어라. 미안하다고 했잖아. 그런 표정이면 내 마음이 불편해서 그렇다니까… 그냥 넘어가 주라."

너희 주인이 이렇게까지 말했는데 그냥 가면 너희들은 양심도 없는… 얼래? 얼라리?

"임마, 그냥 가면 어떻게 해. 화 풀고 가. 그리고… 난 아직 허락 안했다고… 그냥 사라지지 말라고."

허… 그냥 갔다.

나도 안 갔는데… 조것들이 그냥 가버렸어. 시상에 만상에… 간뎅이가 부어 터졌어.

옛날에는 내 말엔 껌뻑 죽던 녀석들이…….

글구, 저런 건 또 어디서 배운겨!! 중지손가락은 왜 나한테 올려? 그리고 메롱? 감히 나한테 혀를 내밀어? 카악! 믿었던 윤마저도 그, 그런… 난 이제 세상 다 살았어. 더 이상 살 이유가 없는 거야. 난… 나는… 우흑… 버림받은 거야… 우에에엥~

밖으로 나와 보니 눈을 똥그랗게 뜬 채 내가 눈을 뜨기 기다렸다는 듯 노엘과 루이스가 살짝 고개를 내리깐 상태로 나를 반기는 모습이 보였다.

그 모습에 방금 전 내면에서 있었던 사건을 떠올렸고, 저 둘의 충성스러운 자세에 감복해 버린 나는 둘에게 폭 몸을 던졌다.

그리고 부비부비 옵션을 강행하면서 칭얼거렸다.

"우에엥~ 난 버림받았어… 그녀들이 어떻게 나한테 이럴 수가아아~ 우에엥~"

정신 속에서 받은 충격도 충격이지만 그들의 따뜻함에 더욱더 몸을 파고들게 되는 나였다. 두 호위기사들의 뒤통수에 식은땀이 흐르든 말든 나는 아예 신경 쓸 필요도 없었고, 내가 도리어 신경 쓴 건 문득 살을 찌르는 듯한 살기 때문이었다.

그 살의의 근원지는… 아아… 너구나, 유논.

"진, 난 안 보이는 거냐? 아까 전부터 정신 공명이 안 돼서 계속 서 있었는데……."

"…아… 하하하… 유논……."

유논이 눈을 반짝이며 나를 올려다보고 있으니, 깊은 보랏빛 눈동자에 잔뜩 골이 나 있는 듯 보였다.

하하하… 어, 어쩐다……?

아까 전부터 내면 안에서 느껴지던 목소리가 유논이었던 모양인데… 슬쩍 노엘들을 보니 조금 질린 모습으로 뒤로 슬쩍 몸을 빼는데… 하하하… 도움받긴 글렀네.

두 눈 반짝거리는 게 발광 직전의 야수를 떠올리게 하누나…….

나 워쩐데~ 흐미, 난 죽었다.

"진! 이 사악하기 이를 데 없는 인간아!! 내가 몇 번이나 불렀는데 왜 대답이 없어! 이럴 수가 있는 거야? 잠시, 아주 잠시 동안 존 사이에 그새 내 속을 뒤집어엎어? 니가 정녕 죽고 싶어?"

"아니……."

"그 표정은 뭐야!"

"난 죽기 싫어. 살려줘, 유노온."

"지금 그 딴 말이 나와~!"

…하… 하… 탈탈탈 털린다는 말이 이 상황에 어울릴까…….

멱살을 턱 잡더니 이리저리 내 몸을 쥐고 흔드는데, 어지러운 건 둘째 치더라도 완전 날 죽일 심산으로 째리는데, 숨김없는 분노를 담은 그의 보랏빛 눈동자는 그 분노만큼이나 강렬한 검은 오로라를 내뿜으며 사방의 대기를 그만의 색으로 물들여 버렸다. 그리고 그 심상치 않은 살기에 내 호위기사들은 완전 얼어붙어 버렸다. 이러다가 시체 치우는 건 아닌가 싶을 정도로 결코 무시 못할 박력을 발산하며 위협하는 유논. 지은 죄야 있었지만 나는 정녕 무서웠다.

“하… 하…….”

이렇게 되면 방법이 없는데…….

“왜 웃어!! 지금 내 말이 우습다는 거냐? 이 &X 같은 인간아!!”

물론 나도 사람인지라 살기에 민감할 수밖에 없었고 약간 질린 표정으로 분위기를 쇄신시키고자 웃어는 보았지만 어색하기만 했다. 오히려 그게 더 열받은 듯 씩씩 숨을 몰아쉬는 유논의 화에 기름을 붓는 격이 돼버렸다.

“이건 말도 안 되는 사항이라고! 너, 내가 미치는 꼴 보고 싶어? 난 마신이라고, 마신(魔神)! 마계의 절대왕이란 말이다. 그리고 넌 내 반려이고, 내 거란 말이얏!! 근데 왜 내 말에 대답도 안 하고 내가 걱정돼서 직접 여기까지 왕림하게 하느냔 말이야! 이건 불공평해! 크아아악—!”

말할수록 열받는지 마구 발광을 해대는 유논.

나… 우째…….

귀엽고 예쁘장한 미소년의 모습이었던 그가 어느새 성체의 모습으로 변해 나를 무시무시한 눈으로 쏘아보는데… 어찌 그리도 쫄리던지…….

누가 마신(魔神) 아니랄까 봐 공포스러운 모습이 어찌도 그리 잘 어울리는지… 헐~ 말도 못한다.

"저… 흥분은 몸에 안 좋아… 유논……."

"지금 내가 흥분 안 하게 생겼냐!! 넌 내 거란 말이야!! 근데 왜 날 신경 쓰이게 하냐고!! 크아아악— 분명 그것들 짓이야. 그것들이 너한 테 또 무슨 짓인가 했지? 그런 거지? 찢어발겨도 시원치 않을 자식들이 죽으려고 감히 너에게 와? 또 죽이려고? 절대 인정 못해. 그전에 내 손으로 죽여 버릴 거라고!! 여기도 다 작살내 버릴 거야~!"

씩씩거리며 나를 쏘아보는 유논의 눈빛은 진지했다.

나를 걱정하는 기색이 역력하다.

붉게 달아오르는 얼굴로 애써 화를 삭이고 있는 모습에서는 쉬이 볼 수 없는 진지함과 광기와도 같은 집착이 배어 있었다. 그냥 웃어넘기 기에는 너무 흥분했다.

나야 그런대로 괜찮다손 치지만 지금 뒤에는 두 명의 호위인들이 있 었다.

충성심 하나로 그래도 끈질기게 기절을 안 하고 버팅기고 있는 노엘 들의 모습이 가상스럽기는 했지만 이러다가는 아끼는 수하들의 시체를 치우게 될지 모른다는 불길함에 그를 살살 달래었다. 어린 아기 다루 듯 조심스럽게 그의 머리를 쓰다듬어 주고, 포옹도 해주고, 이마에 키 스도 해주는 서비스로 조금 진정이 되었지만 거친 숨소리로 보아서는 한동안 시끄러울 것도 같았다.

"하아~ 유논, 착하지? 힘을 거둬. 내 반려가 이렇게 쉽게 흥분해선 곤란하다고. 여긴 황궁이고 내 집이야. 설마 내 집을 부수고 싶은 건 아니겠지?"

"원래 여긴 내 집이야. 여긴 내 땅이란 말이야!! 주인인 내가 부순다는데 무슨 상관이야?"

"땅은 네 것이지만 이 땅을 지금의 모습으로 만든 건 나야. 니가 주인이라고 해도 난 너에게 꼬박꼬박 집세도 줬다고. 내가 땅 주인인 네게 집세를 안 준 것도 아니고 꼬박꼬박 상급 보석도 상납했는데… 아무런 이유도 없이 그런 짓을 한다면 이건 월권이라고. 설마 '약속'을 잊은 건 아니겠지?"

"야! 약속은 약속이고 이건 이거야. 그 말이 여기서 나올 이유가 없다고."

"그럼 부수지 않는다고 해. 설마 균형의 종족의 왕이신 다크 로드께서 설마 한 입으로 두말을 하시진 않겠지."

"야—아!!"

"이건 니 자존심이 걸린 문제일 텐데? 명색이 마신이라면서 반려인 내게 거.짓.말.을 하실 셈은 아니겠지? 그럼 난 실망이라구. 널 새로이 보게 되는 건 좋지만, 좋은 쏙도 아니고 거.짓.말.이라니… 으흠, 유논… 진지하게 너와 나의 관계를 다시 한 번 생각해 봐야겠다."

뻐끔뻐끔……

기가 막히다는 거겠지. 얼굴을 시뻘겋게 붉히며 부들부들 떠는 녀석에게 나는 승리의 미소를 지었다.

차인표식 손 까닥 포즈를 취한 채 나는 부드럽게, 하지만 마주하는 녀석에는 사악하기 이를 데 없는 미소를 지어 보이며 말했다.

"무훗훗… 유논. 자, 살기를 거두셔야지. 내 부하들 다 죽겠다."

살의에 질려서 반기절 상태로 향하고 있는 부하들을 가리키며 좀 참지 하는 표정을 짓는 순간.

"크아악!! 망할~!!"

오히려 발악하며 '저 흉악한 넘～' 하며 소리치는 유논. 가히 처절
하기까기 한 절규다.

이글거리는 분노를 주체하지 못한 보랏빛 눈동자를 번뜩였고, 한순
간 터져 나온 힘의 파동에 줄기줄기 내뿜는 독기와 어우러져 황성 전
체가 한차례 뒤집히는 사태가 벌어졌지만… 뭐, 이 정도면 양호하다고
여기며 느긋하게 그의 폭주를 감상했다.

어느샌가 튀어나온 유화도 언제 가져다 놓았는지 앞에 놓여진 과자
를 입 안에 우물거리며 흥미로운 눈길로 그를 쳐다보는데… 한마디로
재미 붙였다는 말이 따악 어울리는 표정이었다.

"이건 불공평해— 저 망할 성격은 왜 변하지 않은 거야! 이건 저주
야. 내가 왜 저딴 자식이랑 반려가 돼서～ 왜 내가 저딴 놈한테 반해서
이 꼴이냐구우우우… 크아아악……!"

칵칵… 우웃… 귀여워…….

나는 나보다 한 뼘이나 더 큰 성체의 미남자의 발광에 속으로 마구
마구 비웃어주었고, 많이 누그러졌지만 얼핏 살의를 품은 그의 눈초리
에 나는 겉으로는 무표정한 모습으로 마주했다.

"젠장……."

작은 욕설과 함께 어느새 작은 소년의 모습으로 돌아와 나를 복잡한
표정으로 바라보는 그가 내 품으로 쏘옥 들어오더니만 한참 동안 말이
없다.

그리고 그가 입을 열었을 때는 아까 열내던 모습은 간곳없이 당장이
라도 울듯 물기 젖은 눈빛으로 나를 바라본다.

"진… 난 진지하다고. 그렇게 장난치며 넘어가는 것도 이번뿐이야.
날 미치게 하지 마. 정말 난 너 없으면 미쳐 버릴 거야. 이 나라 따윈

한순간에 재로 만들어 버릴 수 있지만 너 때문에 내버려 두고 있는 거라고. 난… 장난 아니야."

그래그래, 다 안다. 내 귀여운 꼬맹아.

"내가 얼마나 놀랐다고. 저번처럼… 그때처럼 그 문 속으로 사라져 버리는 줄 알았단 말이야… 씨이~ 날 좀 걱정시키지 마."

에구, 한참 열내다가 눈물을 글썽거리는 건 또 뭐야.

뭐, 지금은 어린 소년의 모습이니 그럭저럭 봐줄 만은 하다만… 쯧… 울지 말라구, 내 반려 씨.

나는 쓴웃음을 지으며 옆에서 왕삐침 태세로 접어든 유논을 달래야 했다.

아아~ 얼만 만에 평화로운 생활인가.

아직 인간이니까 가능한 행복이 아닌가.

쿡쿡.

…음? 그런데 이상하네?

뒤가 따끔따끔한데… 어디서 누가 날 쳐다보는 느낌이 든단 말이야… 요리조리 둘러봐도 보이는 건 드럽게 넓은 침실뿐인데… 요새 너무 한꺼번에 일이 벌어져서 적응이 안 되는 건지 감각이 둔해졌단 말이야. 아님, 내가 너무 신경과민이던가.

신경과민… 에… 그거 말 되네. 나처럼 연약하고 사랑스러운 황제가 어딨다구. 무흐… 분명 쉬라는 하늘의 계시야. 너무 일을 많이 했다는 계시.

오오… 그런 거야.

그래. 자자, 자. 자고 일어나면 괜찮아질 거야.

암…….

몸을 결박하는 사슬이 유난히도 불편해 보이는 유논을 말 그대로 번쩍 들어 올려 함께 침상에 올라가 이불을 덮어 발광하는 그에게 필살 부비부비를 감행해 진정시킨 나는 이불을 덮고 눈을 감았다.

옆에서 궁시렁궁시렁거리던 유논도 처음에는 몸을 뒤틀었지만 나중에는 황당하게도 나보다 먼저 잠들어 버렸다.

무서운 넘.

에구… 근데 잠시 잊고 있었는데 내 호위기사들 얼굴이 말이 아니다. 정신이 돌아온 것도 같은데 허옇게 질린 표정이 절로 동정을 일으킨다.

이대로 잔다면 나의 양심에 대한 환멸로 한 사흘 밤낮을 설칠 것이 분명하다는 나의 마음의 외침에 치유 주문을 걸어주고 누워 잤다.

몸은 회복됐지만 멍한 표정의 두 사람이 영 신경 쓰이지만 뭐 어떠냐. 주인 잘못 만난 지네들 탓이지. 내 탓이 아니라고. 안 그래? 슬쩍 동조하려 유화를 쳐다보니, 맞아맞아 하며 고개를 끄덕이는 청발의 소녀. 역~쉬~ 이쁘 죽겠어.

아웅…….

*　　　*　　　*

조용한 정적.

평온… 그리고 흐트러진 어둠 속에 한 존재가 서 있다.

절대자의 존재감마저 완벽하게 지워내 버릴 듯한 절대 암흑의 공간 속에 그 흐트러진 어둠처럼 선명한 기이한 은빛 머리칼을 사방에 비산하듯 퍼뜨린 채 고고한 아름다움을 뽐내는 듯한 그 존재는 어둠의 중심에서 수경(水鏡)이 비추는 영상을 바라보며 희미한 고소를 머금는다.

그리고 어둠 속에 희미하게 드러난 가녀린 얼굴 선과 어깨 선, 그리고 몸의 매끄러운 굴곡은 존재가 여성임을 간접적으로 알려주는 듯 몽환적인 분위기에 어울려 묘한 아름다움을 발산하고 있었다.

"후후… 이런이런, 벌써 내 존재를 느낀 건가, 저 아이는?"

그리고 여인이 속한 정적은 그녀의 웃음소리를 기이한 울림처럼 사방에 메우며 몽환의 분위기를 자아내고 있다.

정적이 가득한 이(異)공간을 울리는 맑고 미려한 웃음소리가 넓게 퍼진다. 그리고 청아하면서도 깊은 그 음색은 그 누구라도 홀릴 듯 아찔함마저 느끼게 했다. 즐거움이 가득한 청아한 웃음소리 안에는 아련한 그리움이 묻어 나왔고 여인으로 하여금 입술을 잘근 깨물며 흐릿한 슬픔을 드러내게 하였다.

하지만 그 슬픔은 여인의 웃음으로 일어난 기이한 울림과 함께 여인의 고소와는 다른, 의미 모를 신비한 미소가 그려진 하나의 존재가 어둠 속에서 몸을 드러내는 순간 차갑게 가라앉았다. 그리고 방금 전까지만 해도 녹일 듯한 아름다움을 숨김없이 드러내던 여인의 미소가 사그라들며 급속도로 표정이 냉각되어졌다.

"그대는… 허락도 없이 잘도 들어오는군. 기척 정도는 내는 게 예의 아닌가?"

그녀의 신비한 아름다움에 끌린 것인지 어둠 속에서 스르륵 모습을 드러내기 시작하는 수 명의 인영들…….

앞서 나타난 존재가 상전임을 나타내듯 뒤로 물러나 조용히, 그리고 정중하게 부복하고 있었다.

"나가라."

그녀는 자신의 뒤에 선 존재에게서 대답이 없었지만 듣고 있으리라 믿어 의심치 않았다. 인간이라 볼 수 없는 위압감을 퍼뜨리며 주위를 압도해 나가는 이 느낌은 이미 수십 수백 번 마주해 온 것이었고, 또한 뒤에 선 이가 누구인가에 대해 너무나도 잘 알기에 나오는 반응이기도 했다.

짧지만 더없이 냉혹한 음성으로 명백한 축객령(逐客令)을 던지는 그녀였으나 오히려 그 존재의 입가에 희미한 미소가 더욱 짙어진다.

그리고 굳게 닫혀 있던 입술이 서서히 열리며 방금 전 여인의 음성처럼 울림을 띠며 사방으로 퍼져 나간다.

〈나는 그대에게 징계가 끝났다는 것을 알려주러 왔을 뿐이다. 이제 그리워하는 상대에게 가도 좋다. 즉, 넌 자유라는 말이다. 이 세계는 아니지만 또 다른 곳의 절대자인 나의 이름을 두고 승낙된 일이다.〉

흠칫.

모든 것을 초월한 듯한 신비로운 광채를 뿜던… 그래서 오만하기까지 한 여인의 표정은 한순간 몸을 굳혔다.

그리고 어둠속에서도 확연하게 그 형태를 드러내는 녹수정색 눈동자는 믿을 수 없다는 듯 파르르 떨렸고 원독 어린 시선이 곧장 그 존재에게 닿는다.

"뭐? 뭣?! 말도 안 되는 소리. 자유라니!! 지금 그 말 내게 한 말인가? 아니, 있을 수 없는 일이야. 금기를 범한 내게 자유라니!! 당신 대체 무슨 속셈이야?!"

〈알면서 뭘 그러나? 당연히 내 아들을 돌려받기 위해서지.〉

싸늘한, 하지만 오연하기 이를 데 없는 지배자의 박력과 위엄이 그대로 서린 그의 음성은 생을 가진 존재에게 있어서는 살아서든 죽어서든 결코 잊지 못할 무언가가 배어 있었으나 그녀는 그것에 제외된 듯 오히려 코웃음을 칠 뿐이었다.

벌써 수십 년째 이 정적인 공간 속에서, 오로지 수경에 비추어지는 영상만이 그녀의 고독을 달래어주는 이 정적 속에서 흐트러지는 그녀의 마음이 끊임없이 여인의 그녀를 시험하고 상기케 하는 존재…….

여인은 순간적으로 살심이 치솟았으나 그녀가 어찌해 볼 존재가 아니라는 것을 오래전부터 알고 있었기에 그녀는 분노를 삼킬 뿐이었다.

그리고 그녀와는 상반되게 그 존재는 희미하게 수경에 비추어진 어떤 영상을 보며 즐거운 듯한 미소를 지었다.

〈저 아이인가? 많이 자랐군. 무정한 어미 없이 잘도 자랐어. 큭큭… 오오, 자는 건가? 귀엽군. 역시 날 닮아서 잘생겼단 말이야. 후훗.〉

"저 아일 모독하지 마!! 저 아이는 나와 그의 아이다! 누구 맘대로 네 아들이라고 칭하는 건가! 나가! 이곳에서 꺼져 버려!! 비록 너보다는 권한이 없으나 나도 어디까지나 이 세계의 균형을 지배하는 자다!! 닥치고 이곳에서 나가! 내 눈앞에서 사라져!! 비록 내가 힘이 봉인되어 있다지만 이 이상 날 우롱한다면 가만히 있지 않겠어! 나가!!"

여인의 거친 음성에 그 존재는 희미한 웃음으로 더 이상 이곳에 머물 이유가 없다는 듯 흐릿하게 몸을 어둠 속에 녹아들였다.

하지만 아직 할 말은 많은 듯 희미한 고소와 함께 즐거운 듯 속삭인다.

〈물론 그대의 의사는 존중하네만 계약은 잊지 말게. 금기를 범한 일족의 여신이여.〉

"꺼져!!"

잘 익은 앵두를 연상시키는 듯한 붉은 입술이 묘하게 뒤틀리며 나직하지만 무시 못할 위압감이 담긴 어조와 함께 정적에 싸인 공간이 일순간 뒤흔들렸다.

일촉즉발의 일그러짐과 폭풍 전야의 고요함처럼 어둠을 에워싼 대기는 팽팽하게 긴장되어진다.

여인은 뭔가 불쾌한 기억을 떠올린 듯 인상을 찡그렸지만 곧 표정을 부드럽게 풀고 수경을 향했다. 잘근 깨물어진 입술 사이에는 비릿한 혈향이 퍼져 나온다.

"예전에는 어쩔 수 없었지만 지금은 아니야. 내가 이대로 고이 당할 줄 알아?!"

뭔가 단단히 결심한 듯 그녀의 거친 음성에는 결연함마저 드러나 보였다.

그리고 정적마저 삼켜 버릴 듯한 어둠과는 상반되는 눈부신 흰 빛이 여인을 둘러쌌다.

"절대로… 이 아이만큼은 넘겨줄 수 없어!!"

순간적인 절규성.

빛이 사그라듦과 동시에 여인은 사라졌다.

그리고 어둠은 여인의 처절함을 감추기라도 한 듯 오랜 세월 동안의 비밀을 묻은 채 짙은 정적으로 흘러가고 있었다.

그렇게 언제까지나.

3

초부탕

사람이든 동물이든 생존하는 데 기본적이고도 절실히 필요로 하는 삼대 생존 본능이 있다.

그중 하나는 먹는 것이오, 둘은 배설이오, 셋은 자는 것이다.

수면. 듣기만 해도 기분이 절로 좋아지는 만능 치료제. 과로는 물론이요, 부부 관계 금술 향상에 지대한 영향을 끼치는 그 위대한 이름이야말로 인류에게 가장 필요로 하는 만능 엔터테이너(?)가 아닌가.

나는 당연한 생존 본능을 가진 인류 중 하나로써 쏟아지는 수마의 위력에 굴복해 한참 단잠에 빠져 평온한 수면을 취하고 있어야 했다.

"에효~"

…나는 불행한 남자임이 틀림이 없다. 생존에 필요한 당연한 욕구마저 충족시킬 수 없다니… 오오, 통재라!

지금 생각해 보면 내 인생도 파란만장했지. 천파당의 차기 가주인 내가 원귀 잘못 만난 죄로 이계로 떨어져 죽었지, 염라랑 잘나신 상제가 이 나라의 황제로 환생시켜 줘서 떵가떵가 노는가 했더니만… 흐미~ 무신이라는 작자들 꼬락서니를 보고 울컥해서 사고 아닌 사고를 쳐야 했지. 그리고… 크큭, 생각하기도 싫지만 끝나고 나니까 내 전생 문제가 걸려서 혼란 아닌 혼란에… 경악 모드까지. 하아~ 그리고… 이번에는…….

"…쏟아지는 문서라… 흐미…….'

날 죽여라!

흑.

"…#$·@·o$%@&*$!%*&(*#@%.'

내 앞에서 누가 뭐라뭐라 말하고 있는데 지금 내 정신으로 귀에 들어올 턱이 없었고 그냥 배 째라는 식으로 멍하니 천장을 바라보고 있기를 한참.

퍼억!

또 한 개 박살났네. 이번이 몇 번째지? 열두 번짼가? 돌아가면서 물건 한 개씩은 부수는구만.

"…황.제.폐.하, 지금 듣고 계시는 겁니까?!'

귀를 지그시 막고 고개를 살짝 젓기가 무섭게 악귀처럼 일그러지는 저 모습. 가히 두렵고도 두렵구나.

재무부 소속의 귀족―이름은 모르겠지만 청렴해서 황제 파의 주축이 되는 대신들의 신뢰를 받고 있다는 사람. 작위가 아마 준백작일 거다―깔끔한 사람으로 유명하지만 한번 뚜껑이 열리면 리본조차 고개를 내젓는다지, 아마.

결국… 터졌네그려.

꽤 값지게 보이는 탁자 하나가 와장창 부서지고 기타 잡기가 날아가
고…….

"으휴~ 이제 진지하게 들을 테니까 설명해."

"후우……."

폭풍 전야의 고요함인가.

심호흡하는 저 모습… 비장감마저 느껴진다.

뒤를 따를 듯 혈관 마크를 적게는 하나에서 많게는 서너 개씩 붙인
채 공포의 오라를 내뿜는 내 가신들. 한 번만 더 말하게 하면 죽일 태
세다.

나 진짜 황제 맞을까? 새삼 삶의 회의가… 흑! 쩝. 저렇게 무섭게 노
려볼 것은 또 뭐냐. 하면 되잖아, 하면. 그러게 괜히 잠자는 사람 왜 깨
워. 모르지만 남자도 한을 품으면 오뉴월에 서리가 낀다고.

"…이제 말 안 씹을 테니까 각 과에서는 보고해 봐."

"……."

"빨랑 해. 한참 달게 자고 있던 사람 깨워놓고 이러기냐 뭐냐. 그래,
내가 좀 말을 씹었기로써니 난 황젠데… 그 정도도 못하는 겨! 잠잘 때
랑 먹을 때는 개도 안 건들인다는 옛말 들어본 적 없냐? 에라이, 벤뎅
이 속알딱지들. 이 연약한 황제를 부려먹지 못해서 안달이냐. 너희들
은 내 신하들도 아냐… 흑."

"……."

그래도 침묵.

헐~ 삐쳤구만. 번뜩거리는 저 눈초리를 봐라.

잠도 못 자고 끌려온 나를 생각하면 이럴 순 없는 고얏~!

"자꾸 시간을 끌 셈인가. 빨리 말해라. 언제까지 내 반려를 붙잡고

있을 셈이냐."

뭔가 짜증이 났던 모양이다.

나랑 같이 자다가 함께 깨어나 이곳에 왔던 유논이 인상을 잔뜩 일그러뜨린 채로 나조차 섬뜩해 위축되는 살기를 풍기자 회의장 안 분위기가 한순간 얼어붙었다.

"그것이 아니옵니다. 저희들이 어찌 대태황제(大太皇制) 전하를… 며칠 동안 정사를 돌볼 수 없어 미루어진 일들을 저희들이 우선 손보았지만 이것을 실행하기 위해선 황제 폐하의 윤허와 옥새가 필요합니다. 어디까지나 저희들은 이곳 황국의 신하일 뿐 그 이상이 될 수 없지 않겠습니까. '유논 데스티니' 태황제(太皇制) 전하, 화를 거두시옵소서."

"하찮은 인간 따위가 나에게 훈계를 하려고 드는 건가? 죽고 싶은가?"

"전하, 저희들은 황국의 안정을 위해서 이러는 것이옵니다. 부디 화를 거두어주시길 청하옵니다."

그 분위기를 날려 보내려고 했는지, 아니면 유논을 달래려고 했는지 황급히 파룬 후작이 나서서 차분한 어투로 말해 보지만 유논은 내가 인상을 찌푸렸다는 이유 탓인지 상당히 인상이 험악해져 있었다.

파룬이 땀을 삐질 흘리면서 그를 말리고는 있지만 어디 유논이 말로 통할 상댄가? 내가 달래도 들을 둥 말 둥 하는 놈인데.

근데… 은근히 불쾌하네.

나한테는 개김성이 다분하던 귀족들이 왜? Why? 유논이 한마디 하니까 고개도 못 드는 거냐!

이거 뭔가 뒤바뀐 거 아냐.

내가 살짝 표정을 일그러뜨리자 그나마 말발로 유논을 설득해 나가
던 파룬 후작의 인상이 일그러졌고, 유논의 살기가 가히 폭발적이리만
큼 넘쳐 나는데……

이거 은근히 재밌네.

물론 이건 나한테만 해당된 사항이지 파룬을 비롯한 귀족들에게는
오히려 불운일 것이다.

유논은 나의 행동 하나에 모든 것을 결정하니까.

게다가 녀석은 마주(魔主). 어둠의 종족이라 불리우는 마족들 중 최
상의 전투 레벨과 마력을 가졌다는 전투 종족의 왕인 다크로드다.

과거의 나 덕분에 성정이 많이 부드러워지고 인족에게 많이 관대해
졌다손 치더라도 어디까지나 관대함이라는 단어가 통용되는 건 '나' 라
는 전제 명제가 걸리고서야 가능한 일이다.

한마디로 지금 녀석의 심정은 내가 말려도 내가 미간을 찌푸렸다는
이유 하나만으로도 저들을 당장 찢어 죽이고 코웃음 하나로 때울 위인
이란 거다.

그렇다고 이런 정도의 일로 저렇게 화를 낼 녀석도 아닌데… 내가
기억하는 '영진' 의 단편적인 걸 떠올려 보면 저렇게 다혈질적이지도
나한테 의존적이지도 않았던 것도 같은데 유논이 저렇듯 성질이 난 이
유를 도저히 이해할 수 없었다. 아마도 오랜만에 나랑 단잠을 자는 시
간을 방해받은 것 때문인 것 같은 생각도 들지만 어디까지나 내 생각
이지 저 녀석의 변화무쌍한 성격은 내 판단 밖을 벗어나 버린 지 오래
다.

하지만 이 살얼음판처럼 차갑게 가라앉은 분위기가 나로서는 별로
달갑지만은 않다. 그렇다고 내가 어찌 말려보려 입을 열었다가는 전처

럼 내가 인족들 편만 든다면서 오히려 열을 올리는 결과를 낳을 테
니… 게다가 무시해 버리자니 유논의 살기가 너무 강해서 회의하러 왔
던 귀족들을 심장 마비 일으켜 죽일 것 같고…….

"유논."

"왜 불러?!"

참으라는 말을 도저히 못 꺼내겠다.

눈에서 불을 뿜는구나.

눈빛만으로도 살인을 할 수 있다는 말이 지금 저 눈빛만큼 어울릴
수 있을까 싶다.

난 도저히 못 말려.

나는 하던 거 계속하라는 눈빛을 보내며 나에게 헬프 미를 외치는
귀족들의 시선을 모른 척 외면하며 이럴 때 필요한 존재의 도움을 청
할 때라는 걸 자각했다.

"유화야."

가장 유용한 복병이자 나의 절대적인 우군.

헬프 미이이~

번쩍.

오옷! 멋들어진 시각 효과인 빛과 함께 인형처럼 귀여운 눈동자를
초롱초롱 빛내면서 나를 바라보는 내 사랑스럽고도 사랑스러운 유화가
보이자 덥석 안고 사랑의 부비부비를…….

유화는 바라보기만 하더라도 행복하기 이를 데 없는 앙증맞은 미소
를 지으며 내 품에 파고들고… 오옷! 이 행복감. 아무도 몰라… 암~

"주인님, 무슨 일? 유화 나왔다."

유화는 존대어라는 걸 모른다.

막 말을 배운 어린아이처럼 천진한 표정과 몇 마디 안 되는 짧은 어휘가 다다. 예를 무척 따지는 이들이 얼핏 들으면 버릇없다고 할 수도 있겠지만 나는 유화를 이해하고 있기 때문에 별반 따지지 않는다.

게다가 막 태어난 아기처럼 천진한 표정을 짓는 아이에게 또 어찌 화를 낼 수 있겠는가. 오히려 내 허벅지를 꼬집고 말지.

그렇게 나 스스로가 한 생각이 옳음을 합리화시키며 유논이 풀풀 뿌리고 있는 살의에 식은땀을 뻘뻘 흘리고 있는 가신들을 잠시 외면한 채 유화와 잠시 장난을 치며 놀다가 은근슬쩍 유화에게 유논을 가리키며 슬쩍 부탁조로 입을 열었다.

유논이 또 열이 난 것 같으니 좀 달래줄래? 라고.

한데 내 말에 으레 따랐었고 정신적인 공명을 통해서 내가 내린 명령에 거부할 수 없는 것이 청명검의 정신체인 유화였던지라 당연히 부탁을 들어줄 거라고 생각했는데 유화의 대답은 의외였다.

"싫어."

파란 눈동자를 빛내면서 내 말을 경청하던 유화가 한순간 토라진 듯 등을 돌려 버리는 모습에 나는 눈이 조금 커졌다. 그리고 이어 나온 그녀의 외침에 나는 어안이 벙벙해졌다.

"에?"

"안 해."

허걱? 얘가 갑자기 왜 저런데.

혹시 내 검도 반항기?

질풍노도의 시기?

내가 요러콤 물음표를 연발하고 있는 걸 아는지 모르는지 유화는 내게 등을 돌린 채 미동도 안 한다. 되려 골이 난 듯 볼을 부풀린 채 발버둥까지 치기 시작, 평소에 볼 수 없던 유화의 반항하는 모습에 나는 당황했다.

"난 주인님 검. 위험할 때 지키는 수호자. 왜 이럴 때만 날 불러. 미워!"

"엑?"

"주인님! 난 장식품 아니다. 난 보모 아니다. 이번 명령 싫어. 벌써 다섯 번 넘었다. 안 해. 바보 주인!"

유화가 나에게 화를 내고 있었다.

무엇 때문인지 언성을 높인 채 나를 쏘아보는데 유화에게 신경이 쏠린 탓인지 시선이 쏠리지는 않았지만 유화의 외침에 한순간 머리 속에서 어떤 생각도 할 수 없었다.

짤막한 문구여서인지 이해하기에는 조금 시간이 걸렸지만 유화가 내게 하고자 하는 말이 무슨 뜻인지 모를 리가 없다.

"…아… 하… 하……."

"주인님, 미워!"

지금 유화가 나한테 신세타령을 하고 있는 거다. 여기서 상황 설명이 되려면 유화가 나한테 했던 그 말을 해석해야 하는데, 유화가 한 말을 간단히 축약해서 말해 준다면… 우선 유화가 '천파당'의 차기 가주인 박장수의 검이라는 것과 차기 가주로 뽑힌 순간부터 자아를 가진 검으로서 주인에 대한 일방적인 복종과 보호 본능을 갖게 돼 있다.

물론 언급하기는 싫지만 이계로 넘어오면서 '그'에게 형태라는 것을 얻었지만 어디까지나 유화는 나를 지키는 검이라는 인식이 뼛속까지 배어 있는 것이다.

주인인 내가 위험에 노출되었을 때 검의 능력을 최대한도로 발휘해 주인인 나를 지키는 것이 자아를 가진 검으로서 가지는 유화의 자부심이며 긍지이며 자아가 존재할 수 있는 이유인 거다.

사실 '유논'의 예상치 못한 살기 방출이 있을 때마다 유화를 불렀고, 전투 명령을 기대하며 비장하게 나왔던 유화는 유논의 뒤치다꺼리만 하게 되는 데 상당히 골이 났을 텐데도 내가 시킨 일인지라 울며 겨자 먹기 식으로 유논을 말리곤 검 속으로 들어간 적이 한두 번이 아니었다.

본능적으로—나한테 쏟아지는 건 아니지만—사방을 압박해 오는 살기에 나를 엄청 걱정하다가 내가 부르자 잽싸게 나와 제 딴에는 비장하게 전투 명령을 기다리고 있었는데 고작 말하는 게 살의의 근원인 유논을 말리라는 거였으니… 무척이나 화도 났을 것이다. 그래도 유화만큼 유논을 말리기에 적절한 녀석도 없어서 이번에도 유화의 표정에 약간 미안함을 느꼈지만 알아서 넘기겠지 하며 안일하게 생각했던 게 실수였다. 처음 몇 번이야 유화가 참았던 것 같은데 아마 이번에는 도저히 못 참는 것 같았다.

내가 좋아하는 천진한 빛을 고스란히 담은 파란 눈동자는 나를 보지도 않고 오히려 몸부림을 친다.

"싫어! 다시 들어갈 거다. 놔. 주인님! 씨잉~ 들어갈 거다!"

엄청 골이 났는지 다짜고짜 다시 검 안으로 돌아가려는 걸 내가 가까스로 막아 세우며 설득하는 것도 이만저만 힘든 일이 아니었다.

"유화야, 네가 그럼 난 어쩌라고~ 난 유논 못 말려. 까딱 잘못하면 유화가 좋아하는 할아버지들 다친다?"

"다쳐도 유화는 상관없어."

"제발… 유화야, 맛난 거 사줄 테니까 참아라. 응? 상황이 이런데 나라고 어쩔 수 없잖아. 원하는 거 다 들어줄게. 나 좀 도와주라."

뭐든 다 들어준다는 말을 기다렸다는 듯이 유화의 발버둥이 멈추더니 나를 지그시 바라본다.

"정말?"

"물론."

"그럼 저 집—검—에 유화 혼자 오래 놔두지 않을 거지?"

"그래."

"맛있는 것도 많이 줄 거지?"

"당근이지."

유화는 기다렸다는 듯이 내게 이것저것을 요구했다.

나와 같이 먹는 건 기본이요, 같은 침대를 쓰고, 이런 경우에 부를 때는 반짝이는 돌멩이—이른바 보석—와 못해도 하루에 한 번씩 자신과 산책을 해줘야 하며, 짧은 문법을 내 식으로 풀이해 말한다면 지금껏 쌓인 정신적 위자료(?)로 하루에 두 번씩 내 정기(精氣)를 제공해 줘야 한다는 요구. 유화는 이런 경우를 생각해서 많은 조건이 줄줄 읊었고 나한테 우려낼 수 있는 만큼의 조건을 제시했다. 나는 속으로 피눈물을 쏟으며 그 조건을 받아들였다. 그리고 유화는 그런 모든 것을 이룩해 낸 것이 기쁜 듯 헤벌쭉 웃었고(우웃! 그래도 귀여웠다).

"헤헤, 저 바보 말리면 돼, 주인?"

…라고 말하면서 내가 뭐라 말할 새도 없이 폴짝폴짝 뛰어가더니 유논의 등짝을 후려치는(?) 만행을 저질렀다.

영악한 것.

"우억~!"

기습 아닌 기습에 튀어나온 짧다고 할 수 없는 유논의 기나긴 비명 성에 흠칫거리는 한편 기습의 장본인이 유화라는 걸 알고는 어이없다는 표정을 짓는 귀족들과 그와 별반 다를 바 없는 표정으로 입만 뻥끗뻥끗거리고 있길 한참.

"이 망할~ 또 너냐~!"

유논의 절규성이 터져 버렸다.

귀족들의 안색은 하얗게 질렸고 나 또한 유논의 살의가 점차 그 농도를 더해가는 모습에 어찌할 바를 모르고 있었다. 하지만 유화는 그런 것 따위는 아무렇지도 않다는 듯 유논에게 말을 걸고 있었다.

그것도 유논의 화를 돋울 말만 골라서 하면서.

"살기 거둬, 바보."

"뭐라? 지금 하찮은 에고 소드 따위가 나한테 명령하는 거냐?"

"명령 아니다. 난 부탁하는 거다."

"안 꺼질래? 아무리 내가 널 아낀다지만 자꾸 나서면 용서 안 해!"

"난 유논 말려야 된다. 난 이유있어."

한창 공포 분위기를 조장하다가 어이없이 당해 버린 것에 화가 났는지 엄청난 음향을 포함한 고함과 함께 나조차 위축시켰던 유논의 어마어마한 살기는 유화에게로 쏠렸고, 장난이 아니게 살의를 품은 유논의 눈빛을 본 나는 가슴이 철렁 내려앉았다. 차라리 내가 말릴 걸 내가 괜히 유화를 시켜서 일을 복잡하게 만든 게 아닌가 싶은 후회마저 들었다.

선명하던 보랏빛 동공이 한순간 피를 머금은 듯 붉게 변해가는 모습은 내가 기억하는 한 유논의 살의가 최고조에 달했을 때에나 보던 혼적이다.

　나는 한순간 뭔가 잘못돼 가는 것이 아닌가 하는 생각이 얼핏 들었다.

　유논은 아이를 좋아했다. 마족이었지만 묘하게 어린아이들을 좋아해서 유화의 천진난만한 모습 또한 좋아했고 무척이나 귀여워했다. 그래서 유화가 부탁하는 것은 웬만한 건 다 들어주었고 싫은 척하면서도 은근히 챙겨서 안심한 채 유화에게 배턴 터치를 한 거였는데… 오히려 화만 돋운 게 아닌가 하는 생각에 불안해 막 유화를 말리려 했지만 유화가 더 빨랐다.

　"주인님이 나랑 논다고 했다. 화내지 마. 같이 맛난 거 먹고, 같이 자고, 같이 놀고, 또 산책도 하면서 논다고 했다. 살기 거둬. 안 그럼 나 주인님이랑 못 논다. 화내지 말고 같이 놀면 된다. 화내지 마."

　초롱초롱한 눈을 빛내며 자신이 말려야 하는 이유를 말하는 유화.

　"하?!"

　아이가 없어서인지, 아니면 유화의 단순 무식한 해결법 때문인지 유논은 기가 차다는 표정을 지으며 유화를 한참 뚫어지게 쳐다보다가 대뜸 한숨을 푹 쉰다.

　이거 어째 잘 풀릴 것 같은 기분이 드는데.

　조금씩 살기를 줄이며 마지막 한줄기의 살의마저 갈무리한 유논이 한숨을 푸욱 내쉰다. 그리고 나에게 시선을 홱 돌리더니만,

　"망할… '진！이 어눌하게 말하는 에고 소드 좀 데리고 가. 그런 표정 짓지 말고. 화 안 낼 테니까 데리고 가버리라고!"

　"하아……."

　"우쒸～ 얼렁 데리고 가라니까!"

　기가 차다는 듯 고래고래 고함을 지르며 찰싹 달라붙어서 천진 모드

로 '화내지 마, 화내면 미워할 꼬다' 하는 유화에게 질린 듯 발악을 하고 있다.

아닌 척해도 유화의 저 단순하면서도 생각없는 행동에 화를 눌러 참는다는 기색이 역력하다. 자신의 이득을 위해서라고는 하지만 계산된 행동이 아닌, 순수한 천진함이라는 무기를 들고 애걸을 하는데 안 넘어갈 위인이 어디 있겠는가.

그동안 인간에게 쌓인 것도 많았을 텐데 날 핑계로 오랜만에 스트레스를 풀어볼 생각으로 한창 공포 분위기를 조성하던 것이 허무하다는 표정이다.

무흐… 담에도 유논의 방패막은 너다, 유화야.

너의 천진함을 앞세워 더 더욱 유논을 몰아세우는 거다. 무헤헤헤~

"흐억!"

"헉!"

근데 헐~ 위에 소리가 뭔 소린가 하면 귀족들 숨넘어가는 소리다.

생각지도 않은 일로 유논의 살기가 가라앉으니 다행이었지만 회의장 안에 있던 귀족들은 물론이고 나를 호위하러 따라왔던 기사들은 하나같이 얼굴이 샛노래져 발이 풀렸는지 바닥에 주저앉아 있었다. 죽는 순간에도 검을 놓지 않는다는 고지식함 때문인지 유논이 살기를 풍기는 순간 반사적으로 검을 꼬나 쥐고 나를 경호하는 태세로 겹겹이 둘러싸며 당당한 풍모와 기세를 자랑하던 기사들이 한순간 기운을 잃고 바닥에 주저앉은 채 두려움이 완연한 표정을 애써 감추려는 모습은 분명 모르는 이가 봤다면 기사의 수치라고 했을 테지만 유논의 살기가 어디 보통 살기인가.

에이션트 드래곤이 내뿜는 경이적인 드래곤 피어와 맞먹을 만큼 죽음의 공포를 불러일으키는 깊숙한 내면의 극한의 공포마저 이끌어낸다. 본격적으로 살기를 풍기면 나도 주춤거릴 정돈데. 그나마 날 호위하는 기사들은 양호한 편이었다.

파룬 후작도 발이 풀려 기사들과 별반 다를 바 없는 표정으로 굳어 있었지만 다른 귀족들에 비해서는 양호한 편이었다.

멍하게 풀린 눈의 초점은 물론이요, 살아 있는 사람에게는 너무 충격적인 살기에 침을 질질 흘리도록 입을 벌리고 있다가 정신을 차려 얼굴을 붉히는 귀족들은 물론 그나마 의식이 남아 있던 귀족들은 의석 앞에 놓여진 물을 벌컥벌컥 마시며 애써 떨리는 심정을 달래고 있었다.

보는 나로서는 동정이야 넘쳐 나지만 내가 우선 챙겨야 하는 건 유논이다.

유논의 저 폭발할 듯이 넘치는 살기를 어떻게든 해야 하는 게 세계 평화에 앞장서는 일이 아닌가.

나는 어느새 소년의 형상으로 돌아온 유논을 억지로 데려와 무릎에 앉혀 머리를 마구 헝클어뜨렸다. 유논이 성질 부리는 이유는 아니까 우선적으로 신경을 딴 데로 돌리는 데는 이 방법이 최고다.

"쳇!"

"유논~ 내가 살아 있는 동안 살심을 품는 건 약속에 어긋난 거라고~"

"네가 기분이 상해 있었다고. 하찮은 인간 따위가 내 반려의 기분을 상하게 했다는 건 있을 수 없는 일이야. 다크 로드(Dark Lord)인 나 '유논'의 자존심이 걸린 문제야."

"여긴 마계가 아니라고. 나하고 계약을 맺은 이상, 그리고 약속이 지속된 이상은 현세에서 네 힘을 드러내 보이는 건 금물이야. 그리고 내가 기분이 상한 건 한창 좋은 꿈꾸다가 방해받았기 때문인데, 글쎄 네가 열낼 이유가 없다니까."

"크으… 그런 약속 못 지켜. 차라리 새로 계약해. 하자고. 하면 되잖아."

"제발 참아줘, 유논."

"으익! 성질나는데 어쩌란 말이야."

아하… 제발 참으라고… 내 반려 씨…….

예전에 그랬던 것처럼 '희(喜)'의 감정을 느껴.

그래, 행복의 감정을 느끼라고.

온기. 넘치는 열락(悅樂)과 환희(幻戱)를, 그리고 생명의 경이를 담은 형상의 근원 '선(善)'을 만드는 매개체인 인(人)만이 가지는 '희락(喜樂)'을.

나는 유논의 마음속에 품고 있는 노(怒)함을 한껏 달래는 데 주력했다.

그리고 한참 만에 나는 뭔가 진정될 낌새가 보이는 유논을 보면서 초조하게 나와 유논의 상황을 긴장된 눈빛으로 바라보고 있던 귀족들을 향해 씨익 웃어주었다.

잘 해결되었다는 뜻이다.

아아, 공명은 이래서 좋단 말이야.

정신적인 반려로 묶이게 되면 상대방의 감정을 나누게 되며 마음을 드러내는 허점을 보이지만 그만큼 그 마음을 상대가 다스릴 수 있다.

휴우~ 안도의 한숨이다.

이심전심인가? 귀족들은 어지간히 긴장하고 있었던지 내가 안도함과 함께 가까운 이들의 얼굴을 바라보자 오늘 하루 무사히 넘긴 것에 기뻐하는 듯했다.

사실 유논이 깨어나고 나서 지금까지 어디 편히 쉴 틈이 있었을 리 없다. 나와 대면하는 순간부터 한 나흘 동안 내 옆에 찰싹 달라붙어서 유화와 함께 황제 독점권을 두고 황궁을 뒤집어엎었지, 게다가 내가 잠시간 자리를 비워도 황성을 박살 내 제정 위기를 맞게 함은 물론이요, 내가 벌인 일 마무리 작업 때문에 각 과 부장들과 직원들의 야근은 기본 중에 기본.

또한 내가 벌인 무모한 숙청(肅淸)으로 반수로 팍 줄어버린 황궁의 귀족들로 정계를 돌리는 데 필요한 인력에 빵구가 나서 한동안 각 과의 부장과 직원들의 반좀비화가 진행되었지. 하아, 좀 많이 미안했다.

대타로 내가 미리 준비해 두었던 신흥 귀족들을 투입시켜 그나마 일감은 줄었지만 일이 서툴러서인지, 아니면 너무 급하게 물갈이를 한 탓인지 손발이 안 맞아 일만 배로 늘어서 피곤이 쌓일 대로 쌓인 그들을 오늘은 또 이런 일로 속을 졸이게 만들었으니 모르긴 몰라도 요사이 황국 귀족들의 평균 수명은 팍 줄어들었을 것이 자명했다.

유논이 뿌루퉁해져 있긴 하지만 어느 정도 진정이 된 것 같아 안심이야 되겠지만 바짝 얼어붙어 버려 입을 열 생각을 안 한다.

저들의 심정이야 이해하는 바지만 얼른 일 다 하고 자고 싶은 나로서는 그들이 입을 열 때까지의 그 기나긴 시간이 상당히 인내를 요하는 시간이 아닐 수 없었다.

내가 한숨을 푹 쉬며 힐끔 눈치를 주니 헛기침을 하며 조심스럽게 입을 여는 귀족들.

다른 왕국의 귀족들이었다면 한 하루 이틀 동안 유논의 살기에 대한 두려움으로 손끝 하나 못 움직였을 테지만 그나마 별 희한한 일이 다 벌어진다는 제국의 귀족들 탓인지, 황실 내력상 적응이 된 탓인지 잠깐 사이에 원상 복귀했다.

그리고 내 앞에 가득히 쌓인 문서에 눈길을 주며 한 명 한 명 조목조목 서류 내용을 보고해 나간다. 우선 베린 재상이 먼저 조심스럽게 입을 열었다.

"오른쪽 모서리에 있는 이번에 폐하께서 새로이 임명할 신료 귀족들의 명단이옵니다. 훑어보시고 옥새의 인장을 찍으시면 됩니다."

옥새를 언급하는 후작의 말이 조심스러웠다.

사실 황제의 증거인 옥새는 유논이 가지고 있었다.

대태황제였던 과거의 내가 남긴 핏줄을 지키기 위해 태황제라는 칭호를 주었던 유논에게 맡긴 제국의 황권을 상징하는 옥새… 이른바 도장이다.

대륙에서 황국이라는 국명을 가진 나라답게 도장 하나에도 상당한 장식물이나 보석으로 치장이 되어 있기는 하지만 그렇다고 너무 화려하지는 않은 그것. 황국에서 흑발의 황자들이 계승식을 치를 때마다 유논이 건네주는 형식으로 황권을 인정해 오던 하나의 관례였는데 유논은 흑발의 계승자에게 옥새를 건네주면서 지금까지 꾸준히 나의 형태를 품은 후손을 찾는 일을 해왔었다. 옥새 자체에 뭐 이렇다 할 힘이나 능력은 없다.

오로지 황권의 상징으로써 후손이 차고 넘치는 황실에서 후계자가 생기기 전까지 황권을 돈독히 하는 역할을 해왔던 거다.

전대 황제인 그레이엄은 물론이요, 이 옥새를 받기 위해 유논이 존재하는 공간에 가서 엠플러 가디언인 리보아 공작가와 동행하여 공작가의 지하의 결계로 들어가야 했다. 물론 죽을 각오를 하고 가야 했다.

그날 유논의 기분이 나쁘면 그냥 골로 가는 수가 있었기에 그나마 살아남을 가능성을 높이기 위해 리보아 공작 가문의 주인과 함께 대동했고 그곳에서 유논이 직접 보관하고 있는 옥새를 황위 계승의 승낙의 증거로 가져와 신료들에게 보여주어 계승권을 확인하는 형식으로 무사히 황위에 올랐던 것이다.

물론 전대 황제인 그가 승하하면서 옥새는 다시 유논의 손에 돌아가 주인을 기다렸던 거고… 내 대에서, 그러니까 유논과 약조했던 천 년의 기간이 끝이 나 엠플러 가디언과 일부 황실 종친들만이 드나들 수 있었던 유논의 공간이 깨어지면서 직접 나를 찾아온 거다.

물론 불완전한 지식을 가지고 이곳에 존재하던 나는 기억이 완전치 못한 죄로 죽을 뻔했지만 유논은 마냥 즐거운지 나와 함께하길 기꺼워했었다.

그리고 본래 내게 옥새를 줘야 하지만 유논은 무슨 심술인지 내게 옥새를 주지 않고 이공간에 감춰두고 필요할 때마다 자신이 꺼내어 쓰고 다시 이공간에 던져 두길 반복해 나와 신료들이 당혹스러운 게 한 두 번이 아니었다.

요새는 그나마 익숙해져서 내가 눈치를 주면 알아서 도장을 찍어주니 다행이지만 처음에는 명령을 이행하는 데 필요한 황제의 인장이 없어 당황하던 귀족들의 모습이 아직도 생생하다.

큭큭. 평소에 체면 차린다고 폼은 폼대로 잡으면서 근엄한 모습만을 보이던 귀족들이 식은땀으로 범벅이 돼서 당황하는 모습에 나야 즐겁기는 했지만.

"그리고 이번에는 각 지방 영주들이 올려온 장계(狀啓)입니다. 별다른 점은 없지만 올 들어 비가 잘 내리지 않아 곡창 지대인 '르퓐' 영지나 '아히브' 영지에서 세를 감해달라는 요청이 주류입니다. 그 옆에 한 뭉텅이로 둘러싸인 국경에 위치한 십여 개의 영지들의 성주들이 보내온 장계이온데, 최근 들어 몬스터들의 습격이 잦아져서 기사단을 보내달라는 청입니다."

"세를 감해달라… 어느 정도로 하면 되지, 숀 제무부장?"

보통 이런 문제에는 미리 계산을 해두는 걸 아는지라 슬쩍 답을 구하자 술술 세에 관한 일반론을 말하며 내가 내릴 결론을 도와주었다.

"보통 중앙으로 올라오는 지방 영지의 세는 영지에서 나오는 이득의 1/10 정도입니다. 대표적인 곡창 지대인데다가 상업 도시라고도 할 수 있는 르퓐 영지의 경우에는 이번 가뭄으로 피해를 입기야 했겠지만 상업 도시이니만큼 상당 부분 이득을 남겨두고 있을 것이옵니다. 곡식류에 대한 세는 한 0.3% 정도 감하시고 상업 부분에서 나오는 금액의 상당 부분을 취하시는 것이 좋을 듯싶습니다. 아히스 영지의 경우에는 최근 몇 년 사이에 풍년이었는지라 쌓아둔 재고량이 많을 테니 그대로 거두시면 좋을 듯합니다."

"그럼 그 건은 숀 부장에게 맡길 테니 뒤탈없이 해결하고. 다음은… 그러니까 기사단을 출병시켜 달라는 이장계가 문젠데… 내가 알기론 말이야, 바론이 비록 지방 영지라고는 해도 국경 지대라서 1~2천 정도 중앙의 기사급과 비등할 실력의 사병이 있어 굳이 출병을 시킬 이유가 없을 텐데… 굳이 보내달라는 게 이해가 안 된단 말이야. 그것도 일만이나 되는 단원을. 좀 이상하잖아? 게다가 이런 경우에는 이건 국방부 안에서 해결된 문제 아니었던가? 왜 이게 내가 처리해야 할 서류에 포함돼 있지, 키스토 백작?"

"폐하의 말씀대로이십니다. 폐하께서 창설하신 '화랑' 기사단의 계급이나 기타 건수는 대충 마무리가 되어 있지만 아직 역할이 뚜렷하게 정해지지 않았습니다."

"뭐야? 그 일 벌이기 전에 내가 미리 신(新)기사단들에 대한 계급 명이나 작위는 모두 정해서 줬을 텐데? 아무리 늦어도 사흘 정도면 모두 해결돼 있어야 하는 건 아닌가? 백작, 직무 태만인가? 내가 그런 걸 싫어한다는 걸 모르지는 않을 텐데 이게 대체 무슨 말이지?"

"그것이 아닙니다."

"그럼?"

내가 직무 태만을 가장 싫어한다는 걸 모를 리 없는 키스토 백작이 일부러 이 건을 내게 언급했을 리는 없을 터라 나는 의아함에 되물었다.

그러자 갑자기 터져 나오는 백작의 고성.

"이게 다 폐하~ 때문입니다. 제가 왜 그것들 때문에 이렇게 골머리를 앓아야 하느냔 말입니다!"

그리고 그 고성에 맞춘 내 태도 변화.

움찔… 화들짝… 벙벙.

굳이 말로 표현하자면 놀랐다. 쫄았다. 그리고 할 말을 잃었다였다.

"……?!"

평소에 다른 대신들 중 가장 얌전하다고 평가받던 키스토 백작이 불을 뿜으며 발악하는 광경에 나는 얼어붙었다. 그리고 혹시나 나에게 대들었다고 유논이 또 살기를 뿜을까 봐 조심스레 그를 내려다봤다.

하지만 다행스럽게도 유논이 오히려 흥미로운 기색으로 백작을 바라보면서 싱글싱글 웃고 있는 광경에 잠시 안도했다가 속사포처럼 쏟아지는 백작의 신세 한탄에 나는 헛웃음을 지을 수밖에 없었다.

"그것들이 제 말에는 콧방귀도 안 뀐단 말입니다. 황제 폐하께서 제게 내리신 문서까지 들고 갔는데, 그것들이 제게 하는 말이 뭔 줄 아십니까? 세상에! 제가 살다 살다 그리 황당한 말은 처음 듣습니다. 폐하의 명대로 실력 위주로 황궁 호위를 맡는 엠플러 기사단과 수도를 지키는 화랑기사단으로 나눴습니다. 예전부터 황궁에 있었던 5명의 단장들을 모두 부총사급으로 올리고 그 밑을 받치는 대장급들도 스무 명 정도로 대폭 늘이며 백부장, 천부장 등등 명령 전달을 효율적으로 빠르게 하기 위해서 중간중간 연락책들도 만들었습니다. 그렇게 제가 이틀 밤샘해서 끝낸 서류를 들고 대원들을 나눴더니 하는 말이 뭐? 황제 폐하의 명령이 아니면 절대 안 듣겠답니다? 빌어먹을! @$·@&#%#! 삐~(차마 글귀에 올릴 수 없는 심각한 욕설이라 삭제함) 게다가 그것들이 하는 말이 황제 폐하만을 지키는 것이 자신들이 세상에 존재하는 이유랍니다. 무슨 시 씁니까?!"

"다른 기사단들을… 내가 창설한 기사단 말고 원래부터 있던 기사들도 있을 텐데… 그들을 보내면……."

"뿌드득… 다 한 패거리들입니다."

"헉!"

"헉? 지금 '헉!' 이라고 하셨습니까? 폐하께서 다 홀려놓으셨잖습니까! 대체 어떻게 구슬렀기에… 황실의 명에 절대 복종에다가 충심으로

똘똘 뭉쳤던 룬 나이트&골드 나이트들을 녹여 헤집어서 한 패거리로 만들어 버릴 수가 있으십니까! 이제 그것들 제 명령에 콧방귀도 안 뀐단 말입니다! 그동안 받은 스트레스 말로 다 못합니다! 어떻게 그네들이 제게 이럴 수 있단 말입니까! 그래도 그들에게 해준 게 얼만데… 크아아아악~!"

그때의 일을 회상하자 감정이 격앙되는지 손바닥이 부서져라 주먹을 쥐다가 아래로 하강하더니만,

쾅!

또 하나 박살났다.

흐미~ 무서버~ 날 동정해 줘. 이런 불쌍한 황제 어디에도 없어. 흑흑. 시상에 부하들한테 잽혀 사는 왕이 어딨겠어. 물러줘. 나 황제 안 할 터…….

"내가(흑! 할 것도 많은데… 날 죽여라)… 해결하지……."

"당연히 그러셔야 마땅합니다. 폐하라는 말만 해도 자다가도 벌떡벌떡 일어나서 충성 서약을 외우는 판국이니 알아서 해결 보시고 적당히 타협해서 출병을 시키든 하십시오."

이글이글 타는구나… 백작.

얼마나 쌓였으면 저럴꼬. 끌끌.

유논이 상당히 흥분한 태도로 날 몰아세우는 백작의 기세가 영 마음에 안 들었는지 또 살기를 풍길 태세를 비추자 잽싸게 내 옆에서 떨어질 생각을 안 하는 유논과 유화를 강제로 떼어내서 언령으로 실드를 발동시켜 가둬 버렸다. 또 공포 분위기가 조성되어 한창 진지하게 진행 중인 회의를 망치려 한다면 안 되지 않겠는가. 암.

아마도 내가 쳐둔 실드를 쉽게 빠져나오기가 힘들 거라고 확신한다.

물론 내가 자신을 가뒀다는 사실에 엄청 배신감을 느낀 듯 벽에 처진 실드 사이사이로 마기와 독기를 풀풀 풍겨 내 털끝만큼의 부끄러움도 없었던 양심에 흠집을 냈지만 유화는 유논과 같이 있는 게 은근히 즐거운 모양이라 그나마 내 마음을 안도할 수 있게 해줬다.

어쨌든 기사 출병 건은 며칠 동안 신중하게 생각해 보고 결정할 일이라고 하며 넘겼다. 그리고 슬슬 본격적으로 회의가 진행되었고 각과에서 문제 삼는 문제 사안에 대한 토론이 오갔다.

서로 간에 의견과 의견이 맞부딪치고 혹은 동조하고 반대하면서 상당히 열띤 언쟁이 회의장 안을 뜨겁게 달구고 있었다. 그중 회의에서 유독 중요하게 다뤄지고 있는 것은 외교 정책에 관한 것이었다.

"아뢰옵기 송구스러우나 외교 정책의 변형이 시급합니다."

외무부대신 레페리온 후작은 자신의 차례가 오기를 손꼽아 기다렸다는 듯이 드물게 심각한 표정으로 말했다. 지금까지 외교 정책에 대해 이렇다 할 말들이 없었던지라 다른 안건에 비해서 그나마 맑은 정신으로 그의 의견을 들을 준비를 갖췄다.

내가 거의 강압적으로 행한 숙청 건으로 소란스러워진 민심(民心)도 민심인데다 뒤이은 황후의 폐위가 적지 않은 파장을 일으키고 있었다.

게다가 때를 같이해 황실과 민심 안정을 위해 각고의 노력으로 며칠이 멀다 하고 올라오는 지방 귀족들의 민생 진언도 이제 겨우 마무리 지은 상태. 이렇다 할 중요한 문제가 없어 상당히 지루했었는데 간만에 머리 회전시킬 안건이 나오니 어찌 안 기쁠쏘냐.

회의 경력이야 짧긴 하지만 이렇게 안건이 나오면 그 뒤에는 어떻게 될 것이라는 건 나도 아주 잘 안다. 이제부터 서로 간의 의견이 오고 갈 테지. 그럼 이제 다른 귀족들의 피 튀기는 언쟁이 시작될 것이다라고 여기며 이제 곧 따발총처럼 터져 나올 그들의 의견을 수용할 준비를 갖추며 귀를 곤추세웠다.

그런데 이게 웬일. 보통이라면 이 안건으로 의견들이 오고 갔을 테지만 후작이 입을 열기가 무섭게 한창 안건으로 열을 올리며 토론을 거듭하던 귀족들은 안색을 살짝 굳히며 기다렸다는 듯이 입을 다물었다.

평소라면 한창 토론에 열을 올려야 할 이들이 갑자기 침묵하니 오히려 이상할 지경이었다. 나는 흘긋 시선을 주며 '토론 안 해?' 라는 눈빛을 보냈지만 귀족들은 입을 열 생각을 안 했다.

평소 열혈남임을 자랑하던 샤스 후작조차 침묵하고 있었다.

이런 일은 처음인지라 나는 당근 당황할 수밖에 없었다.

안건 하나 나오면 서로 의견 내려고 열을 올리던 녀석들도 너나 할 것 없이 심각한 표정으로 나와 후작만을 번갈아 바라보고 있으니… 외교 정책의 변형이야 내가 있는 황국이 대륙의 국가 간의 마찰에 따른 분쟁에 관여 안 하는 곳이 없는 만큼 매년 정책 변화야 있어온 일이라 새삼 새로운 일은 아니었지만 첫판부터 '나 심각하오. 그러니 진지하게 들으시오' 하는 표정으로 나를 쳐다보는데 심드렁하게 듣고 있을 수만은 없는 일이 아니겠는가.

그래서 나는 다른 안건에 비해 진지하게 경청할 자세를 취했다.

평소에 부드러운 미소를 트레이드마크로 시종일관해 왔던 후작이—유리하게 외교를 이끄는 하나의 방법이라면서 평소에도 대귀족이라고 보기에는 바보스러울 정도로 헤실거렸다—저렇게 딱딱한 표정을 지을 때는 웬만하면 한 수 접어주고 나오는 게 신상에 좋다.

누가 외교부대신 아니랄까 봐… 말하다가 보면 후작의 언변에 휩쓸

려 낭패 보기 십상이라서 언제 한번 개겼다가 당한 걸 생각하면 지금
도 치가 떨린다 이거야.

그런데 대체 무슨 심각한 말을 하려고 저렇게 품을 다 잡는담?

나는 하여튼 의문점을 담은 시선을 후작에게 보냈다.

하지만 이상한 건 그의 발언에 의아해한 건 나뿐이라는 사실이다.
한창 자신들이 보고할 문서를 검토해 보고 있던 귀족들 상당수의 시선
이 후작에게 쏠리긴 했지만 무척이나 담담한 표정이라서 이미 서로 간
의 대화가 되어 있었던 걸로 보여졌다.

이렇다 할 이유 없이는 외교에 한에서는 별다른 문제를 언급해 오지
않았던 터라 갑작스런 후작의 발언에 나는 의아함을 감추지 않고 있었
다.

중립국으로서 갖춰야 할 외교 법칙은 오래전에 이미 타국과의 외교
적인 이득을 취해 와 그 위치를 확고히 해오고 있었고, 문제점이라고는
없다고 확실시해 왔던지라 갑작스런 외교 정책의 변형을 청하는 레페
리온 후작의 말에 의아해하는 건 당연한 것.

후작은 회의장 안 모두의 시선이 자신에게 쏠리자 인상을 찌푸리며
거침없이 이유를 꼽아 나가기 시작했다.

"신이 갑작스럽게 외교 문제에 대해 언급하는 것은 요사이 대륙 정
세가 심상치 않은 분위기를 내비추고 있기 때문입니다. 폐하께서 황위
에 오르시기 전부터 계속되어 온 테프투스 왕국과 푼트 국과의 반목도
골머리를 앓는 판국에 그 일에 로드 왕국과 크리아디아 공국도 관련되
어 상당히 냉랭해져만 가고 있습니다. 현 이쿠렌이며 대공인 나토 네
빌리안 공께서 병세가 악화되시어 몇 년 전부터는 공국의 모든 집행권
을 그 아드님이신 '론' 님께 물려주신 이후 공국을 공자께서 통치하고

계시다는 건 다 아실 것입니다. 그리고 비록 공국이 우리의 속국이라고는 하나 제국에 기대기 애매한 위치이니만큼 예전부터 나토님도 그러하셨던 것처럼 제국 외에 타국에 관여해 상당한 이득을 취해 공국을 건사해 왔습니다. 이번에 새로 통치자가 되신 론님께서도 달의 강의 소유권을 이용해 이웃한 만큼 상당히 껄끄러운 민족이었던 사막 부족인 푼트 국을 손쉽게 다루고자 했던 경력이 있었지요. 물론 폐하께서 개입하셔서 그곳을 중립 지역으로 만들어서 그냥 헛수고로 돌아갔지만 말입니다."

"여기서 그 말이 왜 나오는데?"

"어쨌든 계속 들어보십시오."

왠지 세게 나오는 후작.

어쨌든 설명은 계속되었다.

"나중에야 안 것이지만 달의 강 소유권을 가질 수 없는 크리아디아 공국이 달의 강을 소유권을 주장한 것이 이상해서 제가 자체적으로 조사를 해봤는데, 공국 쪽에서 달의 강을 소유권을 이용해 뭔가 이득을 취하고자 했던 것 같습니다. 우선 드러난 타깃은 푼트 국을 견제해 왕국의 영토를 지키고자 함이었지만 사실 그 뒤에는 테프투스 왕국이 있었던 모양입니다. 요사이 들어 테프투스 왕국의 움직임이 심상치 않다는 소문을 공국의 사절단들이 제국을 들를 때마다 전해왔는 데다가 저희 제국이 알게 모르게 크리아디아 공국을 괴롭혔던 모양입니다. 작은 영지가 갑작스럽게 습격당해 몰살해 버린 경우도 있을 뿐더러 공국의 수도에 이유 모를 방화, 습격, 살인 등등… 대공이 어지간히 열이 났었던지 달의 강을 이용해 푼트 국의 사막 부족을 구슬러 그들과 연합한 뒤에 테프투스를 쳐벌 생각이었던 것 같습니다. 2년 동안 소모전이라고 할 수 있는 전쟁이 있었지만 푼트 국이나 크리아디아 공국이나 이러다 할 피해도 없었으니 적당한 타협 조건을 찾아 푼트 국도 테프투스 왕국 때문에 갖은 곤욕을 치르고 있는 형편이니 그건을 잘 이용해서 구슬른 뒤에 연합을 할 속셈이었을 겁니다. 물론 우리 제국이 갑자기 개입해 버려 그게 헛수고가 돼버렸겠지만 말입니다. 전쟁이 벌어지면 어떻게든 손해야 보겠지만 외교로 적당히 이득을 나누고 연합을 꾀한다면 종이 쪼가리뿐인 연합이라지만 테프투스 왕국을 치는 데 필요한 시간은 우선 번 셈이니 무슨 문제가 있겠습니까. 그리고 전쟁이 커지면 제국에 손을 벌리려고 했을 테니… 공국으로써는 손해 볼 것이 없었을 겁니다. 전쟁이 끝나고 배상금이 주고받을 때 부족하면 종주국인 우리에게 손을 벌리면 충분히 메워졌을 테니까요. 솔직히 저희 제국으로써는 전쟁을 종식시켜야 하니 어떤 손해를 보더라도 말리는 게 당연하지 않겠습니까? 어쨌든 저희들은 공국의 종주국이니까요. 제가 외교 정책의 변형을 요구하는 이유는 바로 이것입니다. 폐하, 아십니까? 지금 제국은 너무 평화에만 치우쳐 있습니다. 그것 때문에 외교의 최우선 과제가 전쟁 종식인만큼 많은 손해를 보고 있었단 말입니다. 비록 최강대국으로 이름을 드높이고야 있지만 타국에서 침입만 하지 않는다면 최전선에 모습을 내비친 적이 없었던 것도 사실이라 오히려 저희들을 우습게 보는 경향마저 있지요. 선대 그레이엄 황제 폐하께서는 그걸 아시고 황국의 국력을 향상시키고자 당시에 푼트 국에서 떨어져 나갔던 테프투스 왕국과의 반목으로 일어났던 전쟁에서 처음으로 황국의 1만 기사들을 이끌고 무력으로 종식시켜 그런 외교적 문제를 누르셨습니다. 하지만 그분이 승하하시기 전까지 단 한 번뿐인 원정이었던 것인만큼 벌써 십수 년이 흘러 외교적 우세를 점하기 힘듭니다. 게다가 구세력인 마리온 후작… 말하기가 좀 그렇긴 해도 이제는 선대가 돼버린 마리온 후작의 반대가 극심해 무력에 의한 외교적 우세를 점하는 방식의 것은 없어지다시피 했습니다만 폐하께서 숙청을 통한 완벽한 물갈이를 끝냄으로써 제국의 외교 정책의 변형에 이렇다 할 반대는 없을 줄로 압니다."

"그래서……."

"아시다시피 제국은 지독히 폐쇄적입니다. 타국과 교류도 원만하고 상업에 관한 수출입으로 겉으로 드러나 보이는 건 우선 개방적입니다. 그건 중립국으로서 특징상 폐쇄적인 성향을 띠는 건 어쩔 수 없는 것이니 그렇다고 칩시다. 하지만 전쟁 시에는 문제가 달라집니다. 이렇다 할 전쟁이 없을 경우에 그나마 낫습니다. 평화 시에는 모험가들도 제국으로 찾아오고 상인들도 물건을 팔기 위해 오니까요. 하지만 전쟁이 터지면 다릅니다. 저의 나라는 전쟁이 반발되면 우선적으로 타국과의 교류가 일시적으로 끊어지고 국경 지대에서 오가는 여행자들의 감시가 심해집니다. 그렇지 않아도 다른 나라에 비해서는 폐쇄적이라 제국을 오고 가는 모험가들에 대한 감시가 심해서 그렇지 않아도 그 수가 갈수록 줄고 있는 데다가 제가 조사해 본 결과 제국에 대한 타 국민들의 인식이 그다지 좋지 않습니다. 종주국으로서 평화를 지향해야 할 국가의 이미지가 오히려 독선적이고 제멋대로인 곳으로 인식되고 있습니다. 우리는 지금까지 대륙의 전쟁을 막는다는 미명 아래 국가 간의 정사에 너무 많이 그것도 깊숙이 관여해 왔습니다. 그나마 저희 제국의 국력을 맞설 만한 능력을 가진 왕국이 대륙에 나타나지 않아 문제는 없지만 이러다간 최소 200년 이내에 제국은 타국과의 교류가 모조리 끊어져 국내에서 자멸할 수도 있습니다. 그걸 아십니까? 폐하, 제국의 역사가 자그마치 천 년입니다, 천 년. 대륙을 지배해 왔던 많은 나라 가운데 가장 유구한 역사를 자랑해 온 제국입니다. 그 유구한 역사가 폐쇄적인 외교 정책으로 인해 퇴색되고 있습니다. 대태황제 폐하이신 아르미안 진 엘 가이칸이시며 현 황제이신 카이스 진 엘 가이칸께서 깨어나심과 동시에 고여 있던 물이 터지듯 새로운 움직임이 점점 그 자리를 굳히고 있지만, 그건 어디까지나 제국 내에서일 뿐입니다. 중립국이긴 하나 폐쇄적인 성향이 있는 법규를 철회하고 적극적인 외교 정책을 펼쳐 나가심이 가할 줄 아옵니다.”

“대충 어떤 식으로······.”

“먼저 타국의 왕족들과의 교류를 원활히 하실 필요가 있습니다. 그리고 타국의 정세에 눈을 뜨실 필요가 있으시며 그것을 통해 외교적 우세를 점하셔야 합니다. 그리고 약간의 실력 행사가 필요합니다. 폐하께서 친히 키워내신 기사단을 국경 지대에 자주 모습을 보이심은 물론이고, 그 실력을 황국을 염탐하는 타국의 첩자들의 앞에서 드러내 보이시는 것도 한 방법이겠지만, 지금은 전쟁이 없으니 타국의 사절단을 받을 때마다 무투회 행사를 벌여 기사들의 실력을 보여주어 제국의 힘을 과시하는 것도 좋을 것이옵니다.”

외교 정책이야 굳이 우리 제국만이 국한된 것이 아니라 각국과의 이득 문제가 얽혀 있으니 다른 문제보다 신중에 신중을 기해야 함은 당연한 것. 보통 안건에 비해 시간을 오래 잡아먹는 건 어쩔 수 없었지만 이번에 언급된 문제로 인해 평소 한 시간이면 끝을 보고 딴 안건에 열을 올리고 있어야 할 것이 평소보다 배로 길어질 김새가 보여 나를 괴롭게 만들고 있었다.

회의 한번 시작하면 최소한 서너 시간은 기본인데… 황제라고 마음
껏 의견 낼 수 있는 것도 아니고 안건 하나 내면 그네들끼리 의견 나누
다가 막판에 괜찮다 싶은 걸 합의 봐서 내게 이러면 어떻습니까 하면
그 의견 듣고 조금 보충하면 내 할 일이 끝나는데… 여기서 더 길어지
면 날 더러 죽으란 소리야!

한창 열을 올리면서 다른 귀족들에 비해 배나 길게 설명을 하던 후
작이었지만 아직 할 말이 끝나지 않았는지, 아니면 설명하느라 타 들어
간 목을 달래려는지 잠깐 헛기침을 하며 앞에 놓인 물잔을 단숨에 비
워내었고 긴 설명만으로도 내 넋을 빼놓았던 후작이 곧장 뒤이어 말한
발언에 나는 말 그대로 경악했다.

"또한… 아뢰옵기 진정 송구스러우나 폐하, 이 정책에 한에서는 물
러설 수 없어 신하된 자로서 '블로디 플로디프(Blood Appropval:피의
승인)'를 감히 청하옵니다."

진지한 자세로 임하고 있던 나는 물론이고 주위의 귀족들 모두 돌연
한 후작의 폭탄선언에 경악한 듯 의석에서 벌떡 일어섰고, 한창 전 안
건 문제로 의견을 나누며 신중한 분위기가 지배적이던 회의장 안이 한
순간 시장통처럼 소란스러워졌다.

물론 나의 살의 비슷한 시선에 조용해졌지만 그들의 놀람은 쉬이
가라앉을 만한 종류의 것이 못 될 만큼 후작의 발언이 회의 시작 이
후 지금껏 있어온 일에 비견할 바 없는 엄청난 파문을 일으키고 있었
다.

블로디 플로디프(Blood Appropval).

말 그대로 '피의 승인'라는 뜻의 이것은 내가 만든 황국의 신하들만

갖는 발언권이다.

내가 김영진이라는 이름으로 이계에서 살아갈 당시에 만든 정책. 내가 황제로서 집권하면서 오로지 황제에게만 강력한 국가의 모든 정계의 집행권과 권력을 집중시켰던 게 이 피의 독배라는 게 생겨난 개기가 되었었다.

너무 강력한 집행력과 황권이, 그 힘이 후대에 악용될 가능성과 함께 너무 강력한 황권에 눌려 오히려 생기게 될 귀족들의 불만을 해소하기위해 내가 펼친 하나의 유화책으로서 1, 2급, 그러니까 백작 이상의 귀족들이라면 갖는 고유한 권한으로 황제에게 자신의 뜻을 피력하고 황제도 인간이니만큼 실수할 수 있는 잘못된 점에 비판하고 또 자신의 소신껏 생각한 독창적인 정책을 펼칠 수 있도록 만든 정책이다.

절대적인 권력을 가진 황제라 해도 피의 승인을 요구한다면 그들의 요구 사항을 받아들일 수 있었던 것이다.

한마디로 황권에 눌리게 되는 귀족들에게 유일하게 황권에 개길 수 있도록 만들어 초반에 황권에 집중된 권력에 따른 불만은 물론이고, 지금까지도 효과적으로 절대 황권에 불만스러워하는 귀족들의 불만을 효과적으로 해소해 온 것이다.

물론 피의 승인을 황제가 받아들이지 않는 경우도 있으나 그건 극히 드문 경우며 청한 정책의 100에 99%는 통과된 전례가 있다.

그리고 통과된 정책에 한해서 주요 집행 권한은 황제가 아닌 귀족들에게 넘어가도록 해 황제라 할지라도 피의 승인을 청한 귀족들의 말을 절대적으로 받아들일 수 있게 만들어졌지만 어찌 되었든 황권이 우선시돼야 하는 만큼 평생 단 한 번 독대를 청할 수 있게 만들어 희소성의 가치로 만들었다.

또한 황제에게 개기면서까지 추진한 정책이 실패했을 경우엔 아무리 대귀족이라 할지라도 하루아침에 그 집안은 문을 닫고 황권에 개긴 대가로 목숨을 내놓아야 할 만큼 개김의 대가가 만만치 않아 몇백 년 사이에 이 독대를 청한 귀족은 없었다.

그런데 후작이 그것을 청했고, 이 권한이 발동된 이상 나는 더 이상 장난스러운 기분으로 있을 수 없었다. 나는 황제로서 가져야 할 오연함과 카리스마로 무장한 채 묵묵히 후작을 바라보았다.

"요구인가?"

"요구가 아닙니다. 처음이자 마지막 신이 폐하께 하는 '강요'이며 '명령'이지요."

명령.

내 인상은 조금 굳어졌고 회의장은 한순간 찬물을 뒤집어쓴 듯 조용해졌다.

"무례한 신의 간언을 들어주실 마음이 있으시온지요."

나는 낮게 한숨을 내쉬었다. 조금 차분히 가라앉았고 그의 말마따나 그의 명령을 받아들일 마음의 준비를 끝내고 예정된 수순의 말을 한숨처럼 내뱉었다.

"나 가이칸 제국의 황제 카이슨 진 엘 가이칸 3세이자 동시에 대태황제인 아르미안 진 엘 가이칸의 이름으로 그대 레페리온 후작의 명령에 의한 절대 승인을 약속하노라."

피의 독배를 받아들이면 황제가 신하에게 동시에 발동되는 절대 승인이 떨어졌다.

이제 후작의 정책의 권한은 고스란히 그의 손에 넘겨주겠다는 간접적인 권리 승계였다.

간단한 말이지만 그 속에 담긴 뜻은 결코 간단하지 않은 권리 승계를 끝내고 나는 호기심과 기대 반, 불안감과 초조함 반으로 그의 입을 뚫어지게 바라보았다.

"되었는가?"

"네, 폐하."

내 승인의 말에 만족스럽다는 듯 후작이 고개를 조아린다.

"그럼 말하라."

"감히 제가 폐하께 피력하고자 하는 정책은… 지금껏 제국 내에서 피해왔던 정복 전쟁을 추진하고자 하는 것입니다."

4

천부동

두둥… 띠잉…….

무슨 말을 할지 상당히 긴장한 상태로 경청하던 나는 한순간 1t 쇠망치가 뒤통수와 안면을 동시에 강타하는 느낌을 받았다.

허허… 후작이 오랜만에 나오더니 정신이 나갔나? 지금 제정신으로 하는 말인지 의심스럽기까지 한 후작의 발언은 엔간한 일에는 눈 하나 깜짝하지 않는 철판을 자랑하던 내 마음의 무감동을 한순간 깨버림은 물론 회의를 진행하는 내내 침착, 차분함이 습관처럼 몸에 배어 놀람이라는 단어와는 담 쌓고 살던 황국의 귀족들에게 경악이라는 문구를 선사하고도 남음이 있었다.

"…지금… 제정신으로 하는 말인가, 후작?"

"네, 물론입니다. 제가 괜히 평생에 단 한 번밖에 없는 기회를 썼겠습니까? 제가 한 말이 제국의 역사상 없었던 일인만큼 폐하나 다른 귀족들의 놀라는 마음을 모르지는 않사오나 나라의 위상을 세우려면 그 정도야 각오해야 하지 않겠습니까?"

나는 잠깐의 강렬한 충격으로 잠시 심호흡을 했다.

흐미~ 심장 떨리는 거~

"후작, 혹시나 해서 묻는 건데 전날 밤에 부인한테 바가지 긁혔지? 그래서 스트레스가 쌓여 잠시 욕구 불만에 의해 터져 나온 말이지, 맞지? 그런 거지? 그것도 아니면 혹시 내가 너무 일을 많이 시켜서 나한테 불만이 있는 건가? 뭐가 필요해? 응? 임금이 부족한가? 올려주지. 그리고 그동안 받은 스트레스를 생각해 내 당장 외무부 야간 업무를 없애주겠어. 대신이 이토록 스트레스를 받았다면… 크흑! 군주로서 유능한 신하를 이렇게까지 만들었다는 게 부끄러버… 어흑!"

아~ 눈물이 앞을 가리누나. 내가 그동안 너무 부려먹은 거야… 미안혀. 월급 팍팍 올려줄게. 게다가 마누라 바가지의 원인이 아마도 정력? 그쪽으로 밝은 의원도 찾아주마.

내가 이렇게 결론 내리며 후작의 손을 친히 잡고 나의 이 무심함에 피눈물을 쏟았다.

저 표정을 봐라. 자신을 이렇게까지 알아준 나에게 감동을 했는지 손부터 시작해서 온몸을 부들부들 떠는구나.

음?

파직―

근데 요건 무슨 소리여?

어디서 많이 들어본 듯한…….

"…폐하……."

"응? 왜 그렇게 얼굴이 벌겋게 변했어? 무흐… 후작도 농담 참 잘하지 뭐야. 하지만 농담도 농담 나름이지, 전쟁이라니… 캬하하하… 말도 안 되지."

"폐.하."

아~ 저 넘치는 경외… 가 아니라… 엥? 뭐냐… 저 심상치 않은 시커먼쓰한 덩어리는.

허걱! 왜 날 노려봐. 또 주먹은 왜 쥐어… 눈이 허옇게 떴… 아니, 뒤집어졌다.

헉스~ 왜… 저런다냐.

이유를 묻는 듯한 내 표정에 파직 하고 튀어나온 저것은 혈관 마크… 뿌드득 갈리는 소리는 후작의 살심 게이의 상승을 의미하는 것.

나는 입을 다물 수밖에 없었다.

"폐하, 장난치실 때가 아닙니다. 블로디 플로디프가 시행된 이상 폐하께서는 제 뜻을 받아들이셔야 할 책임과 의무가 있으십니다. 그리고 제가 한 말이 아무리 폐하에 충격적인 사안이었다지만 이미 권리 승계가 되었으니 폐하께선 진지하게 들어주셔야 합니다. 현실 도피적인 농담도 어느 정도까지입니다."

오옷! 저 넘치는 박력 보소. 완전 카리스마다, 카리스마!

나도 쫄 정도로 회의장 분위기를 휘어잡는다. 역시 분위기로 화술의 주도권을 쥐는 외교의 달인 아니랄까 봐 시기 적절하게 쓰일 화술에 따른 분배를 잘한단 말이야.

하지만 그건 그거고 이건 이거다. 나는 묘하게 신경질이 나서 인상을 팍 구기며 소리쳤다.

"도피? 도피일 수도 있겠지! 절대 승인이 떨어진 이상 후자의 정책은 통과될 것이 자명하지만 전쟁이라니! 벌써 천 년 동안이나 중립국으로서 균형을 지키도록 이 나라를 건국한 게 나다. 중립이야말로 건국의 이념이었고 내가 이곳에 넘어오기 전 이계의 나의 고향에서 반복하는 동안 대륙의 절반 이상을 지배하는 원동력이 될 수 있었던 것도 침입하지도 않고 침범받지도 않았다는 것 때문이었다. 나는 그것을 나라를 유지하는 최우선 과제로 삼았다. 그런데… 갑자기 그걸 바꾸자니… 우리가 지켜야 할 건 절대 중립이다. 이쪽도 저쪽에도 치우치지 않는 천칭처럼 오로지 관람자의 시점으로 분쟁을 종식시켜 평화를 유지하는 것이다. 그런데 그걸 깨고 전쟁을 벌이라는 거냐?"

씩씩… 아… 열 뻗친다.

저게 지금 제정신으로 하는 소리냐고!

나는 혹시나 하는 마음으로 다시 한 번 조용히 심호흡을 하고 손가락을 폈다.

그리고 좌우로 획획 흔들며 진지하게 물었다.

"후작, 이게 몇 개지?"

"두 갭니다… 만! 폐하, 진지하게 들어주십시오. 다시 한 번 말씀드린다면 전 피곤하지도 미치지도 않았으며 제 아내와 밤일 역시 만족스러우니 지극히 정상적인 정신 상태를 갖추고 있습니다. 폐하! 제 말이 폐하나 이 자리에 있는 타 귀족 분들이 듣기에 좀 거슬릴지는 모르나 전 지극히 정상이랍니다. 다시 한 번 말씀드릴까요? 폐하, 전 정복 전쟁을……."

"후작."

"네."

"다시 한 번 진지하게… 정말 진지하게 묻겠는데, 그 말 농담이지?"

"아닙니다. 방금 제가 말씀드렸 듯이 전 지극히 정상적인 이성으로 내린 결정으로……."

그려그려. 그렇게 진지하게 말하지 않아도 한마디로 진담이라는 말이라는 건 아주 잘 안다. *끄응~* 이걸 어쩐다…….

말이 길어질 낌새가 보이는 후작에게 나는 손을 슬며시 들어 말을 반복할 필요가 없음을 간접적으로 표현하며 다시 한 번 끙~ 하는 신음성을 내뱉었다. 처음 정복 전쟁이라는 말이 나오는 순간 귀족들 대다수는 후작의 말에 뭐라 반박하려 하는 기색이 역력했지만 이미 블로디 플로디프의 절대 승인이 내 입으로 떨어졌고 후작의 요구에 이러쿵저러쿵할 자격은 황제인 나 외에는 없다는 이유로 입을 다물고 있었다. 하지만 내가 그의 안건에 부정적인 뜻을 비치자 그들은 때를 기다렸다는 듯이 본격적으로 반박을 하기 시작했다.

"후작, 지금 제정신이십니까? 전쟁이라니! 황국의 건국 이념을 잊으신 게요? 우리 황국의 존재함은 절대 중립! 너무 과하지도 또한 너무 부족하지도 않은 이상적인 중립자로서 위치를 공고히 해왔거늘. 그걸 하루아침에 깨자는 겁니까?"

"새로운 것을 추진하려면 그 정도 도박은 해봐야 하지 않겠습니까?"

"후작의 말은 제국의 정해진 룰인 형평성에 어긋난 것입니다. 황국의 이념에 따른 형평성은 지금껏 지켜온 것이고 계속 지켜야 할 것이란 말입니다. 그것은 전쟁을 막는 겁니다. 조장하는 게 아니란 말입니다. 황국이 지금껏 존재하는 대의명분을 흐트러뜨릴 셈이시오? 그렇지 않아도 황국의 존재를 불만스러워하는 '그들' 의 세력들이 눈을 부릅뜨고 우리 황국을 주시하고 있습니다. 이건 그들에게 빈틈을 허용하는 겁니다."

"그렇소. '그들' 의 세력은 아직도 건재합니다. 우리 제국이 존재할

수 있었던 것이 무엇 때문입니까? 그리고 지금까지 살아남은 이유가
또 무엇입니까? 끊임없이 계속되었던 대륙의 전쟁을 완벽하다고밖에
할 수 없는 완충 역활을 해온 덕에 지금껏 '그들' 의 인신 공격에서 무
사할 수 있었던 거란 말입니다. 그렇지 않아도 요사이 들어 신전 세력
이 부상하고 있는 판국에… 후작의 말은 있어서도 있을 수도 없는 일
입니다."

"저희 황국이 언제부터 그런 족속들의 간섭을 받았습니까? 우리 황
국은 그 어떤 신성적인 개입도 용납치 않았소이다. 오로지 중립. 신도
마도 우리가 생각하는 한도 아래 스스로 결정하고 받아들였소. 우리의
일에 일일이 그들이 간섭할 이유도 권한도 없을 뿐만 아니라 정당한
명분조차 없소."

"그래서 지금 아직도 막강한 힘을 품은 '그들' 세력들과 충돌이라
도 하자는 겁니까?"

"저는 수십 년 간 외교에 몸담아왔고 누구보다 타국의 정세에 밝소.
우리 황족의 힘은 중립을 지키느라 발산되지 않을 뿐 실질적인 잠재력
은 이 대륙을 집어삼키고도 남는 어마어마한 힘을 갖추고 있단 말입니
다. 황국이 새로이 갖춘 기사단만 봐도 충분합니다. 중재라는 핑계로
가끔 대규모 전투가 벌어지는 전장에 투입될 때마다 지금껏 발산되지
못한 정복 욕구(征服欲求)는 오히려 황국의 불만으로 번져 내전으로 치
달을 수도 있소."

"이 문제와 그것은 다른 문제요!"

시끌시끌. 어쩌고저쩌고. 옥신각신.

후작은 후작대로 귀족들은 귀족들대로 서로의 의견을 피력하며 광
분하니……

헐~ 중말 골 때린다.

이런, 젠장할! 생각 좀 해보자.

이렇게 되면 나는 이 사태를 해결할 방도가 없지 않은가.

후작의 말은 말대로, 귀족의 말은 말대로 옳다.

분명 후작의 말대로 우리 제국의 큰 잠재력은 내가 심은 정기의 힘이 사방을 떨쳐 기운이 대지 깊숙이, 그리고 이 땅에 사는 모든 이의 잠재력을 드높여 그 힘이 발산되는 순간 크나큰 위용을 자랑하게 될 것임은 나도 잘 안다. 위에 귀족들이 언급하는 '그들' 로부터 황국의 존속을 지키기 위해 필요악인 정책이 중립이다.

내가 이 나라를 건국할 당시에 전국 시대라고 불리울 만큼 복잡했던 이 땅을 청산해 준 덕에, 그리고 이때껏 중립으로 타국 간의 분쟁을 막아온 덕에 그들로부터 황국의 존속을 지켜올 수 있었던 터이다. 하지만 그 역시 황국의 수많은 잠재력을 중립이라는 이름 하에 너무 억눌러 왔던 것도 사실.

젠장, 게다가 유논이 벌인 일.

좀 냉정한 말이지만 녀석이 무슨 이유에선지 내가 죽은 뒤에 나에 대한 집착이 강했던 때문인지 천 년의 기일에 맞춰 내게 맞는 형태를 만들 그릇으로 선택한 흑발의 황족들에게 될 수 있으면 계승권을 주게는 하되 절대적이리만큼 계승권을 주지는 않았다.

또한 능력 위주로 장로들과 어떤 일이 벌어지더라도 황제에게 절대 충심을 바치는 공작 이하의 11명의 가신들에게 인정만 받게 될 수 있으면 흑발의 황족이 아니더라도 황위를 계승할 수 있게 만들었다.

하지만 유논은 '그릇' 으로 만든 흑발의 계승자들에 대한 집착이 과도한 문제로 내 자그마한 흔적에도 미치고 발광하면서 흑발이 아닌 황족이 황위를 이을 때마다 눈이 뒤집어져 작게는 황궁을 박살, 크게는 황제와 그 황제를 인정한 이들을 모조리 죽여 버려서 오히려 흑발의 황족 외에는 누구도 황위를 이을 수 없게 만들어 버렸다. 그 탓에 훌륭한 성군의 자질을 갖춘 황족은 역사 속에 묻히기 일쑤였고, 간혹 그것에 반발한 자잘한 내란도 있었다. 물론 내가 예전에 깔아둔 황권 비밀 친위 세력에 의해 작살났지만 내란의 위험이 곳곳에 내재돼 있다는 것 역시 문제라면 문제였다.

또한 황권을 공고히 하기 위해 황제의 직계 외의 후궁 소생의 모든 황자들의 권한을 상실케 하거나 몰살시키는 일도 드물지 않게 일어나기도 해 어느 왕실보다 피로 얼룩진 역사를 가지고 있었다. 물론 나는 그럴 예정이 없었지만 유논 덕에 내 이름이 남을지도 모를 일이었다. 그 녀석과 과거의 '내' 가 약조했던 희미한 기억은 그걸 확실시하기에는 충분하지 않는가.

하… 불쌍한 내 혈족들. 이 문제는 내가 말려도 들을 여지도 없어 어쩔 수 없는 일이다.

아르미안 진 엘 가이칸의 환생체이며 또한 카이스 진 엘 가이칸의 이름을 가진 황제의 유일한 친우 마주(魔主)인 태황제 유논이 나를 위해 벌일 예측 가능한 또 하나의 피의 축제를 생각한다면 충분히 황국의 천 년 역사에 한 획을 긋고도 남을 거다.

곧 나 외에 황국의 황족들은 남아 있지 않을 테니.

음… 근데 말이 좀 딴 데로 샜군.

어쨌든 넘어가서 그 역사의 희생 덕에 내가 이룩해 놓은 것도 있다.

'그들' 로부터 이 땅을 지켰다는 것.

'내' 가 있을 동안 다수의 신족(神族)들이 이 땅의 절대자가 잠시 숙면에 취한 사이에 '신(神)'이라는 허락되어지지 않은 이름으로 이 땅의 생명들을 마치 체스의 말처럼 이리저리 옮기고 인류가 이룩한 것은 재미 삼아 부수고 깨뜨리며 또한 그 운명이라는 허울 좋은 명목으로 그들 스스로가 만들어낸 학살자를 통해 전쟁이라는 이름으로 약자를 죽이고 지배당하는 광경을 보며 즐기는 동안 피로 넘쳐 나던 이 땅을 '내'가 평정했다.

그때 그들 신족들로 인해 유린되고 지배당하고 멸시당해 왔던 이 땅을 그들로부터 상당 부분 독립시켜 정해진 틀로부터 운명을 파훼했고 의지라는 것을 가질 수 있게 했다.

영혼이 갈가리 찢겨져 조각이라는 형태로 만들어진 한민족의 '김영진'도, 박장수라는 이름의 지금 내 몸도 초반의 각성(覺醒)을 통해 쓸 수 있게 된 천존의 능력으로 이국(異國)의 병사들과 수없이 대립하고 칼을 댄 끝에 이룩한 그들과의 '계약 집행(Execuition of Contract)'이 지속되는 이상 그들에게 더 이상의 운명이라는 이름으로 행해졌던 유린은 금계당했다.

그리고 나 역시 이 땅을 벗어나지 않겠다는 계약을 맺어 황국 존속은 물론 대륙의 인족들을 신족들의 장난질에서 지금껏 지켜올 수 있었던 거다.

인류 신성이라는 이름 하에 유린했던 '그들' 신족들로부터 말이다. 마족들도 있긴 했지만 초반에 나와 맺은 협상에 만족하고 그들은 곱게 물러나 줬으니까.

지금 생각해 본다면 참 착한 녀석들이었어. 내가 지네들 대빵을 마음대로 부려먹는데도 눈 하나 깜짝 안 하고 그냥 잘 부탁한다는 말 한마디만 하고 물러났으니… 아니, 한 놈이 개기긴 했었지. 붉은 머리였는데… 인물이 참 훤했었… 음음, 지금 그걸 생각하고 있을 때가 아니다.

흠흠, 다시 본론으로 넘어간다면 어쨌든 신족들이 문제였다. 나는 그들로부터 이계(異界)인족을 지키기 위해 그 문도 열었다.

빌어먹게도 그들이 독차지하며 막고 있던 하늘의 문을 '내' 가 열어 그들의 딴맘 품을 요소조차 싸그리 없앴다.

그런데…….

"당신들의 말대로 신이든 마든 우리가 결정할 자격이 있소이다. 저 대륙의 신성을 따르는 광신도들처럼 시도 때도 없이 감시의 눈을 번득이는 속 좁은 것들에게 대체 뭘 두려워하는 겁니까? 게다가 내가 그들을 염두하지도 않고 하자고 했겠습니까?'

흠칫.

통렬한 비웃음을 담은 후작의 외침에 한창 반박하던 귀족들은 물론이고 잠시 과거의 기억에 빠져 한참 넋을 빼놓고 있던 나조차 몸을 굳히게 만들었다.

그들 신족들은 '내' 가 그 문을 열어둔 대가로 걸어둔 영구의 결계로 이 땅에 들어올 수도 마음껏 휘저을 수도 없다.

오로지 신탁이라는 허울 좋은 명분으로 행해지는 예언뿐.

그것을 피력하며 두려워할 것은 없다고 후작은 피를 토하듯 외치고 있었다. 모험이라는 것을 감행하는 건 인족들뿐. 그들은 정해진 것에 안주하지 않는다.

내가 만든 가장 이상적인 국가 안에서도 내가 정한 금기의 틀을 깨고 모험을 감행하고 새롭게 도약할 기회를 피력하고 있는 후작은 인족의 전형적인 모험심을 드러내 보이고 있어 나를 감동하게 했다.

도전 의식이야말로 사람이 갖는 유일한 것.

끊임없이 새로운 것에 눈을 돌리고 달려나가는 그 원동력이, 지금 그의 입에서 토해져 나오는 열변이 주저하던 내 마음을 굳히게 만드는 데는 부족함이 없었다.

젠장.

"후작, 정말 그 말 자신이 있어서 하는 말이겠지? 정말 '그들' 로부터 이길 자신이 있는 건가?"

"물론입니다."

"그렇다면 말해 줄 수… 아니, 아니야. 지금은 이런 일이 외부에 발설되면 곤란할 테니 파룬 후작과 이 자리엔 없지만 폐후(廢后)의 일로 근신 중인 리보아 공작을 찾아가 의논해서 보고서 형식으로 써서 집무실로 가져오도록. 블로디 플로디프의 이름으로 승인된 일을 무를 순 없으니. 당장은 아니더라도 꼼꼼히 일의 추진 경로와 '그들' 을 견제할 방도에 대해 소상히 밝혀 내게 제출하시오, 후작."

"네, 폐하."

후작은 자기 뜻이 정식으로 승인되자 기쁨에 젖긴 하지만 한창 반박에 열을 올리던 귀족들은 기겁한 표정으로 '불가하다. 전면전이 벌어진다. 중립을 지켜야 한다. 이런 결정을 내리는 정당한 이유를 피력하라' 등등을 외치며 내게 윤허를 거두길 원했지만 나는 싸악 무시하며 이유를 밝히라는 그들에게 단 한 마디로 그들의 반대 요소를 제거할 수 있었다.

바로…….

"위험해도 재밌을 것 같잖아."

휘잉~

헐, 뭔가 진지해지는 것 같던 분위기를 가차없이 땅바닥에 내동댕이

치고 발로 자긋자긋 밟은 뒤 도마 위에서 다진 후 내 입속에 쏘옥 들어
갈… 내가 가끔 사용하던 배 째라식 개김이다.

헛흠… 내가 무슨 헛소리를…….

난 천성이 심각한 게 오래 못 가서… 엇흠.

"#%&*(%()%)~·&*)$~"

"#$&%**&)%!%·*(_((&&%·$!"

그런데… 으윽! 시끄러.

내 말에 단박에 반발하는 저 무리… 파룬이랑 키스토 백작이네그려.
아주 열렬하게 반대를 하는데… 우씨… 난 결정 번복 안 해. 시끄럽다
고. 안 들어, 안 들을 거야아아아~

나는 귀도 막고 눈도 감아버렸다.

어차피 오늘 회의는 다 했고 후작의 문제 발언 때문에 열라 싸우고
있었던 것일 뿐이니까.

저들이 뭐라 하든 나는 지킬 때까지 개기면 된다 이거야.

무흐, 우케케케… 나는 자유인(?)이다.

그렇게 한창 사악의 극치를 이루는 내 머리 속에 우웅거리는 극히 짧
은 진동과 함께 낯익은 음성이 들렸다. 나는 잠깐 몸을 부르르 떨었다.

내가 기사들에게 자주 써먹었던 전음이랑 비슷해서 별로 놀라지 않
았었다. 그런데 내가 왜 떨고 왜 놀랐냐고?

내가 너무 잘 아는 목소린데… 그게 완전 독 품은 음성이었거든.

누구의 목소리였냐구? 흑흑… 유논이지 누구겠어.

—지~이인, 잠깐 나랑 대화 좀 해보실까.

헉스! 잠시 잊고 있었더니 독 품었어.

"유논아, 그런 눈으로 보지 말아. 나 이래 봬도 불치병으로 오래 못

살… 푸헉!"

─오오, 그럼 내가 죽여주지. 그래, 죽여주마. 뿌드득. 어디서 구라냐. 감히 마신인 날 가두다니! 다 날려 버리겠어!

"흠… 쩨리지 말어. 네 눈이 보통 눈이더냐."

─빠드득! 어서 풀어!

"좀 진정되면."

─크아악! 지, 진정?! 지금 이 상태에서 내가 진정되겠느냔 말이다! 이 꼬맹이는 대체 뭐냐! 가두려면 나 혼자 가두던가. 왜 저 이상한 인간, 아니, 에고 소드랑 가두냐고! 그리고… 그리고… 내 머리는 왜 갖구 노는 건데!

"흠… 유화가 내 머리 갖고 놀더니 재미 붙였나 보지."

─난 머리도 짧은데 대체 왜 이러냐구우~ 으으… 이 꼬맹이 좀 떼내줘~!

"다 네 팔자려니 해라."

─크아악! 네가 나한테 이럴 수는 없는 거다! 내보내 줘~!!

헐~ 아예 발광을 하는구나.

귀족들의 반대론을 무시하기 위해 눈요깃거리도 필요했는데… 무흐…….

오옷! 유화야, 존경스럽구나. 유논의 머리가 짧지는 않지만 그렇다고 묶기에는 애매한 머릴 텐데도 어찌 그토록 기상천외한 머리 모양을 창출해 내는지… 이 주인, 감격했다.

당하는 유논이야 안됐지만 에고 소드의 정신체에게 마신이 이리저리 휘둘리는 광경은 보통 때 볼 수 있는 게 아니라서 넘넘 재밌다구.

새파랗게 질려서 바둥거리는데… 크크큭… 역시 내 검. 누가 내 검

아니랄까 봐 아주 잡아먹는구나. 하지만 유논이 자신을 마치 인형 놀이하는 것처럼 데리고 놀고 있는 유화의 행태에 열불이 났는지 시커먼 흑기를 만드는 광경에 가슴이 철렁 내려앉았지만 몸을 속박하는 쇠사슬에서 뿜어져 나오는 기이한 빛과 내가 쳐둔 막에 의해 흡수되어 그 위력이 사그라져서 잠시 동안 쫄았던 가슴은 다시 펴졌고 은근히 걱정되던 유논의 폭주에 대한 염려가 없어지자 나는 안도하며 느긋하게 눈요기를 즐길 수 있게 됐다는 말씀. 무흐흐~

―크아악! 젠장맞을 주박!

그렇지만 유논은 나처럼 즐거울 수는 없었던지 방금 전 사그라졌던 마기를 풍기며 사슬을 끊으려고 갖가지 수를 다 써보다가 실패함과 동시에 막판에 얼굴을 시뻘겋게 붉히며 발악했다. 그리고 그의 발악에 한창 유논을 데리고 노는 데 재미 붙였던 유화는 유논의 줄기줄기 뿜어져 나오는 마성에 흠칫 몸을 떨며 두려운 기색으로 주춤거리더니 아무 거침 없이 내가 친 막을 뚫고 나와 집―검―안으로 들어가 버려 유논을 또다시 열 뻗치게 했다.

마기가 더욱 짙어진 탓에 파르르 떨리는 게 어지간히 겁을 집어먹은 듯하다.

나는 놀란 아이를 달래듯 검을 쓰다듬으며 빙긋 웃으며 유논을 응시했다.

―뭐야?! 난 못 나가는데 왜 저 하찮은 에고 소드는 나갈 수 있는 거야? 이 자식! 니 검이라고 차별하는 거냐! 이럴 수 있어! 난……!

그거야 이유를 설명해 주자면 내가 가두려는 의지를 담은 건 유논이었고 유화는 그냥 덤으로 놀라고 넣어준 거니까 가둔다는 '의지'에 속하지 않은 유화야 나오고 싶으면 쉽게 나올 수 있었던 거다. 물론 유논이야 내 의지를 넘어서지 못하는 이상 갖은 수를 써봤자 못 나올 테고.
흠.

—유논······.

나는 간만에 진지한 음색으로 유논에게 전음을 날렸다.

잔뜩 흥분했는지 처음 몇 번은 내 부름에 답이 없었지만 조금 톤을
높여 날리자 그제야 알아들었는지 유논의 시선이 내게 닿았다.

—왜?

여전히 거친 음색이다.

—물어볼 게 있으니까 흥분 그만 하고 전음으로 대화 좀 하자.

—글쎄, 왜?

—네 몸을 묶고 있는 주박에 흥미가 생겨서 그런다. 자꾸 쫑알쫑알
토달지 말고 얼렁!

조금 짜증 섞인 음성 때문인지 유논은 잠시 불쾌해하는 기색이었지
만 고개를 끄덕였다. 간만에 내가 진지해서 그런지 어리둥절해하면서
도 대답한다. 물론 내가 말한 대로 대화는 전음으로 이루어졌고.

—좀 묻겠는데 불쾌해하지 말고 진지하게 들어봐 줘. 흠, 그러니까
너한테 걸린 주박 누가 걸었다고 했지?

—···그건 왜 묻는 건데?

뭘 물어보려고 그러는가 싶었는지 진지하게 들던 유논의 인상이 팍
구겨졌다.

내 입에서 주박이라는 말이 나온 게 영 껄끄럽다는 표정이다. 하긴
과거의 내 앞에서는 마신이니 마존이니 하면 자신을 꺾을 사람이 어디
에 있을쏘냐 하는 말을 내뱉던 천상천하 유아독존의 전형적인 꼬맹이
였으니··· 음, 자존심이 상했다는 말이 옳을 거다.

좀 거칠어진 그의 음성에 나는 어색하게 웃으며 고개를 저었다.

—화내지 말어, 임마. 그냥 몰라서 묻는 거야. 처음에 널 봤을 때 널 묶었던 그 사슬의 힘이 분명히 내가 알던 물건의 힘과 비슷해서 풀어 주려고 했었는데 말이야, 그 기운 위에 그 힘과는 이질적인 기운이 덮여져 있어서 주박을 무효화시키기 힘들기도 해서… 대체 누가 그런 형태의 주박을 썼는지 영 신경이 쓰인단 말이야. 처음에는 별로 신경이 안 쓰였는데 이상하게 궁금하네. 좀 설명해 봐. 이래 봬도 나도 예전에는 주술사였으니까. 한번 연구해 보구 싶은데.

—새로운 것에 눈이 뒤집어졌다는 말이렷다, 그 말은? 그래서 이 몸을 이렇게 묶어둔 작자에 대해서 궁금해졌다 이거냐? 앙?

뭐, 그런 거지. 그러니까 그 주박을 건 사람이 누군지부터 차근차근 말해 주겠어?

—젠장, 그 빌어먹을 호기심은 변하지도 않는구먼. 난 걱정도 안 된다 이거지. 이 망할 사슬에 꽁꽁 묶였는데.

—음… 그러고 보니… 흠흠, 미안.

미안해하면서도 별다른 철회의 말을 않는 내가 마음에 들지 않는지 유논의 인상이 조금 더 구겨졌다. 그 표정에 나는 약간 쫄아서 그랬는지 몰라도 뒤이어 나온 말은 변명조에 가까웠다.

—나도 좀 미안하지만 호기심을 이길 사람은 아무도 없다구. 난 꼭 듣고 싶단 말이야.

—에이, 전혀 미안해하지 않는 표정으로 말하면 오히려 열불만 나니까 그냥 입 닥쳐 줘. 어차피 말해 줘야 할 일이었으니… 젠장. 날 묶고 있는 이 주박은 선대 황제의 칠 후궁이었던 여자의 작품이다.

—헤~ 칠 후궁이라면… 내 어머… 가 아니라 카인을 낳은 그 후궁?

　―오옷! 잘 아는데. 음, 정확하게는 네 어머니가 아니라 네 몸을 완성시킨 계집이지. 물론 인간 같지도 않았었는데, 게다가 30년 전의 그 일로 그녀에 대한 언급조차 금기되었을 테지만.

　―이름은 아냐?

　끄덕.

　―음, 미르라고 알고 있어. 내 신수 중 한 존재와 이름이 똑같아서 기억하고 있었지. 나의 어머니, 정확하게는 카인의 친모의 이름도 미르였고 내 신수 중 한 명인 주작의 이름도 미르였으니까… 맞다. 천 년이나 같이 있었을 텐데 주작(朱雀 혹은 봉황(鳳凰))의 이름도 몰랐던 건 아니겠지.

　하지만 유논은 말을 말라는 듯 오히려 심드렁한 표정이다.

　―그 오만한 붉은 새대가리라면 모를 수 있겠냐. 천 년이나 지겹게 붙어 있었는데. 게다가 이름만 똑같다 뿐이지 비교할 가치도 없었지. 그 새대가리보다야 그 계집이 나았지.

　나는 처음으로 듣는 내 어머니, 아니, 카인의 어머니의 이야기였던 지라 드물게 들뜬 마음이었다. 사실 한의 기억과 동조하면서 동시에 영진과 장수의 기억, 그리고 카인의 기억이 동시에 각성하면서 혼합된 기억이 불안정해져 나 스스로도 기억 못하는 것들도 꽤 됐다.

　다른 건 그럭저럭 넘겼지만 이상할 정도로 내 마음에 걸렸던 불안정했던 기억.

　나의 어머니이며 카인의 형상을 낳아 그릇을 완성시킨 어머니 미르에 대한 기억.

　출신 성분도 불분명했고 전 황제의 총애에도 시시각각 남편에게 암살의 손길을 늦추지 않았다던 특이한 여인네. 그렇지만 날 낳고 진정

으로 사랑해 주었다는 나의 어미라는 여인에 대한 불안정한 기억은 내
게 호기심과 함께 그리움이라는 감정을 갖게 했다.

　그래서 어쩌다가 주박술에 걸렸느냐고 묻는 내 말에는 은근히 어머
니에 대한 궁금증이 배어 있어 유논은 주박술에 대한 설명을 해주면서
자신이 아는 내 어머니에 대한 걸 될 수 있는 한 설명해 줬다.

　―뭐 숨길 게 있다고 베일로 뒤집어쓰고 다니긴 했지만 인족들이 흔
히들 말하는 기품이라든가 아름다움은 가히 여신과도 비견될 정도였으
니까. 그리고 평생을 들어보지도 못했던 요상한 술수로 묶여 버리기야
했지만 악감정은 별로 없었지. 매년 내 속을 뒤집어엎던 그 붉은 새대
가리보다야 낫지. 암.

　그의 설명의 내용은 썩 길었지만 대충 줄이면… 한 30년 전에 자신
의 마성이 폭주해서 황성에 대규모로 학살을 벌인 적이 있다는 것이다.
대규모는 아니었지만 가끔씩 나를 기다리다가 지치면 간혹 발발하던
광기가 재발해 제국 건국 이후 최대의 살육을 벌였었다나?

　그래서 그 당시 젊은 나이였던 리본을 위시한 11명의 대신들이 유논
의 광기를 누르기 위해 당시만 해도 막 황위에 올라 황실을 정리할 틈
이 없어 넘쳐 났던 황족 십수 명과 황궁에 기거하는 순결한 남녀 시비
들, 그리고 수백 명이 넘는 갓난아기들을 자신에게 바쳤다고 했다(그
말에 나는 잠시 도끼눈을 떴지만 유논은 뻔뻔스럽게도 난 잘못없다면서 코웃음
도 안 쳤다. 젠장!).

　―아휴~ 열뻗쳐!

　―피와 광기를 만족할 만큼 취한다면 금세 진정이 된다는 마족의 습
성을 잘 알고 있던 니 녀석의 가디언의 생각이었고, 한참 그러다가 보
니까 시체는 널려 있지… 내가 벌인 일에 대해 심각하게 고민하고 있

으려니 웬 여자가 서 있는 게 보이더라고. 그리고 좀 자존심 상한 건 어쩔 수 없지만 눈 깜짝할 사이에 요상한 술수에 내 몸이 묶여 버린 거고. 그 이후 30년 동안 이 족쇄에 묶여서 이 공간 속에 박혀 있었고. 뭐… 내가 아는 건 이게 다야.

―내 어머니는 마법사였나?

―아니, 마법사였으면 내가 못 느꼈을 리가 없지. 이래 봬도 미족은 드래곤 족 다음으로 마나에 민감해서 수십 킬로 떨어진 최하위 견습 마법사의 마나도 눈치 챌 정도니까. 먼 건 아니었지만 꽤 가까이에 있던 내가 마법사라는 사실을 못 느꼈을 리 없어.

―너, 제정신이 아니었다며?

―이봐. 그 말은 에이션트 드래곤들조차 머리를 숙이는 어둠의 정점에 이른 다크 스피릿트의 왕인 날 무시하는 발언이야. 이성을 잃긴 했어도 난 완전한 전투 모드였어. 전투 모드로 들어선 후부터는 마나의 감도는 평소를 훨씬 웃돈다고. 마법의 위험성을 느꼈다면 비록 이성을 잃었어도 본능으로 피했었다고.

―음… 그래.

―내 말은 농담이 아니라고. 어쨌든 그녀는 마법사가 아니었어!

―그래, 니 말이 다 맞다. …그런데 말이지… 내 어머니 예뻤냐?

이러다가는 더 흥분할 것 같아 슬쩍 말을 딴 데로 돌렸지만 유논은 일부러 내가 말을 돌린다는 걸 아는지 상당히 곱지 않은 눈으로 나를 쏘아보며 고개를 끄덕였다.

―예쁘기야 예뻤지. 베일로 가리긴 했지만 발치까지 늘어뜨린 은발도 그랬고, 녹수정빛 눈동자도 그랬고. 워낙에 신비로운 미모라서 처음엔 엘픈 줄 알았지. 녹색 눈은 인간들에게는 별로 없는 태고의 색이

니까. 자연과 조화를 이룬다는 엘들이나 하프 엘프, 혹은 인족들의 피에 완전히 융합되어져 버린 엘프들이나 간혹 나오지 순수 인족들 중에서는 드문 편이었거든. 물론 나도 마음에 들었던 계집이었지만 끝에 가선 날 이 꼴로 만든 계집이라서 그런지 이가 갈리기도 했지만.

─헤…….

─대단할 것도 없다. 그리고 이제야 말하는 건데 그 여자 이름 아마 가명일걸? 자기 입으로 자기 이름은 따로 있다고 나한테 말했었으니까. 지금에 와서 기억났지만 나한테 자주 놀러 왔었거든. 죽을지도 모르는데 심심하다고 찾아와서 이것저것 수다 떨고 갔었지. 물론 수다 맞상대는 새대가리였고. 이름은 누구한테 받았다고 했었지, 아마?

─가명?

─그래. 물론 그 여자는 비밀이 많았으니까. 어이어이, 이보라고. 더 알고 있는 거 털어놓으라는 그런 눈으로 보지 마. 내가 마신이라고는 하지만 너 말고는 딴 녀석들 맘속 들여다볼 재주는 없다고. 음? 그래, 혹시 또 모르지, 그 새대가리면 알지도.

진지하게 경청하던 나는 고개를 갸웃거렸다.

─미르가? 그녀가 카인을 낳은 그 여자와 무슨 상관이 있는데?

─젠장, 붉은 새대가리에 대한 건 말하고 싶지 않으니까 정 궁금하면 네가 직접 물어봐. 그 오만한 신수 계집은 생각만 해도 짜증이 나니까.

내가 물은 것과는 별 상관 없는 그녀가 언급된 것에 의아해하며 되묻자 유논은 나의 질문 자체만으로도 불쾌한지 인상을 팍 구기면서 고함을 내질러 내 귀를 한동안 울리게 만들었다.

─아, 쓰바. 소리는 왜 질러. 내 귀가 무슨 철판이냐? 안 그래도 정신 대화 하면 머리 속이 울리는데 고함까지 지르면 날더러 고막 터져

죽으라는 거냐?!

─네가 먼저 내 속을 뒤집었잖아. 젠장할! 어쨌든 간에 내가 더 아는 건 없어. 확실하게 내가 말해 줄 수 있는 건 그 새대가리랑 그 여자랑 자주 만난 것도 그렇고 뭔가 묘했었다는 거야. 이런 말 하면 그렇지만, 그 새대가리가 여자를 이용해서 뭘 하려고 하는 낌새도 은근히 있었고.

─미르라면 내 어머니에 대해 자세히 알 거란 말이야?

왠지 더 이상 물어보면 칼 날아들 듯한 살벌한 어투에 질문하는 나도 덩달아 조심스러워졌다.

─그래!

─더 없어?

─없어!

─에게… 정말 그게 다냐?

─이 자식이! 그럼 나한테 더 뭘 바라냐? 아무리 이성을 잃었다손 치더라도 인간한테 봉인당했다는 치욕에 30년 동안 내가 이 공간에서 이만 갈았었다고. 알간? 어쨌든 더 자세한 걸 알고 싶더든 그 오만한 붉은 새대가리 계집한테나 가서 물어봐.

─뭐, 네가 그렇게까지 말한다면 그러마.

─그보다… 왜 내가 이런 설명을 해줘야 하지? 이제 그만 풀어줘. 언제까지 여기다가 날 가둬둘 건데.

이제야 기억이 난 모양이다.

─우흐… 구여운 것.

창백하리만큼 흰 피부와 대조되는 붉은 입술이 오밀조밀 움직이며 나의 의문에 대한 지루함에 인상을 구기는 녀석에게 나는 씨익 웃었다.

좀 더 골려주고 싶기야 했지만 더 이상 했다가는 오히려 열만 뻗치게 할 것 같아서 막을 거둬주기로 했다.

살짝 손가락을 퉁기자 내가 만든 의지의 막이 거두어졌고, 곧장 뭐가 그렇게 불만스러운지 툴툴거리며 잽싸게 내 무릎에 앉는 유논.

녀석이 나를 곱지 않은 눈초리로 쏘아보았지만 나는 무시하려 애를 썼다.

사실 유논에게 이것저것 신경 쓰다 보면 고생하는 건 나였고, 저렇게 화를 내다가도 내가 미소만 살풋 지어주면 알아서 화를 거두어들이니 알고 보면 어찌 이쁜 녀석이 아니겠는가. 봐라. 한창 열내던 유논은 내가 세월아 내월아 하고 있으니 더 이상 말할 필요성도 느끼지 못했던지 얌전해졌다.

역시 나의 사랑하는 반려다운 달관한 태도가 아닌가. 훗훗.

"킥킥."

아아, 한창 심각하게 돌아가는 시점에서 웃음이 나오면 안 되는데.

"폐하, 웃고 계실 때가 아닌 줄 압니다만… 확실하게 뜻을 밝혀주십시오. 정녕 그들과 전면전을 벌이실 각오이십니까?"

"물론. 그런데 말이지… 으음, 인상 좀 펴지 그래. 파룬 후작도 이제 중년의 끝을 보는 나이이니만큼 그렇게 인상 쓰면 주름 늘어난다구."

"폐하께서 제 청만 받아주신다면 한 십 년은 젊어질 겁니다. 그리고 그렇게 말장난하실 때가 아닐 텐데요. 다시 한 번 청합니다. 부디 다시 생각해 주십시오. 절대 승인이 떨어진 안건에 반대하는 게 별 소용이 없다는 것은 소신도 알고 있습니다. 그러니 저 역시 '블로디 플로디프'의 권한으로 후작의 안건 철회를 청하겠습니다."

한창 내게 반박을 하던 파룬 후작이 내 웃음에 상당히 불쾌한 듯 이마에 석 삼(三)을 그리며 새파랗게 질린 얼굴에 완연한 떨림을 드러내고 있었다.

사안이 사안이니만큼 당연한 반응이지만… 후우~ 저 작자를 어떻게 설득시키담.

사실 그들과의 전면전이야 나도 피하고 싶은 맘이 있긴 하지만… 내가 이들을 위해 만들었던 한계를 뛰어넘을 수 있을지 지켜보고 싶은 것도 사실이다.

그렇다면 뭐라 말해야 하는데… 에효~ 한숨만 나오는구나.

"폐하."

에구구… 생각할 틈을 안 주는구려, 아자씨.

나도 좀 삽시다. 아니, 생각 좀 합시다. 나 불쌍치두 않으쇼? 난 황제란 말이여.

"일주일만 개겨."

하지만 속으로만 이러지 결연히 절대 반대를 외치며 눈을 부릅뜬 채 파파팍 째리는 파룬을 똑바로 마주 보지는 못하고 마주치면 괴로워진다는 일말의 불안감으로 슬쩍 시선을 피하려니… 헉스~ 시선 도피를 사전 봉쇄키 위함인지 사방의 퇴로를 철겁으로 막아버린 귀족들이 나를 압박하듯 쏘아보고 있다.

뎬장!

"후우, 나중에 후작이 내게 제출한 문서를 검토해 보고 정말 이 사안이 가능성이 없다면 권리 승계가 이루어진 안건이라고 해도 최대한 그 정책을 최소화할 생각이니… 그리고 설마 허술한 정책을 후작이 추진했을 리가 없어. 그러니 일주일만 얌전히 기다리라고."

"폐하, 부디… 이 일은 도저히 불가능한 일이옵니다."

"통촉해 주시옵소서."

차라리 날 죽여라.

조심스럽게 말을 꺼냈지만 그것마저도 중간에 말이 씹혀 버린 나는 최후에 방법으로 귀를 틀어막았다.

이익… 시끄러워 죽겠네. 에이, 무시해 버리자. 잘난 니덜이 어디까지 가는가 보자고. 흥흥… 그런데 좀 심심타.

다시 명상의 시간을 하려니 영 짜증만 나고… 에효~

에고고, 회의는 끝났는데 할 건 없고… 절대 불가를 외치며 악악거리는 귀족들의 꼴을 보니 그로부터 한 시간은 이 자리에 붙잡혀 있는 것 같아 보이는구만.

쩝. 리본만 있으면 대충 무시하고 나갔을 텐데… 지루하도다. 익, 그만 좀 포기하지 왜 저렇게 끈질긴대냐. 덴장할!!

이익! 그래, 너그들은 그렇게 백날 떠들어봐라. 내가 눈 하나 깜짝하는가.

평소에야 시끌벅적한 걸 좋아하지만 듣기 싫은 말 계속 들어봐야 짜증만 돋지. 당연히 나는 치솟는 짜증에 차갑게 눈빛을 가라앉히며 불쾌한 감정을 숨기지 않은 채 무겁게 입을 열었다.

"나는 분명 일주일만 기다리라 했다. 황제의 명령은 절대적인 것이다. 후작, 그걸 모르는 건가? 내 뜻을 반(反)하지 마라. 내 말이 곧 법이며 이 땅의 질서다."

"폐하께서 이 황국의 법이며 질서라면 저는 이 황국을 지키며 국가와 민족을 위해 무궁한 영광을 바치는 문신이며 당신의 신하입니다. 폐하께서 아무리 황국의 모든 것을 주관하신다지만 황국을 말아먹으려고 하시는데 어찌 가만히 있을 수 있겠습니까?"

"그렇습니다, 폐하. 이건 황국의 존재 여부가 걸린 중대한 일입니다."

"무슨 명분으로 정복 전쟁을 추진하겠다고 하시는 것입니까? 이건 정복 전쟁을 떠나 평화를 지침으로 삼는 제국으로서는 치욕적이라고 할 수 있는 타국에 대한 침략이며 침범 행위입니다."

오랜만에 황제의 카리스마 분위기를 살려 고압적으로 외쳤지만 처음엔 좀 주춤거리면서도 할 말은 다 하는 귀족들 탓에 인상이 저절로 구겨지는 내가 안쓰러웠는지 안건을 냈던 후작이 나섰다. 누구 때문에 내가 이렇게 고생하는데… 당근 안 나섰으면 내 손에 죽었어.

"모두 흥분을 가라앉히시고 제 말을 들어주십시오."

레피리온 후작이 진중한 음성으로 한 말은 회의장 안 구석구석으로 퍼졌고, 그때까지도 흥분을 가라앉히지 못하던 귀족들은 후작의 음성에 살짝 인상을 구겼다. 이미 서로 간에 대화는 되어 있었던 듯싶지만 이런 골치 아픈 일을 자초하게 한 후작에 대한 눈길이 곱지 않은 건 당연한 결과였다. 후작은 시선의 홍수에 잠시 당황하는 듯했다. 하지만 그런 당황스러움은 잠시뿐이었던 듯 이내 담담하게 표정 관리에 들어가더니 평소와 다름없는 잔잔한 웃음을 띠며 입을 열었다.

"부족한 제가 이번에 올린 청이 약간 문제가 있다는 것을 예상하고야 있었지만 이렇듯 흥분하시는 모습들을 뵈오니 우선 사죄드리겠습니다. 그리고 저의 강압적인 안건에 반발하시는 이유 역시 조금이나마 알고 있는지라 더 이상의 발언은 입만 아플 따름이겠지요. 제국이 안정되고 존속하는 데 중립국이라는 이름이 얼마나 지대한 영향을 끼쳤는지를 외무부의 장으로서 너무나도 잘 알고 있습니다. 하지만 이 모든 것이 제국의 발전을 막는 한계가 아닙니까? '한계'라는 것을 누가 만들었습니까? 저희는 인간입니다. 유일하게 운명에 대항할 수 있고 한계를 뛰어넘을 수 있음으로써 더욱더 앞으로 나아갈 수 있는 존재! 신조차도 자신의 한계를 가졌으나 우리는 한계를 뛰어넘음으로써 신에 가까워질 수 있고 또한 신보다 더욱 높은 곳에 오를 수 있습니다. 한계를 이기고 또 한 번 도약한 제국의 모습을 보고 싶습니다. 그것을 위해서 저는 여러 번 골몰했고 많은 가능성을 통한 계획도 마무리 지었습니다. 폐하의 명대로 일주일 뒤면 완벽히 마무리가 지어질 겁니다. 그때가 되면 제가 준비한 모든 것을 보아주시고 다시 한 번 제 뜻을 생각해 주시면 감사하겠습니다. 이렇듯 언성을 높여봤자 저야 물론 폐하는 콧방귀도 안 뀌실 테고, 여러분은 여러분대로 뜻을 굽히지 않으실 테니 시간 낭비만 될 것이 뻔하지 않습니까? 차라리 제가 보고해 올릴 문서를 보시고 다시 생각해 봐주십시오."

오오, 말 잘한다.

뭔가 불만스러워하면서도 어떻게 토 잡을 구석이 없으니 조금씩 얌전해지는 귀족을 보며 후작이 만들어준 기회에 속으로 미친 듯이 기뻐하며 나는 회의의 끝을 알렸다.

"들었겠지? 모든 결정은 일주일 뒤다. 그 뒤에 다시 회의를 열어 결론을 내릴 것이니 할 말을 아꼈다가 그때 가서 하도록!"

"하오나, 폐하."

"아, 글쎄 일주일 뒤에 보자니까. 그냥 넘어가."

강압적으로 나가는 내 말에 잠시 침묵이 흘렀다. 하지만 그들은 의지의 한국인… 아니, 귀족들.

그놈들 중에 가장 알아주는 사람을 꼽는다면 바로 파룬 후작.

고집은 물론 끈질긴 것만으로도 리본을 훨씬 웃도는 열혈 충신.

타 귀족들이야 존경스럽다고 말할 수 있겠지만 그런 타입은 웬만큼 귀찮은 게 아닌지라 나는 오히려 일주일 뒤에 일을 생각한다면 영 괴롭기만 했다.

물론 이 의견을 낸 레페리온 후작도 역시 마찬가지일 테지만.

하지만 몇 번이고 일주일이라는 기간을 강조한 끝에 그나마 다시 재고를 받아들일 기회가 있을 거라고 생각했는지 영 미덥지 않은 표정으로 회의장을 나섰다. 하지만 틀림없이 만나는 귀족들마다 나를 쪼아대겠지? 오늘부터 한동안 또 신나게 쪼아댈 것이 틀림없어.

정말 황제 같은 거 다 때려치우고 싶다구.

자유를 달라. 자유! 자유! 난 자유인이다(쿨럭…).

"에효~"

풀썩.

헤… 푹신하다.

나는 내 방으로 들어와 심술이 나서 부루퉁거리는 유논을 품에 안고 말 그대도 침대로 몸을 날렸다. 늘어지게 한잠 자고 나면 피로가 풀릴 거라고 생각하며 내 품에서 벗어나려 발버둥을 치던 유논의 머리를 마구 헝크러뜨린 채 기분 좋은 미소를 입가에 짓는다.

그리고 유논의 반항 아닌 반항에 즐거워하며 더 꼬옥 껴안아 버린 나는 아직 잠이 오지는 않았지만 회의에 대한 모든 것을 잊고자 억지로라도 잠에 들기 위해 유논을 꼬드겨 샌드맨이 뿌려주는 흰 가루—수면을 일으킨다고 하지, 아마?—를 맡으며 잠 속에 빠져들었다.

왠지 오늘만큼은 평온한 꿈을, 고향의 꿈을 꾸었으면 좋겠다고 생각하면서 수면의 여신의 길다란 옷자락을 부여잡은 채 잠 속에 빠져들었다. 물론 이때만 해도 나는 몰랐다.

너무도 조용한 내 방의 이질감을.

완전히 동결돼 버린 듯한 마나의 침묵이… 그 침묵 역시 그 어떤 존재로부터의 방문이 시작되었음을 알리는 신호탄이라는 것을 짐작조차 하지 못한 채 그렇게 나는 잠 속에 빠져들고 있었다.

진이 잠들었다.

자신을 꼬옥 껴안은 자세 그대로 짧은 낮잠을 즐기려고. 어찌 보면 공허해 보이던 그의 눈동자가 닫혀 버리자 그가 잠들기만 기다리던 유논은 조금 아쉬워했지만 조심스럽게 그의 품에서 빠져나왔다. 누구에게나 열려 있지만 누구도 독점하지 못했던 반려의 따뜻한 품에서 나오고 싶지 않은 듯 아쉬워하는 표정이 역력하다.

역시 침실에서 그의 버릇은 여전했다. 예전에도 항상 숙면을 취할 때면 누군가를 안고 자야 직성이 풀리는 듯 시중을 드는 시녀들은 물론이고 자신을 호위하던 기사들 중 체온이 높은 인간들을 찾아 침실로 끌어들이곤(?) 했던 녀석이었다. 시녀들도 가끔 애용하긴 했지만 여자들에게는 이상할 정도로 관심이 없어서 거의 대부분 함께 침소(?)에 드는 이는 자신을 포함해서 대부분이 남자였다.

게다가 미적 센스도 요상스러워 하나같이 꽃미남들이었고.

그런 그의 잠버릇이 제대로 알려지지 않고 소수의 시녀들의 입방아를 통해 알려졌을 초반에는 남색(男色)을 밝힌다는 소문까지 있었던 탓에 그에게 뽑힌(?) 이른바 인간 난로들은 이제나저제나 언제 당할까 싶어 불안에 떨기까지 했었다.

물론 나중에 와서야 오해임이 밝혀졌지만 그의 잠버릇은 남색을 밝힌다는 소문에도 고쳐지지 않고 오히려 더해져 소문 이후에는 완전 꽃

미남들 부대로 이른바 기쁨조를 만들기까지 했다.

　기쁨조의 일원이 된 불쌍한 청년들은 잘난 자신의 외모를 원망해야 했다. 그리고 인간 난로로 뽑힘을 당한 그들은 주인을 잘못 선택해서 순결을 잃을지도 모른다며 파랗게 질린 채 침실로 끌려갔다. 유논은 그런 그들의 표정을 지금도 잊을 수 없었다. 그 일을 떠올리는 유논의 입가에는 자연 미소가 걸렸다.

　한번 자면 엎어가도 모르는 녀석이니만큼 그의 볼을 쭉 늘어뜨리다가 툭툭 두들기며 장난 아닌 장난을 치고 있는 것을 아는지 모르는지 깊은 숙면에 빠져 있는 진.

　"쳇, 잘도 잔다. 나쁜 녀석."

　유논은 행복한 표정을 지으며 잠 속에 빠져 있는 흑발의 아름다운 미남자 진을 뿌루퉁한 채 내려다보며 방금 전 자신이 당한 수모에 대한 불쾌감에 젖어 있었지만, 입을 헤벌리고 쩝쩝 다시며 잠꼬대를 하고 있는 그의 얼굴을 보니 짜증이 사르르 녹아내리고 오히려 웃음이 새어 나올 뿐이었다. 나오라는 잔소리는 안 나오고 말이다.

　이건 불공평하다고 연신 투덜거렸지만, 그래도 유논의 눈동자는 부드럽게 휘어져 있었다.

　천 년 전 사랑했던 인간. 강했지만 연약한 인간. 희로애락(喜怒哀樂)의 감정 속에서 강렬한 애증(愛憎)을 품었던 인간. 사랑스러운 인간. 전혀 인간 같지 않았던 인간.

　세월의 흐름 속에 묻혀 또다시 나에게 절망을 안겨줄 인간. 그럼에도 사랑스러운 인간… 나의 반려…….

　"헤헤."

　유논은 싱글벙글 웃으며 어린 손으로 진의 얼굴을 잠시 쓸어 내렸다.

차가운 온기와는 다르게 너무도 따뜻한 체온을 가졌다.

살아 있는 인간이기 때문인가?

차디찬 피가 흐르는 마족인 자신에게는 없는… 뜨거운 피를 품은 그의 반려.

신(神)은 물론 마(魔)에게도 없는, 알 수 없는 무언가가 있는 인간.

약하기 때문에 강한 존재들 사이에 끼어 전전긍긍하게 될 인족에게 준 창조주의 선물인가? 완전하지 못해 생긴 자기 방어적인 수단인 매혹의 힘?

아마 그럴지도 모르겠지만 이 따스한 품이 좋은 건 어쩔 수 없다.

"우음… 이렇게 기분 좋게 자는데 깨우기가 애매하군."

남자의 피부라고는 믿을 수 없을 만큼 뽀송뽀송한, 손에 착착 감기는 피부의 감촉에 유논은 행복한 미소를 지었지만 곧 그의 인상은 차갑게 가라앉았다.

오랜만에 만난 반려와 즐겁게 놀고 싶었는데 사방에 깔린 저 가증스럽기 짝이 없는 많은 인간들 때문에 하루 종일 붙어 있지도 못했다.

일이 바쁘다는 핑계로 하루 종일 회의장을 들락날락거리고 좀 시간이 남아 놀아준다 치더라도 도중에 일이 생겨서 나가 버리는 일이 반복되어 그동안 유논에게 쌓인 불만은 이루 말할 수 없을 정도였다. 게다가 자신이 없는 사이에 어떻게 꼬드겼는지 착하고 여리며 자신만을 아껴주던 진의 옆구리에서 한시도 떨어지지 않는 하찮은 에고 소드에게 장난감 취급당하며 머리칼까지 수난당했던 걸 생각하면 그의 불쾌감은 상당한 지경에 이르렀던 것이다. 또 방 안에 들어오면 한마디 해야겠다고 씩씩거리고 있는데 오자마자 자신을 꼬드겨 잠의 하급 정령인 샌드맨을 부르게 하더니 곧장 잠들어 버렸다. 한마디로 배신이다.

쳇쳇, 그리고 또 이 시선은 대체 뭐란 말인가.

"이제 그만 나오시지. 녀석은 잠들었으니 할 말 있으면 나오는 것이 좋을 것이다."

냉막한 그만의 미(美)와 너무도 잘 어울리는 싸늘한 음성이다.

기묘한 공포감.

어둠의 절대자만이 가지는 그만의 냉막감을 조장하는 그 무언의 강렬함이 사방을 압도해 나가며 자신의 존재를 확인시키고 있었다. 방금 전 강조했 듯이 기분이 상당히 저조한 상태였던지라 그 살심을 동반한 공포는 평소보다 짙은 농도를 자랑하고 있었다.

그를 따라 회의장 안을 들어서는 순간부터 느꼈던 어떤 시선.

다른 이들은 느끼지 못했을 테지만 예전에 자신이 품었던 익숙하고도 강렬한 염원의 향기에 저도 모르게 호기심을 자아내게 했던 그 어떤 시선에 유논은 그 시선의 주인공이 궁금했었다. 그리고 처음에 그저 자신의 이목을 잠시나마 속이고 진을 바라본다는 것에 호기심을 느꼈지만 진이 잠들기가 무섭게 점점 강렬해지는 시선에 유논은 갈수록 불쾌지수가 높아갔다.

기이잉—

조금 전만 하더라도 그가 내뿜은 살의에 쥐 죽은 듯이 조용하던 대기가 작은, 극도의 미묘한 떨림을 드러낸다. 청각이 극도로 예민한 엘프들조차도 들을 수 없는 미세한 울림이었지만 유논은 그 울림을 확실하게 들었고 느꼈다.

지독할 정도로 이질적인 기류가 동결되어 버린 이공간의 마나를 깨뜨리며 공간을 가르고 있다는 것을.

유논은 지금껏 존재해 오면서 느껴보지 못했던 어떤 이질적인 기류에 약간 긴장했지만 그의 말을 기다렸다는 듯 맹렬하게 마나의 폭풍이 방 안을 휩쓸어내는 광경에 되려 안색이 싸늘해지며 곧 이곳으로 올 낯선 침입자에 대한 분노를 분출하고 있었다.

차원 이동으로 인한 마나의 변화야 유논 자신도 수없이 행하여 익숙해진 터고 자연 그런 종류의 마나의 흐름 역시 익숙해졌던 터라 처음에야 조금 놀랐지만 담담하게 모든 것을 주시할 수 있었다.

유논은 궁금했다, 무엇이 이토록 애절한 눈길로 자신의 반려를 응시하고 있는지.

자신 외에 타 존재가 은밀한 시선으로 반려를 관찰하게 둔다는 건 그의 자존심상 용납치 않았던 터라 시선의 정체를 밝히고 그의 능력으로 지그시 밟아 마물들의 먹이로 던져 줄 참이었다.

묘하게 생명을 죽이는 행위에 대해서 극도의 거부감을 비추는 진을 생각하면 좀 꺼려지긴 하지만 이건 유논의 개인적인 감정이다. 그래, 질투다.

자기만의 것인 반려를 정체 모를 녀석이 훔쳐보고 있다는 것을 생각한다면 열이 저절로 뻗친다.

"훙훙, 진은 내 거라고. 정신적인 것일지는 모르지만 누가 감히 내 것을 탐낸다는 거야?"

그리고 서서히 어둠의 공간에서 빛의 영역으로 그 모습을 드러내는 어떤 존재를 응시하며 유논은 싸늘하게 조소한다.

어떻게 죽일까.

말려 죽일까? 태워 죽일까? 아니면 녹여 죽일까?

말려 죽일 거라면 마계의 용암 사막이 좋을 거다.

예전에 알고 지냈던 상급 마족의 정보통으로는 열기 하나는 끝내준다고 했었지, 아마.

화염 일족인 레드 드래곤 하나가 장난삼아 들어갔다가 거의 죽다 살 았다고 했으니 효과 하나는 끝내줄 거라고 생각해서 우선 말려 죽이는 건 낙찰. 열기를 품은 종족이라 용암을 물처럼 마시며 9클래스 마법인 헬파이어의 불꽃을 피부 미용에 좋다는 이유로 몸에 바른다는 그 미친 종족들. 자극을 원한다는 이유로 식수로 애용하는 용암에서 수영을 즐기는 종족들이다(그러고 보니 그 드래곤 미쳤다는 소문도 있었으니 그 열기가 어느 정도인지 짐작이 가기도 한다).

연약한 피부를 가진 인간들이라면 수 분도 안 돼서 뼈도 안 남기고 타버리겠지.

하지만 태워 죽이는 방법은 너무 간단해서 곤란하고… 녹이는 방법도 괜찮을 것 같기도 하지만 너무 깔끔하지 못한 방법이 아닌가. 역겨운 냄새도 나고.

그럼 말려 죽이기로 낙찰.

유논의 머리 속에는 잠시 동안 살인의 미학을 살려 아름답고 깔끔하면서(?) 기억에 남을 죽음으로 말려 죽이는 것으로 결론을 내리곤 입가에 향긋한(?) 미소를 지었다.

그리고 두 손에는 결코 만만히 볼 수 없는 마력탄이 맹렬한 흐름을 자랑하며 곧 찾아올 침입자에 대한 준비를 끝마쳤다. 잠시 뒤 뭔가를 느낀 듯 유논의 부드러운 인상은 한순간 냉혹함을 띤다. 그의 승낙도 없이 침입한 존재에 대한 지독한 살의는 싸늘한 미소로 바뀌며 그 미소에 잘 어울리는 기묘한 공포감을 조성하는 그의 어투에 사방의 대기가 두려운 듯 조금씩 떨린다. 얄미울 정도로 여유만만한 그의 표정은 점차적으로 확연해져 가는 침입자에 대한 호기심이 띠어져 있었다.

"자, 어서 오라고."

하지만 그렇게 싱글벙글 웃는 것도 잠시.

유논의 표정에서 점차적으로 미소가 지워지고 서서히 일그러지기 시작했다.

경악과 불신. 미묘한 두려움마저 띤 표정이다.

세상에! 누가 믿겠는가.

그는 마족이다. 탄생 순간부터 전투만을 위해 존재하며 강한 전투를 위해 살아가는 종족. 그중에서 최강이라고 칭하여지는 다크 스피릿트의 위대한 제왕(帝王).

그런 그가 경악에 넘어선 두려움과 당혹감에 젖어 있는 것이다.

태고적 수억 년 동안 계속되었던 빛과 어둠의 전쟁으로 인해 피폐해져 가던 삼계의 균형을 위해 크리톨(A Creator:창조자)이 드래곤 일족과 마찬가지로 만든 전투 종족인 마족의 제왕이, 강함을 신념으로 삼는 전투 종족 가운데 최고의 강함을 자부하던 다크 스피릿트의 제왕인 그가 지금 믿을 수 없게도 두려움으로 몸을 움츠리고 있는 것이다.

이 믿을 수 없는 사태에 그는 어떤 반응도 드러내 보이지 않는 가라앉은 표정으로 들끓는 분노를 속으로 곱씹을 뿐 조금의 미동도 없이 그 인영을 응시하고 있었다.

갈라진 검은 틈새에서 신비로운 모습을 드러낸 그, 아니, '그녀'를.

낯설면서도 흐릿한 존재감이 친숙함으로 다가오는 실루엣을……

두렵다…….

유논은 자신의 두려움을 감출 수 없었다.

그리고 그런 그의 두려움을 조소하듯 그 여인이 웃는다.

입꼬리는 살짝 말아 올린 채 유논의 경악성과 놀람을 비꼬고 조소한다.

아름다움. 그 누구라도, 그 어떤 존재의 얼어붙은 마음조차 녹여 버릴 듯한 외모다.

처음 보는 순간 느껴지는 권위감.

평범한 인간들에게는 없는 강렬한 존재감.

믿을 수 없다.

죽었을 텐데! 어떻게 죽음의 강을 건넜어야 할 이가… 왜? 어떻게 이곳 중간계에 존재할 수 있는 거지? 믿을 수 없어!

"맙소사……!"

눈앞에서 보고도 믿을 수 없는 상황에 대한 당혹스러움을 지금에서야 알게 된 듯 유논은 반사적으로 뒤로 한 걸음 물러섰다. 주춤거리며 뒤로 물러서는 그의 얼굴에는 의혹, 불신감, 그리고… 믿을 수 없게도 약간의 공포감마저 어려 있었다. 직접 보지 못한다면 믿을 수도 없는 광경이다.

"이럴… 수가……."

유논은 이를 악물었다.

〈오랜만이군요, 중간계에 묶여진 자여.〉

노인의 백발을 연상시킬 만큼 흰 머리칼. 아니, 하얗다고 보기에는 지나치리만큼 화려한 머리칼이 찰랑거리며 흩어진다.

그 존재는 여인이다.

섬뜩할 정도의 매력을 가진 '여신'.

그녀가 피식 웃는다.

처음 마주 본 순간 느껴진 고고함.

바라보는 이를 신비감으로 도취시켜 버리게 만드는 절대 마력 같은 미모.

단 한 명의 여인에게서 느꼈던 고고함이다.

"…말… 말도 안 돼, 이건!"

상대를 홀릴 듯한 여신의 신비로움을 간직한 그녀는 살포시 웃는다. 그의 혼란스러움을 너무나도 잘 안다는 듯이 다가온다.

"으음… 뭐가 이렇게 시끄러워, 유논……."

진이, 자신의 황제가, 유일한 애증의 반려가 눈을 뜬다.

깊은 잠 속에 빠져 있어야 할 그가 멍한 목소리로 칭얼거리며 유논을 응시한다.

그리고 방 안에 또 다른 이가 있는 것에 당황해한다.

〈…아아…….〉

여인이 탄성을 내뱉으며 그에게 다가간다.

그리고 자신에게 다가오는 여인의 모습에 의아한 듯 고개를 갸웃거리는 진을 어느 순간 자신의 품 안에 끌어당긴다. 녹수정의 맑은 두 눈에 눈물이 가득 넘쳐흘러 볼을 맞댄 곳을 따라 또르르 흘러내리며 진의 뺨을 적신다. 수없는 날이 기다린 듯 아련한 애틋함이 묻어나는 여인의 표정과 울음에 존재하는 애절함에 진은 멍청하게 그녀의 품에서 떨어질 생각을 하지 못하고 있었다.

"누… 구……?"

진은 인상을 살짝 찌푸리고 있다.

예전처럼 숙면을 방해받은 것에 대한 불쾌감, 그리고 눈앞에서 자신을 껴안은 자세로 흐느끼는 여인에 대한 의문.

그 모든 것이 드러난 그의 표정을 아랑곳하지 않은 채 여인은 눈물을 흘린다.

"죽… 지 않았다는 거냐? 넌… 대체……."

유논은 눈앞에서 벌어지는 광경을 묵묵히 바라보며 의문성을 낮게 내지른다.

머리 속을 떠돌던 많은 사념들도 한순간 얼어붙어 버렸다.

혼란이다.

지금 자신의 눈앞에서 벌어지는 모든 것이 섞여져 엉켜 버린 현재의 모든 것이 혼란이다.

유논은 입술을 잘끈 깨문다.

은빛의 여신.

그의 머리 속에 감도는 단어가 입속에 맴돌고 있다.

인족들의 존재를 증명하는 언령(言令)의 뿌리.

"미르."

옥처럼 맑은 여인이 웃음을 터뜨린다.

유논의 경악성을 즐기듯 호쾌하게 웃음을 짓는다.

비웃음을.

경악에 빠진 마주의 혼란을 너무나도 잘 아는 듯… 그 경악을 조소하듯이 사방을 비산한다.

너무 맑은 울림이 오히려 섬뜩하기까지 한, 끝이 보이지 않는 혼란만을 담은 그녀의 웃음소리를 들으며 유논은 그렇게 그녀를 주시했다.

그렇게 오래도록…….

외전

1

기억

천계.

수많은 종족들이 나고 자라며 또한 중간계에 생명의 원조가 되는 평온한 정적만이 감도는 이 땅. 천존(天尊)이 있고 그 밑에 수많은 천계의 자손들이 번성하는 생명의 신천지(新天地)에서 한 존재는 깊은 잠에 빠져 있었다.

거대한 거체.

찬연한 푸르른 비늘로 온몸을 감싼 채 웅후한 자연의 내력을 품은 용이라고밖에 부를 수 없는 그것은 얼마 전의 피로감을 풀 생각인지 숨소리조차 내지 않고 있었다. 강함의 정점에 서 있는 용족의 수면을 방해할 누군가의 외침이 있기 전까지는.

"유우우우운(蘌)~"

용족(龍族).

천계의 동(東)을 지키는 존재.

절대 중립을 위해 신조차도 멸하는 그 종족의 왕은 순간적으로 온몸을 떨며 조용히 눈을 떴다. 찬연한 거체의 몸을 둘러싼 비늘을 드러낸 그는 낯익은 고성에 잠시 한숨을 토해내며 조용히 고개를 아래쪽으로 내려 본다.

자그마한 몸체의 소년이 눈앞에 있었다.

어깨까지 내려오는 긴 검은 머리칼을 당당하게 풀어헤친, 조금 자유분방해 보이는 차림새의 그는 자신이 내려다보자 입가에 보일 듯 말 듯한 미소를 지으며 기다렸다는 듯 속삭였다.

"후후후, 잘 잤어?"

'@$&&($·TR@·@*%#·*(%&)%$%@H·*$($)($($*$(@$~%#!%&$&I*&$%!@$·$&$&%(삐이이이이이이—)~'

제기랄.

그의 마음속에는 용족의 왕이라면 결코 입 밖에 내는 것조차 불가능한 유창한 욕설이 구구절절이 그의 드러내지 못한 불편한 감정을 만족시켜 주고자 빠르게 토해져 나오고 있었다. 물론 겉으로는 우아한 용족의 왕으로서의 기품을 드러내며 온유한 미소를 지으며 말문을 열었고.

—또… 오셨습니까…….

"당연하지. 쿠쿠쿡, 그동안 고생한 것도 있고 해서 한 몇백 년 동안 자는 거 얌전히 보고 있어줬으니까 어서 가자고. '현' 이랑 류, 미르도 밖에서 기다리고 있다고."

망할!

윤은 슬쩍 뒤로 돌아보니 반쯤 잠 속에 빠진 채로 동병상련의 고통을 당하고 있는, 자신을 향한 그들의 시선에 이를 부득 갈고야 말았다. 평소라면 당장 눈앞에 누구든 죽여 버리고 말았을 테지만 지금 자신의 앞에 서 있는 이가 누군가. 현(現) 천존(天尊)이신 환천(桓天)님의 아들인 환웅(桓雄)이다.

미래의 유일한 지도자가 되기로 점찍어진, 그리고 자신 스스로가 섬기기로 약속했던 주.인.인 것이다. 빌어먹을. 이번만큼은 푹 자고 싶었는데…….

"내가 가려고 하는 곳 알지?"

―후우…….

"빨리 가자."

얼핏 보면 자애롭게까지 보이는 저 미소에 속아서 한 약속이지만 어찌하랴. 동해 용왕이라는 자신이 약속을 어길 수도 없는 일이 아닌가.

게다가… 생명의 근원지라고 불리며 경외의 찬사가 터지는 천계라고는 하지만 결코 아름답지만은 않은 이 땅에서 그가 만난 인연. 무익한 영생의 삶 속에서 생기를 불어넣어 준 존재가 눈앞에 있으니만큼 밉살스럽지만 또한 싫지는 않았다.

천존의 후계자가 아닌 아이다운 치기로 가득 찬 그의 모습이 오히려 자신의 마음을 푸근하게 해줬으니.

그가 가고자 하는 곳은 바로 예전에 환천님께서 땅을 관조하기 위해 만들어뒀던 천해(淺海)의 중심. 그곳에 가면 하늘 위에서 천계인에게는 금지돼 있던 땅을 볼 수 있다.

그의 주인 환웅은 그곳에서 땅을 응시하며 즐거워했다.

아름답지만 같은 모습으로 경직된 천계와는 다른 한번 피고 지는 생명의 경이를 그는 알았고, 그것을 사랑할 줄 알았으며, 그것을 기꺼이 즐기기를 주저하지 않았다.

자신이 스스로 택해 용족의 영지로 지임받은 푸르른 동해를 그도 좋아했고 빛조차 들지 않은 현무의 북해도, 주작의 화염지인 남해도, 백호의 서해도 그는 모두 돌아보며 즐거워했다.

땅의 생명의 탄생함을 진정으로 기뻐했고 또 그것이 죽는 순간을 지켜보며 슬퍼했다. 죽지 않는 영생의 땅에서 살아온 환웅에게는 짧기만 한 생명인 탓에 그의 우울함은 쉽게 지워지지 않았다.

천계인의 형상을 그대로 빼어 닮은 인족의 죽음을 차례로 본 후에는 더욱 우울함이 더해가곤 했다.

하지만 시간이 흐르면서 잊혀져 갔다. 소년이 청년으로 자라나고 그 청년이 천존의 후계자로 지임받으면서 더 이상 천해(淺海)로의 발걸음이 뜸해졌지만 가끔씩 그가 내비쳤던 기묘한 아쉬움은 그로 하여금 불안함을 느끼게 했다.

환웅은 하늘의 지존이 되어야 할 존재. 그 어느 것에도 집착이 있어서도 안 되는 공명정대(公明正大)한 천존(天尊).

누구도 거스를 수 없는 그의 왕이 되어야 했다. 그런데 그가 어느 순간 한 존재에게 집착을 보인 것이다.

바로 미개하기 이를 데 없는 인간이라는 존재에게.

윤은 벌써 몇백 년째 천해로의 발길을 끊고 있는 그에게 안도하고는 있었지만 그것이 왠지 더 불안하기도 했다.

그 역시 인간을 좋아하고 그들 곁에 머무르는 것을 즐기지만 분명 인간은 이타적인 존재이지만은 않다. 자신의 이득에 한에서는 한없이 이기적이며 잔혹한 본능을 가지고 있다. 또한 자신의 안전이 보장되는 한에서는 신에게조차 끊임없이 도전하고 배신하며 성장하는 것이 인간이다.

윤은 인간에게 자꾸만 빠져드는 환웅을 걱정스레 바라보았고 륜과 현, 그리고 미르도 그와 비슷한 마음인 듯싶었다.

천존의 후계가 된 지 이백 년. 환(桓)력으로는 9012년 환웅은 발길을 끊었던 천해로 더욱 자주 가게 되었다.

후계가 될 동안 참았던 기간을 모두 풀어버릴 듯 자신의 주인은 천해에서 거의 살다시피 하고 있었다.

윤은 깨어남과 동시에 찾아드는 불안감에 안색이 굳어져만 가고 있었다.

―…….

―…각……?

―……?

"아아! 지금 내 말을 무시하는 거냐아아아아아악!"

"우악!"

그러다가 윤은 문득 자신의 귓가를 간질이는 따뜻한 숨결이 순간적으로 그의 어깨를 움츠리게 만들기가 무섭게 찌잉 하게 울릴 정도로 과격한 외침에 흠칫 놀라 저도 모르게 짧은 비명음과 함께 귀를 틀어막았다.

눈앞에는 눈을 살짝 치켜뜬 채 무시무시한 눈길로 쏘아보는 환웅이 보였다. 잠시 딴생각에 빠진 사이에 몇 번이나 불렀던 듯 그의 표정은 조금 굳어 있었다.

뭔가 심각한 이야기를 하고 있었던 듯싶은데 정작 들었어야 할 윤이 어리둥절해하는 표정이자 허탈해하는 기색도 역력하다.

약간 궁금증도 들어 윤이 살짝 뒤에 있는 이들을 바라보니 그들 모두 환웅에게서 어떤 이야기를 들었던지 모두 기가 막히다는 기색이 역력하다.

류이나 미르는 그렇다 치더라도 현명함으로는 천계 전체를 통틀어 유일한 현자로까지 일컬어지는 현마저도 저렇듯 놀란 표정이라니.

궁금하기 이를 데 없었지만 윤이 무어라 다시 질문하기도 전에 그가 실실 웃으며 입을 다시 열었다.

"아름답지 않아, 윤? 저 생명의 경이가 숨 쉬는… 생사가 함께하는 저 생동감 넘치는 땅이 아름답다고 느껴지지 않아? 나는 저곳이 좋아. 언젠가는 저 아름다운 세상을 사는 인간들을 만나보고 싶고 그들과 함께하고 싶어."

순간 윤은 철렁 가슴이 내려앉았다.

환웅은 어려서부터 인간 세상에 관심이 많았다. 다른 형제들이 뭐라고 하든 그는 늘 인간 세상을 내려다보며 지극히 깊은 관심을 내비쳐 왔음을 그가 모를 리 없었다.

하지만 어디까지나 그건 호기심일 뿐 그 이상은 아닐 거라고, 그가 항상 불안해하던 것에는 더 이상 접근할 리 없다면서… 그럴 리 없다면서 부정해 왔는데…….

천계인에게 있어 인간의 일에 관여하는 것은 스스로 파멸을 부르는 행위라는 것은 누구라도 다 아는 일이다.

인간에게 지식을 준다는 건, 그것만으로도 그들은 절대자인 신에게 대항할 수 있는 조건이 갖춰지는 셈이기에 하늘은 인간에게 어떤 것도 주지 않았다.

그런데… 지금 자신의 주인이 그들과 함께하고 싶다고 말한다.

윤은 표정이 하얗게 질려 버렸다. 무어라 반대를 하려 했지만 환웅의 입가에 배인 저 미소와 확고해 보이는 표정에 그의 입은 아교라도 붙인 듯 열릴 생각을 하지 않았다.

"아버지는 허락하시지 않겠지만 나는 할 거야. 비록 그것이 아버지의 뜻에 대항하는 역천이 되더라도… 나는 저들과 함께하고 싶어."

한 단어 한 단어마다 힘을 실은 그 말에 순간 윤의 머리 속의 이성이 끊어져 버렸다.

＊　　　＊　　　＊

"아버지는 허락하시지 않겠지만 나는 할 거야. 비록 그것이 아버지의 뜻에 대항하는 역천이 되더라도… 나는 저들과 함께하고 싶어."

사신들은 순간적으로 자신들이 뭔가 잘못 들은 건 줄 알았다.

하지만 머리 속에 쟁쟁하게 울리는 자신들의 주인의 음성에 서서히 표정이 일그러져 가고 있었고 이윽고 터져 나온 윤의 격렬한 반발을 시작으로 사신들은 맹목적이리만큼 믿고 따르던 그의 주인에게 처음으로 언성을 높였다.

그들도 인간을 신뢰하고 곁에 있기를 즐겨했지만 이번만큼은 상황이 달랐다.

자신들은 그저 사신들로서, 사방신으로서 인간과 '어울릴 수 있는' 위치에 있는 신수였기 때문이었지만 환웅은 다르다.

─말도 안 됩니다! 무슨 망언을 하시는 겁니까? 천계의 금기를 잊으셨습니까? 천계에 사는 이들은 결코 인간에게 그 어떤 것도 제공해서는 안 됩니다. 그들의 불안정함을 자극하는 그 어떤 행위도 천계에서 나고 자란 자라면 결코 어겨서는 안 되는 절대적인 금기입니다. 딴 존

재도 아닌 미래의 천존이 되실 분께서 그런 말을 입 밖에 내시다니…
있을 수 없는 일입니다. 결단코 저는 당신이 그런 짓을 하도록 내버려
두지 않을 겁니다.

웃음기가 지워진 지극히 단호하고 딱딱한 말투로 그들은 환웅의 뜻
에 반발하고 나섰다.

─천존께서 허락하시지 않을 겁니다, 환웅님. 당신은 공명정대해야
합니다. 모든 종족에게 한의 애정과 은총을 내려주실 그런 공평한 분
이 되셔야 합니다. 그런 당신이 어떤 것에 집착이라는 것을 가졌다는
것은 그 공명함에 누가 되심은 당연지사… 우리들의 손으로 그 땅을
모두 쓸어버릴 수밖에 없습니다. 아마 누구도 저희들의 행동이 잘못됐
다고 하지 않을 겁니다. 아니, 그전에 환웅님의 아버님이시자 모든 천
상의 아버지이신 환천님이 승낙하지 않으실 겁니다.

"허락하실 거야."

─아니오. 당신은 천존의 후계이십니다. 그 후계이신 당신께서 하늘
을 등지신다는 것 자체가 결코 있을 수 없는 일.

"그럼 내가 물러나지."

몇백 년 만에 경악이라는 단어를 떠올리는가!

후계의 자리를 너무도 간단하게 내던지겠다고 말하는 자신의 주인
의 모습에 입이 쩌억 벌어진 자신들을 묘한 미소로 화답하는 환웅을
보며 그들은 할 말을 잊었다. 폭탄선언이라고밖에 말할 수 없는 말이
었다.

그는 미래의 천존이다.

천존은 한 세대에 한 명 외에는 나오지 않는다. 환웅 외에 환천님에
게 자식들은 있지만 이미 정해진 천존은 바꿀 수 없는 것이 천존의 계

승의 순리였다.

그 순리를 어길 방도는 없는 것이 현실이다.

그런데도 환웅은 그걸 당연한 것처럼 버리겠다고 말하고 있는 것이다. 무슨 말로 그를 설득해야 할지 막막하고 또 기가 막혔다.

대체 그는 무슨 생각을 하고 있는 건지……. 그들은 처음으로 서로를 바라보며 답답해하고 있을 뿐이다. 어떡해야 할지 방법조차 떠오르지 않았다.

오로지 멍한 표정 그대로 환웅을 바라보고 있을 뿐이다.

그런 그들을 뒤로한 채 천해를 빠져나온 환웅은 현 천존께서 기거하는 궁으로 향하고 있었다. 그리고 얼마 후 평화로웠던 천궁에 강렬한 분노의 진동이 터져 나왔다.

천존 환천(桓天)과 환웅(桓雄)이 서로에게 적의를 드러내며 다투는 기류가, 그들의 격한 심성이 천계에 미쳐 시간의 흐름조차 알 수 없을 만큼의 거대한 기류가 천궁을 강타했다.

"왜 그들은 안 되는 것이옵니까?"

〈약하기에 작은 바람에도 쉽게 흔들리는 이들이기에… 너무도 나약해서 나의 뜻을 받아들이기엔 무리가 많은 종족이기 때문이다.〉

"하지만 모든 것을 이루어내기에는 부족함이 없는 이들이지 않습니까? 당신께서 만드신 어떤 종족보다 축복받은……."

〈불안정한 존재이기에, 더욱 완전한 존재로 거듭날 수 있기에 그리 만들었지만 그들은 실패작이다. 절대로 너만은 그들에게 마음을 주어선 안 된다.〉

"저는 그들을 사랑합니다. 그들을 외면하지 말아주십시오."

〈안 된다.〉

"왜 그렇게 안 된다고만 하십니까? 당신께서는 누구보다 그들을 사랑하지 않으셨습니까? 누구보다 당신께 순종하던 이들이었습니다."

〈그렇기에 용서할 수 없다. 너는 나의 뜻에 순응하고 따라야 한다.〉

"전 당신의 뜻에 순종해 왔고 지금껏 그래 왔습니다. 하지만 이번만큼은… 이번만큼은 당신의 뜻에 거역하고자 합니다. 부디 그들을 용서하여 주십시오. 그들은 필멸의 운명을 타고났습니다. 그들이라고 원해서 혼돈을 자초하는 것은 아니지 않습니까. 부디… 부디……."

〈…너만은… 너만은 그들에게 매혹되지 않기를 바랐거늘… 그들은 널 파멸로 이끌리라.〉

"이미 매혹되어 버렸습니다. 그 약하디약한, 그래서 아름다운 그들에게… 파멸로 이를 테지만 전 후회하지 않을 겁니다. 아버지, 부탁드립니다."

〈그들을 죽이리라.〉

"그럼 저도 소멸될 것입니다."

처절하리만치 환웅은 애원하고 있었다.

윤(霣)은 천궁의 진동 속에서 귀를 틀어막은 채 거대한 울음을 토해내었다. 그리고 류(侖), 현(賢), 미르는 본신의 모습으로 평온했던 천계가 두 절대자의 언쟁으로 큰 혼란을 빚고 있는 것을 지켜보며 그들의 다툼으로 흔들리는 하늘을 떠받들어야 했다.

'그들' 도…….

풍사(風師), 운사(雲師), 우사(雨社)도 끝없이 서로에게 이를 드러낸 채 싸움을 그치지 않는 그들을 대신해 순리를 유지하는 사신들을 돕고자 힘을 이끌어내고 있었다.

그리고 그 기간을 사신들은 숨죽이고 지냈다.

걱정스러웠지만 그들은 천계를 유지하는 것만으로도 벅찼다.

용족은 하늘의 생명의 젖줄을 주관하는 수기(水氣)를, 백호족은 하늘의 생명을 어루만는 풍기(風氣)를, 현무족은 하늘의 대지의 균형을 위해 땅에 뿌리를 박고, 봉황(혹은 주작)족은 터질 듯 분사하는 화기(火氣)를 다스리기 위해 애를 쓸 뿐이었다.

얼마나 시간이 흘렀을까.

천궁에서 시작된 진동이 거짓말처럼 그쳤다.

싸움이 멈춘 것이다.

사신들이 달려갔을 때, 그들은 서로를 마주한 채 침통한 표정으로 서로를 원망하듯 바라보고 있을 뿐이었다.

그리고… 그날 이후 환웅도 환천도 더 이상의 만남을 가지지 않았다.

소원해져 버린 부자 관계를 돌려볼 방도는 그들에게 없었다. 다툼을 하면서 둘 사이에 어떤 말인가 나누었던 모양인데, 아마도 그 내용 중에 그들이 소원해져 버린 이유가 있을 듯싶은데 약속이라도 한 것처럼 입을 굳게 다물어 버리니… 대체 그에게 무슨 일이 있었길래…….

천계는 다시 평온을 찾았지만 사신들은 모두 불안한 마음이었다. 하지만 그들에게뿐만 아니라 천계의 모든 종족에게 내려진 금족령에 각자의 영역에서 한 발자국도 나올 수 없었다.

그리고 환력 9014년 인간 서력으로 4333년 10월 3일.

환웅이 인간 세상으로 내려가는 것이 정식으로 허락되었다.

아름답게 뻗은 산과 기름진 들이 펼쳐져 있는 땅, 바로 삼위태백산(三危太白山:지금의 황해도 구월산)에 내린 자신들의 주인이 너무도 만족스레 웃고 있는 것에 사신들은 착잡한 마음을 금치 못했다.

자신의 주인이 이단의 길을 들어선 것에 그들이 어찌 기뻐하겠는가. 하지만 환웅은 아버지께 작별 인사를 올리고 그렇게도 꿈꾸던 인간 세상으로 내려갔다. 환웅이 하늘나라의 무리 3천 명을 이끌고 도착한 곳은 태백산(지금의 묘향산) 꼭대기에 있는 신단수라는 나무 아래였다.

그는 이곳을 도읍으로 하여 신시(神市)라 이름 짓고 자신은 환웅천왕(桓雄天王)이라 했다. 환웅천왕은 바람의 신, 비의 신, 구름의 신을 거느리고 인간의 생명과 질병, 농사 일과 형벌, 선악 등 삼백예순 가지나 되는 일을 주관하며 인간 세계를 다스렸다.

그가 세상을 다스리던 시절 이 땅은 너무도 풍족했다.

하지만 그 풍족함이 사신들에게 있어서는 불안하기만 했다.

점차 나태해져만 가는 인간들이 점점 더 많은 것을 원하며 그에게 기대는 것이 눈에 띄게 늘어난 것이다. 예전에 깊은 산에 살며 인간이 되고 싶다고 찾아온 범과 곰을 인간으로 변화시킨 것이 실수라면 실수였다.

비록 범은 실패했지만 곰은 웅녀라는 이름의 아리따운 여인으로 변해 환웅과의 본능을 통한 아들을 생산하기까지 했다.

인간이 되었지만 곰이었던 탓인지 누구도 그녀에게 다가오는 남자들이 없었지만 그녀는 자식을 낳고 싶은 간절한 소망으로 매일 신단수(神檀樹) 밑에서 아이를 낳게 해달라고 기원했고, 그 지성에 반해 환웅은 그녀를 품에 안았던 것이다.

환웅은 그 아들에게 단군왕검이라 이름 지어주었고 아들을 낳은 그녀에게는 '미유' 라는 이름을 주어 스스럼없이 그녀와 함께 인간과 즐기기를 기꺼워했다.

그렇게 몇백 년이 흘렀던 것 같다. 평화로움 뒤에 왠지 모르게 불안함이 깃들었던 세월이었다.

비록 천계에서 이단으로 낙인찍혔지만 그래도 윤이나 다른 사신들도 인간들에게 깊은 애정을 품었고 그들과 함께하길 기꺼이 받아들였다. 하지만 날이 갈수록 환웅에게선 웃음이 사라져 가고 있었다. 무엇을 생각하는지 하루 종일 골몰하고 있는 그를 바라보면서 천계에서 함께 내려왔던 천인들은—삼천 명의 천인들 가운데 천여 명이 이단의 칭호를 버거워해 하늘에서 내려오는 도중에 다시 하늘로 올라가 버렸고, 수명을 다해 땅으로 돌아간 일부와 신의 직책을 포기하고 이 땅의 여인들과 교배해 동화되어 버린 천인들을 빼면 겨우 오백 명만이 남았다—갑작스럽게 웃음을 잃은 자신들의 주인을 바라보며 걱정스러워하는 기색이 역력했지만 누구도 그에게 말을 걸지는 못했다.

왠지 묻지 말아달라는 무언의 부탁이 그들을 바라보는 환웅의 눈빛에는 있었던 것이다.

그리고 그렇게 세월이 흐르고 환웅은 갑작스럽게 단군에게 왕위를 양도해 버렸다. 가장 가까운 풍사, 우사, 운사에게조차 이유도 밝히지 않은 갑작스런 왕위 양도였다.

"단(단군왕검)아, 너에게 나는 모든 것을 전해주었다. 법, 지식, 그리고 사람이라면 당연히 가져야 할 인성까지도. 이제 너에게 이 땅의 주인 될 권리를 양도하고자 한다."

"아, 아버지……."

갑작스런 양도에 단이 당황하는 모습을 천인들 모두가 바라보고 있었다.

그들 가운데에는 굳은 표정으로 그를 응시하는 사신들 역시 있었다.

"하늘과 땅의 기운이 모여 형상화된 것이 사람이니 천지간의 중심은 사람이다. 그래서 하늘과 땅은 사람을 버리지 못하지만 사람은 하늘과 땅을 버릴 수 있다. 하지만 반대로 사람이 원한다면 하늘과 땅은 언제나 그 사람을 위해 움직이리라. 너는 사람이 스스로 천지를 내치지 않은 채 순응하고 함께 발견함에 만족해하는 그런 민족으로 이끌어내어라. 나는 이제 내 할 바를 다했다. 이제는 네가 나의 뜻을 이어 이 땅에 더욱 빛을 발하게 하거라. 이들의 뿌리가 되어라. 정신이 되어라. 그리고 하늘과 땅의 중심에 선 인간들을 널리 이롭게 하거라."

웅장하지만 굳센 힘이 느껴지는 환웅의 언변에 단은 어찌할 바를 모르며 그저 자신의 어머니를 바라보며 도움을 청하지만 그녀 역시 환웅에게 언질을 받았던 것인지 그저 인자한 미소를 머금으며 아들에게 축복을 기원하고 있다.

"나는 이제 하늘로 돌아갈 것이다. 이곳에서 나의 존재는 더 이상의 가치를 잃은 터. 나 환웅의 이름으로 하늘로의 귀환을 알린다. 나의 무리들이여, 모두 내 앞으로 오라."

흠칫.

천인들은 모두 놀란 표정을 지으며 환웅을 바라본다.

물론 사신들 역시도 매한가지였다.

귀환이라니… 절대 불가능하다.

이미 환웅은 물론 그들 모두 사람에게 지식을 전하는 순간부터 이단으로 낙인찍혀 이 땅에서 소멸하는 순간까지 살아야 하는 것이 그들에게 정해진 업(業)이었다.

그런데 환웅은 너무도 당연하다는 것처럼 하늘로의 귀환을 입 밖에 내뱉는다.

설마 돌아갈 방법이 있다는 건가?

사실 천인들로서는 고향에 대한 사무치도록 그리운 향수를 가슴속에 품고 있었다. 환웅을 따라 이 땅에 내려와 만족스럽게 살고는 있었지만 그래도 그들 마음속에는 항상 천계의 사시사철 평화로움이 감돌던 금미달(今彌達)을 그리워하고 있었다.

환웅의 말에 그들은 불안감과 기대감이 반반 섞인 표정을 지으며 환웅의 미소를 바라보고 있었다.

하지만 환웅의 미소에 서린 미묘한 죄책감은 그들로 하여금 그 기대감을 송두리째 앗아버렸다. 하늘의 구름이 몰려와 천인들과 환웅을 감싸며 하늘로 그들을 이끌건만 그들의 표정은 어둡기만 하다.

"정말 하늘로 돌아가실 셈이십니까?"

"……."

"가지 못하는 거군요."

고개를 내젓는 그를 풍사가 나직한 한숨과 함께 질책하자 천인들의 표정은 다시 무표정해진다.

그도 알고 있었다. 자신을 위해 이단의 길을 들어선 그들이지만 결국 그들도 조금은 후회하고 하늘로 돌아가고 싶어한다는 것을.

환웅은 피식 웃었다.

"마지막으로 무엇을 해줘야 할지 몰랐는데… 그럼 내가 모든 것을 책임지면 되겠어. 훗훗."

나지막 중얼거림이었지만 천인들은 모두 들었다. 알 수 없는 표정으로 환웅을 바라보았고, 오로지 미유만이 뭔가 알고 있다는 표정으로 고운 손길로 환웅의 뺨을 매만진다.

유일하게 그에게 사랑을 받고 그의 아들을 낳을 수 있었던 웅녀, 아니, 미유는 서글픈 미소를 짓고 있다.

그가 무엇을 행하려는지 안다는 듯.

구름의 움직임이 멎었다.

그리고 그는 아련한 눈길로 어딘가를 바라보고 있었다.

천지.

하늘로 뻗은 장엄한 백두의 천년설(天年雪)이 순결함을 드러낸 곳을 그는 담고 있었다. 마지막으로 똑똑히 보아두려는 듯.

그리곤 미유에게 시선을 마주하며 지극히 깊은 애정을 담은 정감 어린 말투로 속삭인다.

"아아… 하늘이 보이는군. 하늘을 담은 호수가 나에게 마지막으로 고향의 모습을 비춰주고 있어. 미유, 아름답지 않아? 내가 사랑한 이 땅에서 떠나게 되는 날 나는 마지막으로 줄 것이 있었어. 나를 용서해 줄 거지, 미유?"

"물론 당신이… 어찌하든 저는 원망하지 않아요."

그녀가 눈물이 젖은 음성으로 조용히 입을 연다.

"불쌍하신 분… 저도 함께하겠어요. 억겁의 세월이 지나더라도 당신의 곁에 있고 싶군요. 너무도 선하신, 그리고 여리신 분."

미유의 입술이 그의 이마에 닿았다.

환웅은 한줄기의 눈물방울을 떨구며 미유를 꼬옥 안으면서 입으로 끊임없이 고맙다고 속삭인다.

그리고…….

두우웅—

천과 지가 거대한 울음을 토해낸다.

환웅의 눈물 젖은 눈동자가 하늘로 닿는다.

그리고 조용히 노래를 부른다.

애잔한 울림이… 땅으로 번진다.

"……."

천인들조차 알 수 없는 고대의 노래.

이 땅에 생명이 낳기도 전부터 역대 천존들이 불러온 이름도 없는 노래가 환웅의 입을 통해 번져 나온다.

오백의 천인들은 무릎을 꿇고 오열하고 있다. 알 수 없는 슬픔으로, 그리고 환희로 온몸을 떨며 하늘을 향해 울부짖고 있었다. 그리고 그들의 감정에 호응하듯 하늘과 땅이 격렬하게 몸을 떤다.

두우우웅.

땅이 거대한 진동과 함께 술렁이더니 점차 모습이 흐려지며 혼돈의 형태로 변해간다.

울부짖던 천인들의 돌연한 천지의 변화에 퍼뜩 몸을 일으킨다. 뺨에 범벅이 돼버린 눈물을 닦을 생각도 하지 않고 하얗게 질린 표정으로 환웅을 바라본다.

믿을 수 없다는 듯, 그리고 극도의 분노로.

"그마안—!"

"미친 짓입니다. 그만두십시오! 환웅, 아니, 한이시여!"

"저것을 이용할 셈이십니까? 저희들은 당신의 희생은 필요없습니다! 그저 당신 곁에 있겠습니다. 부디… 아악!! 제발… 한아아안—!"

"당신 자신이 제물이 되실 셈이십니까!"

"제어할 수 없습니다. 그 힘은… 당신을… 당신을… 아아… 안 돼… 안 돼에에에……!"

그들 모두는 절규하고 있다.

사신들도 반쯤 미친 듯 환웅에게 다가가려 했지만 그 힘의 거대함은 범인인 그들의 접근을 허용하지 않는다.

태고의 혼돈은… 모든 것의 창조주는 그들의 발악을 흥미롭게 바라보며 이윽고는 환웅을 바라본다.

〈나를 부른 아이가 너인가.〉

"잊혀진 노래를 기억하고 계시는군요, 차원의 아버지시여."

〈나의 사랑하는 아들인 그대… 무엇을 바라고 나를 불렀는가. 나를 부르는 행위가 어떤 결과를 부르는지 알고 있을 터인데.〉

남자인지 여자인지조차 모호한 감미로운 음색에 환웅은 미소하며 나직하게 속삭인다.

"저는… 아시다시피 이단입니다. 신이 된 자라면 절대 해서는 안 되는 금기, 인간에게 지식을 전해준 이단아지요. 그것으로 저는 하늘로 오르지 못합니다. 이 땅에서 소멸의 길을 향해야 하지요. 하지만 저는 더 이상 이곳에서 존재할 수 없습니다. 저들은 성장했고… 더 이상 제가 곁에 있으면 제가 주는 평온함에 나태해질 것입니다. 저는 끝없이 사색하고 더 높은 곳을 오르는 인간들의 모습을 보고 싶어졌습니다. 그래서 당신께 원하옵건대, 제가 바라는 모든 것을 바쳐 인간들에게 이상적인 대지를 주고 싶었습니다. 겨울에 언 땅을 녹여 작은 생명이 탄생해 그 생명이 자라 녹음을 이루고, 그 녹음이 절정에 다다라 마지막 생을 마감하며 새로운 생명을 지임하는 땅… 그 땅을 내가 사랑하는 그들에게 주고 싶습니다."

〈똑같은 말이구나… 그들과. 너와 같은 아이들이 나를 부르며 했던 말을 또다시 네가 반복하는구나.〉

"승인해 주시겠습니까?"

존재는 나직한 숨을 토해내며 이해할 수 없다는 듯 물었다.

〈나는 도저히 알 길이 없구나. 우주의 이치와 만물의 순리가 나로서 시작하건만 너희들은 도저히 알 길이 없구나. 그 나약한 이기적인 성품을 가진 인간에게 그토록 마음을 준 이유는 대체 무엇이냐. 정녕 알고 싶구나.〉

"이유라… 글쎄요… 다른 이들은 어떻게 말할지 모르겠지만 저는 그 나약함에서 나오는 그 범상치 않은 빛을 지켜주고 싶었다고 말할까요. 그 이상의 이유를 말하자면 그냥 좋았습니다. 인간들이… 생사를 오고 가며 희로애락을 주고받는 그들 나름대로의 아기자기한 삶 속에 묻히고 싶었습니다."

〈…나는 태고의 창조의 아버지… 모든 것을 안다고 자부하는 나이건만 도저히 알 수 없구나. 너 스스로가 제물이 되길 자청하면서까지 나를 불러 이상을 이루고자 하는 네가… 그리고 이단을 자청한 나의 자식들이…….〉

"저는 할 말을 다했습니다. 허락하시겠습니까?"

〈네가 바라는 이상을 위해 나의 창조의 힘을 너에게 주마. 그 힘을 스스로 화하여 원하는 것으로 만들어라.〉

"감사합니다."

진정으로 기뻐하는 환웅에게 그 존재는 씁쓸하다는 듯 조용히 속삭인다.

〈스스로 이단이 되었지만 나는 너를 사랑한다. 한 번도 안아주지 못했지만… 너 역시 나의 아들이니 나의 몸에서 창조된 천존의 자손… 힘의 창조와 함께 이 땅에 깃들 나의 아들아… 한 가지만 묻고 싶구나. 스스로의 행동에 후회가 없느냐?〉

"없습니다. 하지만 '한' 이시여… 저와 같은 이름을 가지신 차원의 주시자시여… 모든 것이 끝나면 저의 무리들을 부탁드리겠습니다. 저를 위해 이단을 자처한 이들입니다. 그들의 죄를 사하여 하늘로 귀환할 기회를 주십시오."

대답은 없었지만 환웅은 그가 긍정한 것이라고 확신했다.

그 증거로 서서히 환웅을 뒤덮는 검은 어둠이 가까워 오고 있었던 것이다.

환웅은 그 힘을 마주하며 손을 뻗었다.

환웅을 집어삼킬 듯 거친 기류와 함께 커져 가는 흑색 기류.

창조와 파멸을 번복하던 혼돈(混沌)이 서서히 형태를 드러내며 환웅의 수십 배의 형태를 팽창하며 길들여지지 않은 야생의 본능처럼 거세게 움직여 환웅을 괴롭혔지만 그는 차분하게 그 힘을 원하는 형태를 변화시켜 나갔다.

그가 예전부터 생각해 오던 이상적인 대지를 연상하면서…

환웅의 몸속에서 천존의 힘이 물밀듯이 터져 나온다.

그리고 기류가 거세질수록 흔들리는 천지는 형태를 잃고 흐느적거리기 시작했다. 당장이라도 그것을 삼켜 무(無)로 만들어 버릴 듯 혼돈은 거칠기만 하다.

하지만 환웅의 몸속의 기류는 그것을 몸속으로 받아들여……. 효과적으로 지배하며 형태를 만든다. 드넓은 초야에 푸르른 녹음과 그곳에 사는 야생의 동물들과 그 속의 법칙을 만드는 사계절… 뚜렷한 생사를 드러낸 계절을 나눔과 함께 대지가 충만한 자연으로 넘쳐 난다. 보고 있기만 하더라도 아찔한 경이를 담은 대지를 바라보며 환웅은 힘겹게 미소했지만 이내 처절한 비명을 지르기 시작했다.

"으아아아악! 아아아아악!!"

고통. ∘

그의 몸으로는 도저히 받아들일 수 없는 혼돈이 어느 순간 그의 몸 속에서 폭주하며 갈가리 찢겨 나간다. 생명의 증거인 핏줄기가 분수처럼 뿜어져 나오며 하늘로 번진다.

미유는 피와 살이 몸의 제어를 잃고 찢겨 나가는 고통을 당하면서도 결코 땅에서 시선을 돌리지 않는 그를 바라보며 참아온 통곡성을 토해 낸다.

"한… 한… 으흐흑… 누가 죽여줘요… 그를… 제발 죽여줘요… 나는 도저히 볼 수 없어…….."

완전히 소멸할 때까지 결코 자유로워질 수 없는 이단으로서의 최후.

환웅은 이단을 자처한 존재로서 더할 수 없는 업으로 소멸에 이를 때까지 받는 고통을 인간이 지식을 가짐으로써 대지가 받는 고통을 고스란히 받으면서 소멸해 간다.

"크아아아아아아아—!"

시간이 흐를수록 더욱 격해지고 고통스러워지는 비명… 천인들은 귀를 막아버렸다.

혼돈에게서 창조의 힘을 얻기 위한 제물.

환웅은 그 힘의 제물이 되길 자처했다.

스스로… 인간을 위해서…….

미유는 온몸이 터져 나갈 듯 치솟는 그의 피분수를 바라보며 끝없이 울고 있었다. 그리고 모든 것을 끝내고 서서히 쓰러져 가는 환웅을 멍하니 바라보며 털썩 주저앉았다.

천인들도, 그를 가까이서 보좌하던 사신들도…….

이 황망한 상황에 적응치 못하고 그저 멍하니 점점 찢겨져 나가는 환웅의 시신을 바라보고 있었다.

너무도 만족스러운 미소를 지으며 무엇이 그리도 보고 싶었던지 두 눈을 편안히 뜬 채 하늘을 바라보는 그의 눈빛을 보며 천인들은 고개 숙여 통곡했다.

그리고 그 통곡성과 함께 그들에게 허락된 하늘로의 귀환…….

그날 천인들의 통곡은 고향에 대한 애수와 함께 주인을 잃은 자의 설움이었다.

단군왕검이 새로이 고조선의 왕이 되던 날,

그날 해질녘 서쪽은 쪽빛으로 물들었다.

아름다웠지만 핏빛을 닮은 붉디붉은 노을이 아사달을 비추고 있었다.

리보아의 이야기

내 이름은 데르만 리보아.

가이칸 제국의 일등 공신록에 올라 있는 리보아 공작가의 장자이다.

오늘은 나의 열여덟 번째 생일이다.

공작가의 후계라는 번지르르한 명호 덕에 내 생일은 항상 사람들로 북새통을 이룬다.

아버지를 이어 이 나라의 기둥이 될 나의 미래를 보고 나의 권력을 탐해 다가오는 썩어 빠진 귀족들.

나는 그들을 만나면서 냉소와 환멸이라는 것을 배우고 그것을 감추는 법을 배웠다.

나의 아버지.

정말 존경할 만한 아버지다. 아버지의 중년적인 중후한 멋 때문인지 귀부인들에게 둘러싸인 가운데에서도 아버지는 항상 어머니를 챙기고 있었다. 공처가라는 말이 괜히 나온 게 아닌가 보다.

나는 소리 죽여 웃었다.

자랑스러운 나의 아버지는 솜씨 좋게도 자신에게 몰려오는 그런 파리 떼를 솜씨 좋게 떼어놓으며 베란다로 나가 자신의 의제이며 정치적 지우인 파룬 아저씨와 담소를 나누고 있었다.

아버지의 의제이면서 우리 가문의 충실한 심복의 역할을 해온 문관의 가문.

공식 석상에서는 저렇듯 예를 차리지만 아마도 사적인 자리에서는 누구보다 친한 두 분이실 거다. 나도 파룬 아저씨를 무척이나 좋아한다. 파룬 아저씨는 성격도 강직하시고 소탈한 성격을 가진 분이신 데다가 내가 좋아하는 서책을 구해주시곤 하는데, 공짜를 싫어하지 않고서야 싫어할 리가 있겠는가. 구하기 힘들다는 희귀 서적도 구해다 주는데.

그러고 보니 그에게도 아들이 있다고 했는데 이런 파티장에는 잘 나오지 않는다고 했던가?

나와 연배라고 들었던 기억이 났다.

그 소년에 대한 소문이 원체 무성해서 나로 하여금 호기심을 갖게 한 존재.

문관 출신이지만 드물게 병법에 관심이 많아 기사들과도 친분이 많다는 희한한 소년. 문무관 사이에 철저한 벽에 쌓인 제국에서 기사와 우정을 나눈다는 것 자체도 신기한 일인데다가 아마도 '그 일' 때문에 더욱 유명해졌는지도 모르겠다.

부황 시스파인 1세가 서거하고 그레이엄 황태자 저하가 황위에 오른 후 그분의 가장 큰 정적이며 골칫거리였던 제3황자 '길리온' 황자를 앞세워 그의 휘하로 있던 많은 귀족들이 반란을 일으켰던 사건.

대충 일 년 전쯤인데 보통 때라면 황제의 그림자부대가 출병해서 그냥 진압했을 텐데 길리온 황자가 황위 계승권을 가진 흑발의 귀한 몸이라 해할 수 없다 하여 장로에 의해 출병 금지당했다. 그리고 오로지 남은 건 순수한 국가의 무력. 기사들 5만이 출병해 반란을 수습하려 했지만 연전연패. 거의 절망적인 상황이었다.

민심 동요를 생각해서 철저히 소문이 나지 않도록 숨겼기 때문인지 사정은 자세히 알지 못했지만 파룬 후작의 아들이 모사(謀士)로 갔었는데 그가 간 지 세 시간 만에 반란을 집압해 버렸다고 했다. 그 일은 파룬가의 후계자라는 '지만트' 라는 소년의 이름을 크게 부각시키기에는 충분했다.

'지만트' 라는 이름을 듣고 우리 아버지도 파룬 아저씨도 작명 센스가 영~ 아니란 생각에 불만스럽게 이마를 살짝 찡그리긴 했지만.

"데르만, 드 리보아!! 이리 와보라니까."

한참을 그 소년에 대해 생각해 보고 있는데 내 귓가에 뭔 소리가 들려왔다.

이크, 아버지다. 몇 번이나 불렀는지 이마빡에는 화려한 혈관 마크가, 목태에는 희미한 핏대가 섰는데 아마 아버지가 잔소리를 할 게 틀림없었다.

또 허튼 생각하면서 빈틈 허용했다고.

바로…

"데르만, 이 아비가 누누이 일러왔거늘 뭔가 생각하려거든 네놈 혼자 있을 때 하라고 하지 않았느냐. 타 존재의 앞에서 너는 완전무결함으로 무장을 해 허점을 용납해서는 안 된다고 했지! 그런 태도는 다른 사람들 앞에서 허점을 드러내는 것과 마찬가지라고 하지 않았더냐! 그리고…….”

“예예, 압니다, 안다구요. 그 뒷 내용은 너무나도 잘 알고 있어요. 철저한 자기 관리로써 상대로부터 자신을 지킨다. 맞죠?”

“그걸 아는 놈이 헛생각을 해?”

“하아~”

“젊은 놈이 무슨 한숨이냐. 그러니까 니놈이 애늙은이 같다고 하는 거다.”

“뭐… 어떻습니까. 그래도 전 아직 겉으로는 젊잖아요. 이제 오십이 되실 아.버.님.보다야 낫죠.”

“이눔이~ #%$·%*#·(*()#&@·@!”

“!$·$&*($(·$@·$&#($)()%!”

“@@%&**$($)*&)(%$#%&&!”

“##%&**&(()_%&%#$#$!!@·$%!”

땡땡땡.

아싸! 독설의 전쟁이 선포되고 나와 아버지 사이에서 오고 가는 저 다정다감(?)한 말투에 모두 감격을 금치 못할 것이다. 무후후후.

정말 대단하신 나의 아버지.

와인잔을 우아하게 기울여 입 안으로 멋들어지게 술을 털어 넣는 모습을 연출하면서 은근슬쩍 내 뒤통수를 후려갈겨 아버지의 권위에 도전했다는 명목으로 나에게 혹을 달아주는 한편, 상당히 강하게 주먹을 움직여 내 등을 툭툭 두들기는… 마치 ‘내 아들 너무 자랑스러워’ 하는 표정을 지으며 미소 짓는 저 가증스러움의 극치를 연출하는 아버지.

그렇지만 나도 별다를 게 없다. 그나마 아버지라는 이유로 술잔과

망토로 교묘히 가려 아버지의 발등을 으스러져라 밟아주며 생긋 웃어
줬다.

아픔에 눈물을 찔끔 쏟으면서 대외 이미지라는 것이 있으니 고함을
못 지를 거고… 후후후, 아버지가 자초한 죄라구요.

아버지와 나는 철저한 이중 생활을 해야 했다. 겉으로는 완전무결한
부자 관계를 연출하여 대외 이미지를 확실하게 구축해야 하는 귀찮은
연극. 날이 가면 갈수록 느는 건 연기력밖에 없다. 정치가들은 연기를
잘해야 한다는 말에 새삼 실감하는 나.

항상 냉정한 표정으로 계시던 아버지는 아들 앞에서는 인자한 아버
지로 변신하는 모습을… 나는 그런 아버지의 연극에 호응해 아버지와
깊은 친밀도를 자랑하는 광경을 연출시키며 입가에 화사하기 짝이 없
는 미소를 지으며 서로에게 독설을 주고받는다.

멀리서 본다면 화기애애하기 그지없겠으나 그 속은 스파크 튀기는
독설의 전쟁터였다.

그리고 그 전쟁터의 중심에 선 파룬 후작과 어머니… 이 이중적인
부자 간의 연출에 기가 막혀 하면서도 은연중에 즐기려는 기색도 있다.

파룬 아저씨는 그렇다 쳐도 어머니까지 재미있다는 표정으로 입가
에 웃음을 지으시다니… 어머니는 배신자. 핫! 그러고 보니 그 옆에 내
또래의 소년이 있는데 꽤나 매끈하게 생긴 미청년이었다.

나처럼 어린 티가 좀 남아 있긴 해도 겉으로 보면 호감도를 상승시
킬 만한 요소를 충분히 갖춘 녀석. 나는 본능적으로 저 녀석이 파룬 아
저씨의 아들 지만트라는 것을 알았다.

왜냐고? 머리 색만 뺀다면 항상 보아오던 파룬 아저씨와 너무 많이
닮아 있었거든.

무척이나 건강한 눈동자를 가진 녀석도 나에게 흥미를 느꼈는지 나를 뚫어지게 응시하는데 그 눈빛에서 녀석도 나와 비슷한 생각을 하고 있다는 것을 눈치 채고 무척이나 기뻐했다.

마음이 통했다는 건 녀석도 나에게 흥미를 갖고 있고 친밀해지고 싶다는 신호가 아닌가.

아버지와 파룬 아저씨, 그리고 어머니는 우리 두 사람을 잠시 쳐다보더니 뭔가를 느끼신 듯 웃으면서 자리를 피해주신다. 남은 건 녀석과 나뿐이다.

나는 어색하게 녀석에게 미소를 지었다.

"아, 안녕. 나는 데르만이야. 데르만 리보아. 나이는 열일곱이야. 나랑 동년인 것 같은데, 파룬 아저… 아니, 파룬 후작님의 아들이 너지?"

"공자께서 저의 이름을 아신다니 영광입니다."

"에에… 말 놔. 왜 말 높이는 거지? 너랑 나는 동갑이라고. 그냥 말 놓자고. 난 네가 너무너무 맘에 드는데 네 쪽에서 말을 높이면 서먹서먹하잖아."

"그래도 신분이 엄연히 다릅니다. 아버지께서는……."

"아아, 파룬 후작도 사적인 장소에서 아버지께 말 놓는 걸 내 눈으로 봤는데 무슨 격식. 흥. 그냥 말 놓자고."

"훗, 좋습… 아니, 좋아. 정식으로 소개하지. 내 이름은 지만크 파룬. 지금 유클루 아카데미에서 병법을 공부하고 있지."

"헤에~ 병법을? 네가? 그건 무신들이나 배운다고 하는데 넌 문관이 될 텐데 그런 쓸데없는 걸 배워서 뭐에 쓰려고?"

"병법은 나라를 지키는 데 가장 기본적으로 알고 있어야 할 것들이야."

"하긴, 우리 나라는 너무 문에 치우쳐서 무가 소홀해 몬스터 토벌도 힘들어하니까."

나와 녀석은 꽤 오랫동안 담소를 나누었다. 녀석은 내 말에 뭔가 마음에 든 듯 씨익 웃는다. 나도 녀석을 보며 씨익 웃었다. 왠지 기분이 유쾌했다.

항상 내 배경만 보고 달려들던 또래의 귀족 자제들과는 달리 순수한 의도로 호감을 느끼고 대화를 나눌 수 있다는 것이 내게는 생소한 감격이었다. 그 녀석도 그런 듯했고. 사실 가이탄 제국의 기둥이 될 이들이라면 누구나가 느끼는 감정일 테지만 우리에는 그런 것조차 용납되지 않는다.

철저하게 황실의 부속품이 되어야 할 운명이니까.

어쨌든 평생을 나눌 그 녀석과의 의리와 우정의 시작은 이렇게 시작되었다.

생일 잔치는 무사히 끝이 났고 항상 아이 취급받던 소년에서 청년으로서 공작가의 당당한 성인이 된 것에 나는 마냥 기쁘기만 했다. 항상 어리게만 취급받고 이상할 정도로 너무 과보호하다시피 했던 아버지의 태도에 은근히 부아가 치밀던 나였다. 이제 합법적으로 성인이 되었으니 더 이상 내게 간섭하지 못할 것이리라.

나는 그렇게 생각하면서 잠시나마 기뻐할 수 있었다.

하지만 공작가의 대우 안에서는 찾을 수 없는 어떤 것, 그 공포 속에 노출된다는 것을 알지 못했기에 나는 마냥 기뻐할 수 있었던 것이다.

생일과 함께 성인으로서 대우받을 삶과 성인이 된 기념으로 얻게 된 진정한 친우. 이 두 가지 것을 손에 넣었던 그날 나는 아버지의 손에 이끌려 그곳에서 공포와 직면했다.

아버지가 날 데리고 들어간 곳은 온통 검은 방 안이었다.

밤하늘의 경탄의 빛이 아닌 순수한 암흑의 세계.

난생처음 느껴보는 내면에서 물씬물씬 올라오는 보이지 않는 공포에 나는 뒤로 주춤 물러나려 했지만 드물게 딱딱한 시선으로 나의 등을 떠미는 아버지. 그 힘에 눌려 나는 방 안으로 한 걸음 한 걸음 걸어 들어갔다.

무섭고 두려워 아버지를 쳐다보며 돌아가길 원했지만 아버지는 묵묵히 나를 어둠의 한가운데로 몰아갔다. 한 걸음 한 걸음… 마치 지옥의 하계를 걷는 듯 발걸음 소리조차 굶주린 아귀마냥 삼켜 버리는 이 공간의 정적에 내 머리 속은 온통 새하얗게 비어갈 수밖에 없었다.

뭔가 이상한 것이 발 밑에 밟혔지만 그런 것에 쓸 신경조차 남아 있지 않았다.

그리고 이제 다 도착했는지 아버지가 자리에 멈춰 선 그때, 두려움에 질려 옴짝달싹하지 못했던 내 귀에 어떤 묘한 소리가 들려왔다.

푸욱… 촤악…….

뭔가 물컹한 것을 뚫는 오싹한 소음, 그리고 뭔가 부풀어 올라 터져 나오는 어떤 소리.

나는 두려움으로 혀가 얼어붙은 듯 침조차 삼키지 못했다.

그리고 내 시야 속에 들어온 광경에 나는 그 자리에서 주저앉아 버렸다.

사방을 메우고 있는 형태조차 알아볼 수 없을 정도로 기이하게 뒤틀린, 예전에는 사람이라고 불리었을 법하게 생긴 시신들이 바닥에 널브러져 있었다. 말굽에 짓이겨진 듯 머리가 터져 있는 시신이나 몸 전체가 완전히 터져 나가 사방에 살점이 널브러져 있는 시신들.

한두 구도 아니라 수십 구.

"우욱… 욱… 우욱……."

순간 구역질이 올라왔다.

의식하지 않았던 비릿한 무언가의 향기가 날 괴롭혔다.

무섭다. 두려웠다. 이런 광경은 보고 싶지 않다. 차라리 전쟁터가 나으리라.

지옥화를 보는 듯한 이 비현실적인 잔인한 살육장에서 나는 도망치고 싶었다. 하지만 아버지는 담담하게 주위를 훑고선 묵묵히 서 계신다.

나는 그런 아버지의 냉정함을 이해할 수 없었다. 마치 얼음장처럼 차디찬 모습.

"괜찮다면 일어나거라."

"욱? 우욱……."

구역질이 멈추지 않아 나는 내 속에 있는 것을 남김없이 토하고 노란 위액만이 나오는 의미없는 구토를 반복했다. '그'가 나타날 때까지.

마치 어둠 속에서 먹잇감을 노리는 표범처럼 두 눈을 빛내며 온통 뒤범벅이 된 모습으로 입가에는 묘한 조소를 품은 채 자신을 향해 다가오고 있는 사내.

얼핏 본다면 나보다 서너 살 정도 위로 보이는 젊은 남자의 갑작스러운 등장에 나는 주저앉은 자세로 뒤로 주춤 물러섰고 아버지는 그런 내 모습을 무심히 응시했다.

그런 아버지의 모습이 원망스러웠지만 나의 그 원망은 사내의 모습이 확연히 드러난 순간 사라져 버렸고 나는 그대로 굳어버릴 수밖에 없었다.

흑발… 흑발이다.

제국의 상징이며 황의 후계를 나타내는 가장 확실한 증거.

그 증거를 가진 이가 내 눈앞에 있다? 그렇다면 저 남자는 황족인가? 모종의 이유로 숨어서 살 수밖에 없는 황족?

그렇다면 왜 그가 이곳에 있는 건가. 그리고 저런 살육을 벌이고 있는 이유는……

밖으로 나간다면 흑발만으로도 황제에게 반하는 세력들이 꾸역꾸역 몰려들어 당장 황제에게 위협이 될 세를 형성시킬 가치가 가진 존재다.

자신은 그걸 모르는 건가? 나의 머리 속에 이런저런 생각이 교차되었다.

그리고 그런 나에게 그는 황홀할 정도로 아름다운 미소를 지었다.

하지만 난 그 미소 뒤 감춰진 살기를 눈치 채지 못했다.

내 가슴을 뚫고 지나간 사내의 팔.

쿨럭.

순간 한 덩어리의 피가 내 목으로 토해져 나왔고 나는 고통에 비명을 지를 새도 없이 내 가슴에서 쏟아지는 피를 보며 그대로 쓰러졌다.

뭔가에 취한 듯 광소하는 사내의 모습만이 뇌리 속에 박힌 채로.

내가 의식을 찾았을 때는 내 방이었다.

충격을 받아 식음을 전폐하는 내게 아버지가 와서 설명을 해준 건 내가 의식을 차린 후 일주일이 지나서였고 그때부터 나는 아버지의 설명을 들어야 했다.

　"우리 가문은 천 년 전 이 땅에 오신 이계인 '아르미안 진 엘 가이 칸' 황제 폐하의 최측근이었다. 기록에는 남지 않았지만 우리 집안은 본디 노예 출신으로 황제의 구원을 받아 기사가 되었다. 그 말대로 우리 가문의 피에는 노예의 피가 흐르고 있다. 한 주인에게 종속되고 구속되는 인간이되 인간이 아닌 존재. 그분은 자신을 구원해 준 황제께 충성을 맹세했고 이계인이었던 태태황제께서 도모하시는 일을 돕기 위해 대대로 자신의 핏줄로 황제에게 충성을 맹세하도록 했는데, 그 맹세는 황제의 친구였다고 알려진 마족에게 한 맹세였다. 우리 가문 중 누구라도 황제를 배신했을 때 그의 손에 의해 죽임을 당하리라는. 네가 역사를 배웠다면 알 테지만 그분 옆에 마족이 한 분 계셨다는 것을 알 것이다. 기록에는 남지 않았지만 그분이 바로 그날 네가 본 이다. 초대 황제 폐하께서 서거하신 후 미쳐 버리신 분이지. 이성을 가지고 계시지만 언제 터질지 모를 광기를 품고 있는 마족. 우리 가문은 엠플러 가디언. 황제를 최전선에서 지키는 가문이다. 마족의 광기를 적절히 누르고 황제와 국가의 안위를 도모하는 것이다. 그것이 우리 가문이 존재하는 이유이며 존재 가치이다."

　나는 충격 때문인지 너무도 담담하게 질문을 던졌다.

　"그렇다면 그것은 무엇입니까? 그 피는? 대체 누구의 것입니까?"

　"반역자와 그 식솔들의 것이다. 어차피 죽을 목숨. 십 년에 한 번씩 광기가 심해질 때마다 우리 가문이 제공하는 제물이다. 너도 잘 알아 두거라. 될 수 있으면 정적들의 것을 이용하는 것이 좋고 부족하다면 노예를 제공하면 되니까."

　"바, 반역자요? 그럼 길리온 황자도… 행방불명되었다던 황자도……."

“당연하다. 그가 원했으니 제물로 포함시켰다.”

“아버지, 대체… 대체 우리 가문은 무엇입니까? 왜 그 괴물을 우리 집 안에 두어야 하는 거죠? 황제 폐하께서는 이 사실을 아시는 겁니까?”

“물론이다. 황국과 황실이 존재할 수 있는 건 바로 그분이 있기에 가능했던 일이다. 너도 알아두는 것이 좋을 것이다. 황제께서도 묵인하시는 일이라는 것을.”

“전 진실을 알아야겠습니다. 모든 것을 들어야겠다구요. 말씀해 주세요.”

“성심껏 섬기거라. 성인이 된 너에게 내가 처음으로 내리는 명령이다. 아들아, 우리는 ‘그’로부터 벗어날 수 없다. 이 제국의 그늘은 네가 생각하는 것보다 훨씬 깊은 것이다. 황제조차 자신의 목숨을 그가 원한다면 내어줄 수밖에 없다. 진실을 알고 싶다고 했느냐? 하나 알려주마. 시스파인 전 황제… 갑작스럽게 서거한 황제를 죽인 것이 이 아비다.”

나는 더 이상 아무 말도 할 수 없었다.

그날 이후 나의 소년기는 사라졌다.

오로지 아버지의 이름으로 정해진 수순을 밟고, 문학을 배우고, 타인들의 마음을 읽고, 그 마음을 이용하고 처세하는 법을 배워야 했다.

입가에는 항상 미소를 지었지만 그 미소는 접대용일 뿐 나의 마음은 철저히 가려졌다. 제국의 제1권력가. 허울 좋은 가문의 치부를 나는 경험해야 했다.

아버지는 나의 아우 로안을 죽였다. 공작 가문으로 가져야 할 황실에 대한 충성심이 없고 오히려 반항적이라는 이유로 죽였다.

내가 성인이 되길 기다렸던 것처럼 그때부터 나는 낱낱이 보여지는 제국의 대공작이라는 가문이 벌이는 인간 이하의 광경을 보아야 했다.

정해진 황제를 위협하는 존재라면 그가 설사 자식이라도 죽인다!

아버지는 그 철칙을 철저히 준수하셨다.

아우인 로안을 죽이고 아직 황권이 미미하셨던 황제 폐하를 위해 그분의 가장 큰 골칫거리였던 나의 외조부의 데유크 후작 가문을 철저히 망가뜨리셨다.

역적이라는 누명. 철저하게 위조된 서찰로 몰아붙인 것은 성공하셨고, 어머니 역시 역적의 딸이라는 이유로 내 눈앞에서 죽였다. 그리고도 눈물 한 방울 흘리지 않으셨던 나의 아버지.

아버지의 그런 모습은 아직 어린 나에겐 충격일 수밖에 없었다. 악몽이었다. 내 눈앞에서 반 동강이 나 나동그라진 어머니의 시신과 어머니의 피를 뒤집어쓰신 아버지.

손수 죽이신 어머니의 시선을 저택의 탑 위에 걸어두신 채 썩어 들어가도록 내버려 두신 아버지의 비인륜적인 태도는 나로 하여금 아버지에 대한 극도의 증오심을 낳게 했다.

시간은 더디게 흘러갔고, 그날 따라 비바람이 몰아쳐 벌써 2주째 탑 위에 어머니의 시신이 걸려 있던 날이었다.

기분이 너무 심난해서 비라도 맞고 싶어 방을 나와 정원을 거니는 내 눈은 자연스럽게 탑을 향했다. 고개만 들면 저택 어디에서도 볼 수 있는 어머니의 시신이 걸려 있는 탑을 바라보면서 땅에 묻히지도 못하는 억울하신 어머니의 모습을 보자 그동안 참았던 눈물이 새어 나왔다.

아무도 보지 못할 거라고 생각하고 탑을 바라보며 소리 죽여 울었다.

빗줄기에 가려져 보이지 않을 나의 눈물.

한참을 울던 나는 뭔가 이상함을 느꼈다. 고개만 돌려도 보이던 어머니의 시신이 탑 위에서 사라진 것을 깨달은 것이다.

당황하며 두리번거리던 나는 멀리 떨어진 탑 쪽에 서 있는 어떤 이를 볼 수 있었고 탑 위에 매달린 시신을 끌어내리고 있는 광경을 볼 수 있었다.

나는 당황해 탑 쪽으로 뛰어가 그것을 한눈에 볼 수 있는 거리까지가 몸을 숨겼다.

그리고 내 눈에 비친 것은… 믿을 수 없게도 어머니의 시신을 끌어내리고 있는 아버지였다.

아버지라고는 생각도 하지 못했다.

그저… 어머니의 시종이나 시녀들이 어머니의 시신을 몰래 내려 묻어주려 한다고 생각했다.

어머니는 착하셨으니까. 선량하셨으니까. 그 빌어먹을 아버지 몰래 묻어주려 한다고 생각했다. 그런데 내 생각은 빗나가고 어머니의 시신을 끌어내리고 있는 건 아버지였다.

그리고 믿을 수 없게도 오래 두어 썩어 구더기가 들끓고 있는 어머니의 시신을 품에 소중히 안는 아버지의 모습.

어머니를 손수 죽이신 아버지가 어린 내 눈으로 보기에도 구역질이 나는… 어머니의 시신을 껴안고 오열하고 계시다니… 알 수 없었다.

비록 냉정한 척하셨지만 어머니를 보실 때마다 부드러워지셨던 아버지의 눈길이 왜 이제야 떠오르는 건지… 왜 이런 순간에 아버지가 불쌍해 보였는지… 난 알 수 없었다.

그리고 그날 밤 어머니의 시신은 사라졌다. 빗줄기에 쓸려가 버렸다는 말들이 있었지만 나는 무심히 내 일에 집중했다.

그리고 그 이후 가끔 아버지의 모습을 관찰하는 내 모습이 어이없어 그냥 웃어버렸다.

그 이후 아버지에게는 버릇이 하나 생겼다. 아버지가 아끼시던 화원에 하루에도 몇 번씩 가신다는 거다. 그리고 그곳에 세워진 이름없는 봉묘를 돌보시고… 어째서 그런 습관이 생겼는지를 아는 나는 그런 아버지를 보며 그냥 쓸쓸하게 웃을 뿐이었다.

*   *   *

모월 모일 모시.

그날은 황실에 파티가 열렸다. 멋들어진 샹들리에와 돈을 처바른 것이 눈에 띄는 산해진미.

파티가 벌어지는 이유가 황제 폐하께서 또 후궁을 들이신 기념이라지 아마.

현 황제는 현명하긴 하지만 여색을 너무 밝힌다는 생각에 절로 입맛이 썼다.

고금의 역사에서도 여색을 밝힌 황제의 말로는 그다지 좋지 않았다. 게다가 황제의 총애를 등에 업고 정치를 농단하려는 작자들도 생기기 마련.

물론 황제가 그걸 모를 리가 없는지라 어디까지나 동등하게 여인들을 총애해서 별문제야 일어나지 않겠지만 황제의 그런 여색에 아버지나 파룬 아저씨는 가끔 인상을 찌푸리곤 했다. 나도 그건 마찬가지였다. 후궁을 맞이했다고 이런 파티를 벌이는 쓸데없는 낭비에 인상을 구겼고, 성인식 이후 자주 만나 완벽에 가까운 친밀도를 자랑하는 지만트도 비슷한 표정이다.

이런 허례허식을 이해할 수 없다는 듯한 표정.

황제도 신하들의 강압에 어쩔 수 없이 파티를 벌인 듯 무척이나 지루해하는 기색이 역력했다. 새로이 맞이했다는 후궁은 아직 준비가 끝나지 않았는지 황제의 옆에 있는 페티르 황후와 6명의 빈들만이 자리를 차지하고 있었다.

여자를 또 후린 것이 무엇이 축하할 일이라고 골 빈 귀족들이 축하 선물을 바리바리 싸 들고 오는지… 쯧쯧, 내 눈에는 멍청해 보이기만 할 뿐이었다.

황제도 나와 비슷한 생각인지 입으로는 웃으면서도 그 눈빛은 차갑기 그지없다.

내 의도로 섬기게 된 주군은 아니지만 저 정도라면 성심을 다해 섬길 가치가 있는 이 같다.

물론 여색을 너무 밝히는 것이 마음에 들지 않지만 그래도 유능한 황제라고 위명이 자자한 남자니까 그런 흠 정도는 덮어줘야 하지 않겠는가.

남자인 내가 봐도 그레이엄 황제는 무척이나 매력적인 남자였다. 그러니 여자라면 왠지 모르게 백마 탄 왕자를 연상시키는 그분에게 한 번쯤 보호받고자 하는 욕망이 드는 건 당연했을 것이다. 나도 남자이다 보니 그가 이루고 있는 할렘이 부럽기도 했으니… 뭐, 말짱 다 본 거다.

"폐하는 여전하신 모양이야."

왠지 질린 듯한 파룬의 말에 나도 동감하는 듯 고개를 끄덕여 줬다.

"쉽게 변할 성정이 아니지만 그래도 스물일곱이라 이제 자제하실 때도 되지 않았나 싶기도 한데 말이야. 황태자 시절에도 두 달 간격으로 여자를 바꾸시던 취향이 어딜 가실려고. 그래도 그나마 저 정도 수면 무난하지. 정비 마마 외에 여섯 명이니… 황태자 시절 파티장에 여자란 여자는 몽땅 건드리신 전례를 가지신 분인데… 그중에서 여섯 명이니 그 시절 장가 못 간 불쌍하신 귀족 자제들한테는 기회지. 안 그러냐? 저기 봐라. 벌써 작업 들어간 것들도 보이는구만. 할 짓이 없으니 뭔 짓을 못할까. 음? 얼라? 얼랄랄? 울라?"

"데르마안~ 그런 말 할 때가 아닐 텐데. 추파 던지지 마라. 아가씨, 넘어간… 다가 아니라 넘어갔어. 쯧쯧."

쿵!

…누가… 넘어갔다.

끼야악……. 아주 즐거운 비명을 지르는 저 아가씨들… 대체 뭐야?

나는 완벽하게 왕궁 예절을 익혔고 레이디들에 대한 접대가 아주 성실했다.

여인들의 싼 입을 이용해 정보를 얻으려면 호감도를 높이는 방법과 화사한 미소와 함께 정중한 예의만큼 효과적인 게 없다. 그래서 귀족 아가씨가 날 보고 지나가길래 미래의 설계를 위해 신사적으로 예를 취했을 뿐인데… 쓰러지는 건 또 뭐야.

"추파라니이! 난 그냥 쳐다봤을 뿐이야. 신사적으로 웃어주기밖에 더 했냐. 난 죄없어."

억울하다는 표정으로 그를 쳐다보자 지만트는 고개를 잘래잘래 젓는다. 친구라는 것이 날 믿지도 않고. 흑… 억울했다.

"네 얼굴에 자각이나 하는 게 어떠냐."

"내 얼굴이 어때서. 이래 봬도 잘생겼다고 자부하는데… 헉스! 설마 내 외모가 부족하다는 건… 말도 안 돼에~ 외모는 정치적인 것에서 생명과도 같은 건데~ 당장 아버지에게 마법사를 초청해 달라고 해야~ 남자의 변신은 유죄라고 했지만 이건 어쩔 수 없어어어어~"

"미친놈."

썩을.

외모에 대한 자각에 혼란을 겪고 있는 내게 그 한마디를 날리고 술잔을 기울이는 저 친구.

5년이 넘게 사귄 친구만 아니라면 아작 내버렸을 것이다. 그런데 요새 뭔가 이상하다.

가끔 보이는 멍한 표정도 그렇고, 한숨도 그렇고, 왠지 친구의 차분한 분위기가 묘하게 흐려져 있다. 항상 건강함을 띠던 눈동자가 근심이 생긴 듯함이 은근히 느껴졌다.

우선 저 녀석 외모는 잘났고 가문이 가문이니만큼 정혼녀도 있다. 그럼에도 저 녀석을 은근히 노리는 귀족가의 영양들도 있었고. 그래도 녀석은 단 한 번도 여자를 탐한 적이 없었다. 녀석은 철저한 금욕주의자였다.

혼인 전에 어떤 불상식적인 행동은 하지 않겠다는 듯 무척이나 꽉 막힌 사상을 가진 녀석.

믿을 수 없는 사실이지만 저 녀석은 저 나이 되도록 아직 동정이다. 그 덕에 정혼녀만 좋게 됐지. 여자에게는 지나칠 정도로 신사적인 녀석이라서 정혼녀는 녀석에게 완전 뻑간 상태고 녀석과 약혼을 한 집안에서도 사위로 아주 마음에 들어한다고 들었다.

그런데 요새 들어서는 갑자기 뭔가 트러블이 생긴 듯 발걸음도 끊어

파룬 아저씨도 아들의 갑작스런 변화에 무척이나 걱정스러워하는 기색이었다. 나의 탁월한 눈치로 보아서 내 친구는 지금… 무후후후… 사랑을 하고 있었다. 그것도 짝사랑을. 그 대상은 모르긴 몰라도 아마 엄청 진지한 듯 보였다.

이미 이 친구의 외곬수적 사랑을 눈치 챈 지도 삼 개월째다. 녀석에게 대체 누구냐고 은근슬쩍 물어봐도 그 녀석은 요지부동이다. 잔뜩 표정을 굳힌 채로 입을 굳게 다물고만 있어 궁금증만 더해갈 뿐인데… 어지간히 심각한 모양이다.

어떤 아가씬진 모르겠지만 땡 잡은 게 아닌가.

혼인이야 뱃속에 있을 때 이미 정해진 사안이고 연애 결혼은 거의 불가능한 게 제국의 대귀족이니 첩으로밖에 들어갈 수 없겠지만 그래도 그게 얼마인가 싶기도 했다. 내 친우의 성격을 너무 잘 파악하는 나로서는 혼인을 무를 수도 있다는 확신 어린 생각조차 들었다.

녀석이 뭔가 하기로 결심이 섰다면 파룬 아저씨도 두 손 두 발 다 드는 실정이니… 너무 큰일은 벌이지 않았으면 좋겠다는 것이 내 바람이었다.

지만트와 혼약을 맺기로 한 가문은 나와 내후년에 결혼하기로 약속한 정적의 가문과 가장 밀접한 관계를 가진 가문이고 그 녀석과 내가 그 두 가문을 견제하려면 가장 좋은 방법이 혼약이었으니… 내가 혼인에 성공한다고 해도 그 녀석이 틀어져 버리면 문제가 생긴다.

어느새 이득을 쫓아야 하는 현실에 길들여져 가는 내 모습에 냉소가 절로 터져 나왔지만 어쩔 수 없었다. 나의 목숨을 부지하려면 황제를 지켜야 했고 이 제국을 보호해야 하는 것이 나의 운명이니까.

"후……."

나는 짧게 숨을 내뱉었다. 그리고 잠시 주위를 훑었다.

꽤나 시간이 흐른 것 같은데 아직도 이 파티의 주인공인 빈이 나타나지 않자 의아해하는 목소리가 여기저기서 들려왔다.

"시간이 꽤 흘렀는데 왜 나오질 않는 거죠?"

"전 물론 본 적은 없지만 무척이나 아름답다고 들어서 한번 보고 싶었는데……."

"황제 폐하의 명령마저 거역할 생각을 다 하다니… 호호호, 그보다 저기 폐하의 얼굴 좀 보세요. 화가 단단히 나셨어요."

"출신도 모르는 천박한 계집이잖아요. 겁을 집어먹은 거겠죠."

나는 내 귓가로 들려오는 여인들의 수다의 단편적인 내용을 굳이 듣지 않더라도 드물게 분노를 삭이고 있는 황제의 모습으로 그 상황을 알 수 있다.

겉으로는 아닌 척하지만 잠깐잠깐 파티 홀을 주시하면서 이를 부득가는 광경에 나조차도 놀라고 있었다. 여자에게 관대한 편이라 비록 자신이 안은 후궁이 파티장에 참석하지 않더라도 눈 하나 깜짝하지 않았던 그였다.

그런데 저렇게 화를 낸다.

나는 파티장에 모습을 드러내지 않은 후궁에 대한 궁금증이 더해졌고 웬일인지 황제의 표정이 굳어질수록 안색이 하얗게 질려가는 지만트의 모습에 의문을 느꼈지만 이유를 물어볼 틈도 없었다. 갑자기 파티장을 급히 빠져나가는 황제에게 시선이 쏠려 그것에 대해 묻는 것을 잊었던 것이다. 파티장을 빠져나가 버리는 황제의 뒷모습을 묘하게 상처 입은 눈동자로 응시하는 페티르 황후마마의 시선도 있었다.

하지만 그 시선도 잠시, 황후는 황제의 갑작스런 퇴장에 당황하여 술렁이는 파티장 분위기를 살리기 위해 발 빠르게 나섰고 황제가 없는 파티장은 그녀의 노력으로 조금씩 그 분위기가 살아났다. 하지만 파티장에 아직까지도 모습을 나타내지 않은 후궁과 평소와 다른 황제의 모습은 귀족들로 하여금 호기심을 갖게 하기에 충분했다. 물론 나에게조차 그러했다.

"데르만, 황제 폐하를 따라가자."

그리고 그 녀석도 그러했는지 내게 드물게 황제를 따라나서길 종용했다.

평소라면 관심도 없었을 녀석이 왠지 다급하게 나를 끄는 기색마저 엿보이자 나는 의아했지만 어차피 호기심을 풀면 그만이었기에 그런 의문을 싹 지우고 황제의 뒤를 밟았다.

발 빠르게 빠져나온 무도회장. 후후, 황제 폐하의 모습도 보였다.

무슨 이유에선지 드물게 얼굴에 분노를 띠고 있는 그의 모습은 뒤를 밟는 내 발끝을 한순간 잡아챌 정도로 무시무시했다.

옆에서 입을 굳게 다문 채 날 따라오는 지만트의 표정이 거슬리기야 했지만 무슨 이유야 있으랴.

나는 황제가 향하는 후궁전으로 발 빠르게 쫓았고 아주 놀라운 광경을 볼 수 있었다.

후궁전 문 앞에 시립한 시녀들을 젖히고 문을 벌컥 열어젖히면서 방 안으로 들이닥치는 황제. 그리고 그런 황제를 향해 냉소하는 어떤 여인.

멀어서 보이진 않았지만 무척이나 아름다운 은 빛깔의 머리 색이 여인의 미모를 궁금하게 만들었다.

여인과 황제가 서로를 응시하며 뭐라뭐라 다투는 기색이 보인다.

무슨 이유에선지 황제의 표정은 여인의 태도에 뭔가를 탓하는 듯 보였고 여인은 그런 황제의 태도를 무심히 주시하며 뭐라뭐라 떠드는데…….

한순간 황제의 손이 여인의 뺨을 쳤다.

짜아악!

소리도 무척 컸다.

복도 밖까지 들려오는 그 소리에 나는 마른침을 꿀꺽 삼켰고 왠지 심각한 분위기에 이제 슬슬 자리를 피하는 것이 좋을 것 같다는 생각에 녀석에게 시선을 주는데…….

허걱! 저 자식이 미쳤지!

내 옆에 달라붙어 있던 지만트가 황제가 있는 후궁전으로 뛰어가는 게 아닌가. 그것도 내 눈을 의심하게 한 여인을 향해 절실한 애정 어린 표정을 애써 숨기면서 뛰어가더니 황제 폐하의 앞에 서서 공손히 시립한다.

어쩔 수 없이 나도 친구에 대한 의리 때문에 우선 달려나가 황제의 옆에 공손히 시립했는데, 황제는 인상을 팍 찡그리며 자신을 쫓아온 이유를 묻는다.

그래서 나는 들킬 경우를 대비해서 만들어논 문구를 좔좔 읊었다.

"폐하께서 갑작스레 파티장을 빠져나가시어 저의 아버지와 파룬 후작께서 폐하의 뒤를 쫓으라 하시어 따라왔습니다. 폐하께서 불쾌하신 것이 있으면 저희들이 가서 풀어드리리라는 말씀이 계시어서… 불쾌하셨다면 삼가 사죄를 드리옵니다."

황제는 갑자기 나타나 자신을 막는 나와 녀석의 태도에 이런 꼴 같지도 않은 꼴을 들켰다는 것 때문인지 인상을 살짝 찌푸렸고 화를 누르려는 기색이 역력했다.

그리고 뭔가 서글픈 눈동자로 자신이 손찌검을 한 여인에게 시선을 준 뒤 고개를 홱 돌리더니 냉엄한 음성으로 명령하듯 말했다.

"지금 그대들이 본 것을 함구하라."

"네, 폐하."

"폐하의 뜻에 따르겠사옵니다."

나와 지만트는 함구령을 받들었고 황제는 우리들을 무심히 쳐다보다가 뒤돌아서서 다시 후궁전을 빠져나갔다. 나는 황제가 완전히 사라지자 안도의 한숨을 내쉬다가 이 사태를 만든 녀석을 파릿 째렸다.

"이게 대체 무슨 짓이야! 갑자기 뛰쳐나가면 어쩌자는 건데, 이 망할 놈아! 죽을 뻔했잖아!"

"너더러 따라오라고 한 적 없어."

"야! 니가 지금 진정으로 하는 소리냐?"

"이건 내 일이었어. 그저 기다려 줬으면 됐었어."

"하… 지금 그게 말이 되는 소리냐?!"

나는 지금 내가 있는 곳을 의식하지도 못한 채 고함을 질렀고 그 고함 소리에 대답해 온 건 녀석이 아니라 한 여인이었다.

"두 분은 아주 친하신 분들 같으시네요."

무척이나 미려한 곱디고운 음색을 자랑하는 음성.

한순간 넋이 빠질 뻔했던 목소리에 나도 모르게 흠칫 놀라 고개를 돌리자 그곳에는 은빛의 다발에 둘러싸인… 여신이 이 땅으로 하강한 듯한 아름다운 여인이 있었다.

눈동자는 녹수정 빛깔. 마치 순도의 녹빛을 모아 만든 듯 보고 있으면 절로 청량감이 느껴지는 그 눈동자는 내 시야를 빼앗았고 약간은 창백한 듯 보이는 하얀 피부와 옅게 화장해 순결함을 더해주는 아름다움은 지금까지 수없이 많은 미녀를 보아온 나의 넋을 빼놓기에 충분했다. 이런 여인을 아내로 맞은 황제가 부러울 정도였다.

세상에나… 너무 아름답지 않은가.

아까 전에 황제에게 따귀를 맞아 뺨이 붉게 달아올라 있었지만 너무도 기품있는 여인이었다.

분명 파티장에서 출신이 불분명하다고 했는데… 한 나라의 왕녀라 할지라도 갖기 힘든 우아함과 기품은 정말 내 넋을 쏘옥 빼놓고도 남음이 있을 정도였다.

남자라면 누구라도 탐을 낼 만한 여인.

나는 여인에게 한순간 넋을 빼놓고 있다가 순간 저 여인이 황은을 입은 여자라는 것과 그런 여자에게 고개를 뻣뻣이 쳐들고 있는 나의 태도의 불순함을 깨닫고 급히 고개를 숙였다.

"빈 마마께 무례를 범했습니다. 소신은 데르만 드 리보아, 황제 폐하를 본의 아니게 뒤따라온 자입니다. 무례를 용서하십시오."

"괜찮습니다."

무척이나 고요한 신색으로 내 말에 대답한 여인은 긴장하는 나에게 무엇이 그리도 즐거운지 낮게 웃음을 흘리며 앉기를 권했다.

잠시 보았지만 황제에게는 웃음조차 흘리지 않던 냉막한 인상이 한순간 녹아내리며 미소와 호의를 내비치는 모습에 나는 어찌할 바를 몰랐지만 지만트는 너무나도 당연한 태도로 그녀가 권하는 자리로 가서 앉았다.

그리고 분명 아닌 척했지만 여인을 바라보는 녀석의 눈빛은 사뭇 진지하다는 것을 깨닫는 순간 나는 아연해질 수밖에 없었다.

그리고 나는 알 수 있었다. 지금 저 녀석이 뭘 원하는지. 그리고 저 녀석이 사모한다는 운 좋은 여자가 바로 눈앞의 저 여인이라는 것을.

나는 나도 모르게 신음을 흘렸다.

저 녀석은 미친 거다! 어떻게 황제의 여자를 사모할 수 있단 말인가.

여인의 외모로 볼 때 이해가 가기도 했다. 나도 한순간 반해 버릴 뻔했으니까. 그래도 나는 이성의 힘으로 그 이상의 감정을 품는 것을 철저히 봉쇄했고 평상심을 되찾았지만 내 친구 녀석은 완전 이 여자에게 빠져 있었다.

수습 불가능이었다.

"전 귀족 문화에 익숙하지 못하답니다. 평범한 이야기를 하고 싶어요. 소문에 듣자 하니 리보아 공작 가문의 아드님은 무척이나 성격이 소탈하다고 들었는데… 제게 이야기를 해주실 수 있으시겠습니까?"

"아, 네… 그, 그러지요."

나는 왠지 거절할 수 없게 만드는 여인의 분위기에 집 안에서 있었던 일들을 술술 얘기해 나갔다. 마구간지기 지미가 말 우리를 청소하다 말에게 바지를 물려 바닥에 주저앉아 옷을 버린 일부터 시작해서 오늘 아침 요리사가 설탕을 써야 할 요리에 소금을 넣어 입맛을 버린 일 등등… 내가 해줄 수 있는 평범한 이야기는 다 해줬다. 여인은 내 이야기에 찡그리기도 하고 웃기도 했지만 내 신경은 오로지 저 멍청한 녀석에게 향해 있었다.

지만트 녀석은 얼굴을 딱딱하게 굳힌 채로 그저 그녀가 권하는 차만 마시고 있었다.

후궁전을 나온 후 난 그런 녀석을 추궁했다.

"너, 설마 니가 사모하는 레이디가 저분인 건 아니겠지?"

"맞아. 저 여자야."

너무 담담하게 내 말에 대답하는 녀석의 태도에 나는 한참 입만 뻥끗거렸다.

이 자식… 조금 망설이는 기색이라도 있어야 할 게 아닌가.

"너… 저분이 누구의 아내인지 잊었냐? 황제의 여자를 사모한다니… 맙소사! 난 니가 이성적이라고 생각했는데… 어떻게……."

"내 마음일 뿐이다. 마음마저 이성의 잣대만으로 판단당하고 싶지 않아."

"임마, 정신 차려! 이건 잘못된 일이야. 이 일이 밝혀져 봐라. 아무리 니가 제국의 대문신가의 아들이라고 해도 이건 가문의 문을 닫아야 할 일이야!"

"기사들은 자신의 마음으로 섬긴 레이디가 바로 남의 여인이라 해도 평생을 따른다. 나도 그러면 돼."

"망할! 니가 무슨 기사냐! 넌 문관이야. 대문신가 파룬가의 후계자! 그 후계자가 기사가 될 수 있을 리 없어."

"마음뿐이다. 마음… 그것마저도 죄악이라고 불리고 싶지 않아!"

비명이라도 지르는 것처럼 쏘아붙이며 복도를 뛰쳐나가는 녀석의 모습에 나는 멍청하게 쳐다볼 수밖에 없었고 정신을 차리자 앞으로 내려온 머리칼을 거칠게 뒤로 쓸어 올렸다.

난 더 이상 녀석에게 어떤 말도 해줄 수 없었다.

*　　　*　　　*

모월 모일 모시.

나는 혼인을 했다. 아버지는 돌아가셨고 대외적으로 나는 제국의 최
연소 공작의 위를 이어 나라를 이끄는 실질적인 권력의 중심에 섰다.

내 나이 스물다섯.

아들도 얻었고 점점 손에 익어가는 일감은 정계를 빠르게 이끄는 원
동력이 되었다. 파룬은 일 년 전 후작의 뒤를 이어 나의 심복 역할을
돈독히 해내게 됐다.

그리고 녀석은 파혼을 했다. 후작이 된 이후 기다렸다는 것처럼 한
공식적인 파혼이었다.

"나는 기사는 될 수 없었지만 내 마음만은 기사다. 내 마음은 그분
의 것이야."

그의 공식적인 파혼에 할 말을 잊은 내게 녀석은 예전과 전혀 변함
없는 표정으로, 변함없는 눈으로 말했다.

정말 질리도록 질긴 녀석.

눈에 콩깍지가 씌면 뭐가 뵈겠느냐만은… 나는 이를 갈며 녀석의 뒤
처리를 해줄 수밖에 없었다.

그리고 녀석이 사모하는 후궁 '미르'는 아들을 낳았다.

아들이었고 흑발이었다.

계승자로서 존재를 부여받은 아들의 탄생에 황제 폐하는 물론 모든
대소신료들은 기뻐했다.

그날 이후 녀석과 나는 '미르' 님의 부름을 받고 후궁전에 자주 발걸
음을 해 친분도 많이 생긴 상태였다.

두 명의 권력가가 후궁전에 드나든다는 것이 썩 좋은 광경은 아니었
지만 계승자를 낳은 후궁에 한에서는 친분 유지를 위해 서로 간의 교
류를 해왔기에 그건 당연한 것이라는 풍토가 있어 문제는 없었다.

그날도 나를 부르는 그분의 부름에 별다른 표정 변화 없이 후궁전으로 향했고, 그곳에서 나는 아주 경악스런 광경을 목도했다.

바로 폐하와 미르님의 키스신. 정말 찐한 연출이었다.

막 작업에 들어가기 전의 모습. 폐하의 손이 미르님의 허리를 감고 있고 또 다른 손은 그분의 몸을 더듬는… 뜨앗! 더 이상 설명 못해! 한계야!

나는 얼굴을 시뻘겋게 붉힌 채 고개를 돌리며 나중에 다시 오자고 생각하며 발걸음을 떼려는데 순간적으로 내 시야에 잡힌 건… 단도였다.

황제 폐하의 목을 쥐는 척 등 뒤로 감싸 쥔 두 손 중 한 손에 잡힌 단도가 빠르게 그분의 등에 내리꽂히는 광경.

나는 한순간 체면도 잊고 당장 방 안으로 뛰쳐 들어가 여인을 밀쳤다.

그리고 하얗게 질린 채로 폐하의 상세를 살폈다. 혹시 독이 있는가 싶어 상처 부위도 살폈지만 다른 이상이 없는 걸로 봐서는 독은 없는 것 같았다.

다만 장난이 아니게 쏟아지는 피만 보일 뿐이다.

"폐하… 마, 맙소사! 괜찮으십니까? 어, 어의를… 어서… 어의를……."

내 모습에 그레이엄 황제 폐하, 나의 주인은 씨익 웃더니 작은 병을 품속에서 빼 들더니 상처 부위에 액체를 붓는다.

포션인 듯 피는 한순간 멎었고 상처는 빠르게 아물어갔다.

나는 안도했지만 미르님이 황제 폐하 옥체를 상하게 했다는 것에 분노해서 당장 밖으로 나가 기사들을 부르려 했는데 황제는 아주 의외의 말을 하셨으니…….

"이 정도가 다인가? 좀 더 노력해서 날 죽여봐라, 미르."

뜨억! 지금 황제 폐하께서 무슨 말을 하시는 건가.

지금 죽이라고… 죽이라고 하신 건가? 미, 믿을 수 없어.

"폐, 폐하."

"그리고 리보아 공작도 이 일을 함구해 주시오. 이건 그녀와 나 사이의 문제니까 말이야."

"그, 그러시겠다면… 신은 이번 일을 입 밖에 내지 않겠시옵니다."

내 말에 만족한 듯 웃는 황제. 그리고 입술을 일그러뜨리는 미르.

대체 이게 무슨 경우인가.

황제는 그 말만 남기고 후궁전을 나가 버렸고 남은 건 경악한 표정으로 굳어 있는 나와 입술을 지그시 깨문 채 황제의 뒷모습을 원독 어린 눈빛으로 쏘아보는 미르뿐.

황제에게 가장 총애를 받는 여인이 황제를 싫어한다? 그리고 황제는 그 여자가 자신의 목숨을 해함을 용서하라고 신하에게 명령도 아니고 부탁을 한다…….

날더러 이걸 믿으라고 보여주시는 겁니까, 창조신이시여? 이게 대체 뭔 일이란 말입니까.

스물다섯 해 동안 살아오면서 겪은 가장 기가 막힌 일이다.

날더러 어쩌란 거냐구요! 창조신이여… 전… 절규합니다.

뜨아아아아!!

〈5권으로 이어집니다〉

용어해설

룬 마술

북구의 마술 중에는 룬 마술이라는 것이 있다.

이것은 룬 문자를 사용하여 신의 힘을 소환, 다양한 마술을 행사하는 것이다. 술자는 룬 문자를 특정한 것에 새기거나 주문으로 외워야 했다.

룬 마술은 정확한 지식만 있으면 본인의 소질에 관계없이 할 수 있었다.

이 점은 볼바의 마술과는 전혀 다르다고 할 수 있다.

하지만 공물을 충분히 바치고 높은 영적 능력을 가진 술자가 행한다면 룬 마술은 보다 확실한 효과를 낼 수 있다.

볼바는 전문가는 아니지만 술자로서의 소질을 타고났기 때문에 룬 마술을 행사할 수 있는 능력이 충분했다. 또한 그들은 효과를 높이기 위해 룬 문자를 사용하기도 했다. 룬 문자는 조각하는 것을 전제로 한 문자이며, 기본적으로는 나무에 새겨 사용했다. 현재 북구에 남아 있는 것은 비석 등에 새겨진 것으로, 가장 오래된 것은 2세기경의 유적에 등장한다. 마술적인 목적 때문에 개발된 문자였지만 일상 속에서 기록을 남기기 위한 문자로 사용되기도 했다. 이 때문에 한때는 북구 밖으로도 전해지기도 했다. 그러나 정보 전달에는 적당하지 않은 언어였던 탓에 서서히 쇠퇴해 갔다.

룬은 그 문자를 발명했다고 전해지는 북구 신화의 최고신 오딘과 깊은 관계가 있다. 북구 왕족들 사이에선 특히 오딘에 대한 강력한 신앙이 있었던 듯하다. 이 신앙은 기독교와 융합되어 발전했다. 그러나 이는 일시적인 현상일 뿐, 10세기엔 오딘 신앙이 완전히 쇠퇴하고 말았다.

룬의 행사

룬 마술의 기본은 문자를 새기는 것이다. 원하는 바를 이루기 위해서는 효과적인 위치에 올바른 방법으로 바른 종류의 룬을 새겨야 한다. 마술을 행할 때는 다음과 같은 지식이 가장 중요했다.

• 룬의 각인:각인의 정확함에 따라 마력을 불어넣을 수 있는지 없는지 결정된다.

• 룬의 해독:자신이 새기는 룬에 대한 정확한 지식, 다른 자가 새긴 룬을 읽어내는 능력.

• 룬의 염색:각인에 바른 염료를 칠하면 마술의 효과는 증대한다.

• 룬의 시행:마술을 발동시키는 방법이나 발동 조건에 관한 바른 지식이 필요하다.

• 룬의 기원:룬은 신들에게 기원하기 위한 매체다. 신에게 바라는 것을 닿게 하기 위한 지식도 필요하다.

• 룬의 공회:원하는 바를 이루기 위해서는 신에 대한 감사와 신앙심을 나타낼 수 있는 제물이 필요하다. 이런 공회에 관한 지식.

• 룬의 장송:제물이 된 영혼을 신들에게 보내기 위한 지식.

• 룬의 파괴:아주 조금 바꿔 새기는 것만으로도 마술의 결과는 달라진다. 이것은 만에 하나 틀린 마술이 발동되었을 경우 그것을 취소하기 위한 지식으로, 구체적으로는 룬을 안전하게 파괴하는 지식이다.

마나(Mana)

멜라네시아의 토어(土語)인 '마나'에서 유래된 말.

비인격적인 초자연력, 또는 인격 비인격과 관계없이 초자연력 전반을 가리켜서 널리 쓰이게 된 용어이다.

마나는 1891년 R.H 고드링턴의 저작 '멜라네시아인'에서 소개되어 학계에 큰 영향을 주었는데, 이 말이 세계의 모든 종교들이 지닌 본질적인 성격, 즉 '초자연력'을 설명하고 이해하는 데 유효한 내용이 들어 있다고 간주되었기 때문이다.

마나는 신(神)이나 사령(死靈), 조령(祖靈), 인간을 비롯하여 인공물, 자연 환경이나 하천, 암석 따위의 자연물에 들어 있는 힘을 가리키는데, 꼭 그것들의 고유한 존재는 아니며 이것에서 저것으로 이전할 수 있다고 한다.

어떤 병사가 적을 쓰러뜨린 것은 창에 강력한 마나가 있기 때문이라고 하고, 추장이 훌륭하게 역할을 수행할 수 있는 것은 마나를 많이 가지고 있기 때문이며, 따라서 사람들은 강력한 마나를 얻기 위해 갖가지 노력을 기울인다. 종교인이 초자연력을 얻기 위해 여러 가지 수행을 하는 것도 마나 관념과 관련지어 이해할 수 있다.

—학원대백과사전 中에서 발췌.

흑마법

어둠(암흑)의 특성을 지닌 마법으로 공격과 저주가 주가 되며 사악함[Evil], 어둠[Dark], 저주[Curse], 파괴[Destory]의 성질을 가지고 있다. 주로 남에게 피해를 주거나 저주하는 마법이므로 백마법과는 상극이 된다. 흑마법 중에는 강력한 공격 마법이 많으므로 전투에 상당한 도움이 되며, 언데드 계의 몬스터를 소환할 수도 있다.

저주 마법은 말 그대로 상대편을 저주하는 마법으로 확률은 적지만 강력한 마법이 많다. 주로 공격 마법을 지닌 마도사나 마법 전사들이 흑마법을 사용한다.

알르투스 마그누스 (Albertus Magnus)

중세 독일의 사교, 신학자, 철학자(1193-1280). 마그누스는 '위대한' 이라는 뜻으로 이름은 아니다. 전설에 의하면 그는 30년에 걸쳐 점토 인형을 만들었다고 한다. 인형은 걷고, 말하고, 질문에 답하고, 수학 문제를 풀 수 있었지만 곤란하게도 말이 너무 많았다. 그래서 알베르투스의 제자 중 하나였던 토마스 아퀴나스라고 하는 남자가 인형을 금박 가루로 칠해 버렸다.

토마스는 중세 최대의 신학자가 되지만 마법을 부정하지는 않았다. 아무래도 눈으로 직접 봤기 때문이 아닐까? 알베르투스는 '알베르투스, 팔워스, 루키, 리벨루스' 라고 하는 마도서를 남겼다. 단 그 책의 내용은 영의 소환을 다룬 정도일 뿐 다른 내용이 없어 정말로 알베르투스가 쓴 책인지는 의문이다. 사후 600년 이상이 지난 1933년에 알베르투스는 성자의 반열에 올랐다.

앙크(Ankh)

고대 이집트에서 생명을 상징하는 부적. 스카라베('스캐럽' 이라고 하는 것 같은데)와 함께 잘 알려진 것으로 현대에도 이집트의 토산물 가게나 세계의 오컬트 샵에서 액세서리로 팔리고 있다.

앙크는 꼭대기가 타원형으로 된 십자가이다. 이것이 무엇을 상징하고 있는지는 밝혀지지 않았지만 그 의미는 '영원의 생명' 으로, 이집트의 상형 문자이며 앙크는 '생명' 이라고 하는 의미이다. 피라미드나 신전의 벽화에는 이집트의 왕이 신으로부터 앙크를 받고 있는 그림이 그려져 있다. 이것은 왕이 신과 동일화되는 의식이다. 앙크를 손에 넣는 것으로 왕은 재생의 활력을 얻고 영원의 생명을 획득하는 것이다.

앙크는 왕뿐만이 아니라 상형 문자나 벽화 그림 속의 신이 몸에 걸치고 있다. 이것은 앙크가 특정한 신의 상징이 아니라 모든 생명을 상징하는 것이기 때문이다. 이 심벌은 그 보편적인 의미 때문에 이집트 문명의 붕괴 후에도 유럽에 전해져 타롯 카드의 그림에 그 모습을 드러내고 있다.

이장(異裝, Transvestism)

남자의 여장, 여자의 남장을 말한다. 일반적으로 기피되는 것이지만 마술사나 성직자는 종종 이장을 한다. 일설에 따르면 제사를 올릴 때 이런 이장을 했던 것 같다. 타키투스(1∼2세기의 로마 문인)에 의하면 게르마니아의 신관은 여장을 하고 제사를 올렸다.

그리스 로마의 일부에도 이런 습관이 있으며 크리스트교 시대에도 남아 있다. 그러나 교회 당국은 이를 싫어해서 이단 심문의 '권위' 로 악명 높았던 쟝 보댕은 '남녀 마술사는 서로 옷을 바꿔 입고 실제로 성을 바꾼다' 고 공언했다. 이외 작게는 일본, 중국, 이슬람권에서는 재앙을 피하기 위해 남자 아이를 일정한 나이까지 여자로 키우는 풍습이 있었다. 이것은 남자 쪽이 젖먹이 때 사망할 확률이 높기 때문에 '마물은 남자 쪽이 가치있다고 여겨 좋아하는 남자를 습격한다' 는 생각에 '여자로 키우면 마물을 피할 수 있다' 고 생각했기 때문인 것 같다. 여담이지만 근대 아일랜드의 작가 윌리암 샤프는 영감을 여성적인 것으로 생각해서 피오나 맥클라오드라고 하는 여성 명을 사용해 많은 환상적인 단편을 남겼다.

위자드(Wizard)

중세에서 현대까지 남자 마법사를 부르는 말로 많이 사용된다. 본래는 '현명한 사람' 이라는 뜻이다. 중세에는 어떤 마을에도 한 명씩은 위자드가 있어서 존경과 공포의 대상이 됐다. 그들이 하는 일은 주로 운세 판단, 유실

물 발견, 행방불명자의 추적, 병자 치료(인간이나 가축 모두) , 범죄자 발견, 부적 만들기, 비약의 판매 등이었다. 고대의 샤먼이 하던 일을 그대로 이어받은 것으로 생각된다. 이와는 별도로 고등 마술사로서의 위자드도 존재했다. 그들은 신부나 신학자들로 연금술이나 헤르메스 학의 연구에 종사했다. 단 19세기 이래로는 마녀 등과 동일한 의미로 사용되는 경우가 많았다. 현재에는 고등 마술사의 의미로 사용되는 경우가 많으며 근대 마술사 중에선 위자드를 자칭하는 자도 많다.

위자 보드(Ouija Board)

알파벳을 중앙에, 주변에 1~0의 숫자를 써넣은 접시로 그 위에 세 개의 다리가 있는 일종의 점술 도구. 예수에 관련된 접시도 많다. 이름의 유래는 프랑스의 '예'에 해당하는 'oui'와 독일어의 '예'에 해당하는 'ja'가 조합된 말이다.

삼각에 영능력자가 손을 얹어놓는 것이 일종의 강령 의식이 된다. 영이 내리면 아무나의 손을 움직여 능숙하게 접시 위를 이동해 문장을 만든다. 그리스 시대부터 유사한 것이 있었으며 신탁을 얻는 데 사용한다는 설도 있다(필리핀 영화 '303 살인 사건'에 이 위자 보드가 나온다. 실물은 이 영화를 참고하시길).

볼바(Volva)

북구의 샤먼. 여사제와 무녀의 중간적인 존재로 여성의 경우는 볼바, 남성의 경우는 파라라고 부른다. 그러나 이 구별은 명확하지 않으며 여성이 파라라고 불리는 경우도 있다. 북구의 샤먼은 사회적으로도 현실적으로도 대개 여성의 몫이었다. 그녀들은 세이즈 마술, 칸드 마술 양쪽 다를 구사했지만 그들 중 세이즈 마술 쪽이 영과의 합일을 필요로 하는 것이다. 영에게 자신의 마음과 육체를 빌려주는 이 빙령 마술은 격렬한 여성적인 엑스터시를 조건으로 하기 때문이다. 그녀들은 각지의 성지에 살며 평상시에는 사람들을 구하는 데 마술을 사용한다. 볼바의 주된 역할은 신으로부터 저급한 영(비텔이라고 부른다)을 몸 안에 불러들여 예언을 하는 것이다.

볼바의 예언은 아주 중하게 여겨지며 누구도 무시할 수 없는 것이었다. 신화 중에도 자식 발드르의 운명을 알아내기 위해 오딘이 명부까지 내려가 이런 종류의 여자 예언자의 혼에게 조언을 구한다(이 볼바가 로키의 아내이자 펜릴, 헬, 욜문간드의 어머니 앙굴보다라는 설도 있다).

또한 로마의 장군 드루누스는 볼바 중의 하나로부터 강을 건너지 말라는 조언을 듣고 군대를 이끌고 돌아갔다고 한다. 볼바는 또한 타자에게 오딘의 신이나 정령의 힘을 넣어주는 것이 가능하다고 믿어진다. 마법을 갖게 된 전사는 망아 상태가 되어 야성의 광포한 힘을 이용해 적을 무찌른다고 한다. 이와 같은 상태에 있는 자는 베르세르크(영어로는 버서커)라고 불리며 불사신이라고 생각된다. 전투 때 볼바는 의외로 말을 타고 군의 선두의 중심에 위치해 전사들을 독려한다고 한다(전사의 트랜스 상태를 유지하기 위해서이다).

이와 같은 샤먼은 북구에 널리 존재한다. 하지만 켈트의 드루이드와 달리 통합된 조직이나 체계가 없었기 때문에 기독교의 전래 이후 그 위치를 빼앗겨 소멸되고 만다.

우자트(Uzat)

이집트 신화에 등장하는 빛의 신 호루스는 명부의 신 오시리스와 여신 이시스의 아들이다. 신화에서 그는 아버지 오시리스를 살해한 숙부 세트에게 복수하는데, 그때 한쪽 눈을 잃었다고 한다. 이 호루스의 눈알을 상형 문자화한 부적이 우쟈트이다. 호루스의 눈은 오른쪽과 왼쪽의 색이 달라서 보통은 오른쪽이 검은색, 왼쪽이 하얀색으로 그려진다. 하얀 눈동자는 호루스의 신격인 빛나는 태양을 나타내며, 검은 쪽은 어둠 속의 달을 의미한다. 숙부 세트와 싸우다 빼앗긴 것은 검은 눈동자 쪽으로 우쟈트가 외눈으로 그려지는 경우엔 본래 하얀 눈동자를 사용하는 것이지만 이 구별은 잘 되지 않아서 검은 눈을 우쟈트에 그려 넣는 경우도 많다.

호루스가 세트로부터 빼앗긴 눈동자를 되찾아온 결과 세트에게 살해된 오시리스가 부활했다는 신화에 의해, 우자트는 건강이나 안전 따위를 기원하는 부적으로 사용된다. 우자트를 몸에 간직하고 묻힌 사자는 사후의 세계에서 부활해 하늘로 올라간다고 한다. 또한 사체에 함께 묻는 부적 외에 살아 있을 때에도 몸에 액세서리로 걸치는 것이 유행이었다. 액세서리로써의 우자트도 마력이 있어서 착용자의 건강을 여름에는 강하게, 겨울에는 약하게 지켜준다고 한다. 이것은 호루스의 힘인 태양의 힘과 비례한다.

신전 등의 건축물에도 심벌로 우자트가 사용된다. 우자트의 재질은 여러 가지지만, 일반적으로는 나무나 돌이 사용된다. 그중에는 귀금속이나 화강암 등이 사용된 것도 있다. 또한 안구 부분만 에메랄드 등으로 만든 것도 있다.

운디네(Undine)

사대정령의 하나. 아스트랄 계에 살고 있는 물의 정령. 인간에게는 무지갯빛의 몸을 가진 여성으로 인식돼 있다. 하지만 전승이나 작품에 의하면 전혀 다른 모습을 가지고 있는 것이 많다. 예를 들어 중세의 연금술사는 종종 우화적으로 물의 원소를 물고기로 그려 남겼다. 또한 물로 만들어진 부정형의 생명으로 그린 경우도 있다.

영광의 손[Hand of Glory]

유명한 마법 아이템. 교수형당한 죄인의 왼손(오른손이라는 설도 있다)을 잘라 의식을 베푼 후, 촛대로 사용한 것이다. 이것을 촛대로 하면 촛대를 가진 자는 눈에 보이지 않게 된다. 또 다른 전승에선 이 촛대를 집 옆에 놓아두면 그 집의 인간은 곧 잠들어 아침까지 눈을 뜨지 못하게 된다. 이 때문에 진흙 몽둥이(다른 마법 아이템인 듯)와 함께 비상시에 고마운 아이템이다. 간혹 손을 촛대로 쓰지 않고 손에 불을 붙여 쓰는 경우도 있다.

인간[Human]

물질계의 주인이 되도록 신이 자신의 모습을 본떠 창조한 종족.

신들의 싸움이 물질계에서 행해질 때 신과 함께 싸울 전사로 쓰기 위해 창조한 것이다. 그런 까닭에 신들의 용병으로 불리기도 한다.

현재의 인간은 특별한 수행이나 훈련을 쌓지 않는 한 마법을 쓸 수 없게 되어 있다. 그러나 인간 종족이 갖는 순응력과 각 개인의 노력 여하에 따라 어떤 등급에도 오를 수가 있다.

엘프(Elf)

북구 신화에 기반을 두었지만 『반지의 군주』 덕분에 더 유명해진 종족. 거인 이미르의 몸에서 생겨난 종족이지만 드워프가 땅 아래로 파고든 데 반해 엘프는 땅 위에 남게 되었다. 북구어로는 알펜. 뇨르트의 아들이자 풍요의 신 프레이의 지배를 받으며 알펜하임이라 불리는 자신들만의 아름다운 고자에서 산다. 빛의 속성을 가진 숲의 정령.

엘프는 원래 요정계에서 살던 종족이었으나 신들의 싸움 때문에 물질계로 소환되었다. 그러나 자신들을 불러낸 신 자체가 소멸했으므로 요정계에 돌아갈 수 없게 되었다. 그런데 지금도 요정계에 자유로이 돌아갈 수 있는 엘프도 있다. 하이엘프(High-Elf)라는 엘프의 상위 종족이 그러하다. 이들은 중간계의 다른 생명체들이 바라보기엔 이해하기 어려울 정도로 고상한 존재이며 세계의 어지러움과 악덕에 슬퍼하는 존재이다. 시와 노래를 사랑하지만 적들을 향해 검을 드는 것을 꺼리지는 않는다.

다크엘프(Dark-Elf)
온몸이 검은 엘프.
악신을 섬기기 위해 스스로를 검게 물들였다고 한다.

드워프(Dwarf)

난쟁이. 북구 신화에 기반을 두었지만 현재는 톨킨이 확립한 모습을 주로 따른다. 북구 신화에서는 신들이 거인 이미르의 몸으로 대지를 창조했을 때 땅속으로 파고든 종족. 드래곤과 맞먹을 정도로 보석에 대한 탐욕을 갖고 있으며 절대로 지배당할 수 없는 성질을 갖고 있다. 키가 작고 무성한 수염이 드워프를 상징한다. 엘프처럼 물질계에 소환되어 정착한 대지의 정령. 드워프 족 중에도 마법을 쓸 수 있는 하이드워프(High-Dwarf)가 있었으나 지금은 멸망하고 말았다. 드워프 족은 유능한 장인의 솜씨를 지니고 있다.

손재주가 무척 좋아서 머리 장식 같은 작은 세공품들도 드워프 족의 솜씨가 들어가면 기막힌 보물이 되기도 한다. 드워프 족은 먹는 것을 무척 좋아하며, 주량이 엄청나게 세서 술에 곯아떨어진 드워프를 보기란 쉬운 일이 아니다.

＊엘프와 드워프의 사이가 나쁜 이유: 엘프는 빛의 속성을 가지고 있고 대지의 정령족인 드워프는 어둠을 속성으로 가지고 있다. 그처럼 속성이 정반대이기 때문에 사이가 나쁠 수밖에 없다. 또한 엘프는 자연을 소중히 여기는 반면에 드워프는 자연을 개척하여 살기에 좋은 장치를 만든다. 하지만 두 종족은 서로 싫어하기는 하되 증오하지는 않는다.

하프링(Harfling)

호비트라고도 한다. 낙천적. 인간과 꼭 닮았으나 더 작다. 둥글고 넓은 얼굴, 머리카락이 멋대로 꼬여 있고 발등은 털로 덮여 있다. 수명은 약 150년 정도. 성격은 근면, 성실, 평화, 조용하다. 집에 편히 있는 것을 좋아한다. 친한 동료 앞에서는 활달하다. 부를 단지 안락을 얻는 수단으로만 생각한다. 가능한 신발을 신지 않으려 한다. 대부분 그들의 일은 집 밖에서 행해지지만 그들은 안락한 집을 갖고 있다. 엘프와 드워프와는 관계가 좋다.

페어리(Fairy)

엘프나 드워프와 같은 요정 부류지만 큰 차이점이 있다면 크기이다. 그들은 날개를 갖고 있으며 모두 발랄한 성격을 갖고 있지는 않다. 아름다운 종족이고 나름대로의 깊은 사고를 가지고 있으며 타 종족에 대한 관심도 크다. 이들의 남녀 비율은 약 1:10 정도로 여성이 많다.

기사[Knight]

기사는 중세 봉건 시대에 영주에게 충성을 다하고 그에 대한 대가로 녹을 먹었던 일종의 귀족이다(중세 봉건 시대상에 대해서 자세히 알고 싶으신 분들은 따로 찾아보길 바란다). 크리스트교의 암흑기인 중세에는 신에 대한 절대적 믿음이 가장 큰 시대적 이슈였기 때문에 중세의 기사를 팰러딘(Paladin: 성기사)이라고 부르는 게 옳다고 본다.

이러한 팰러딘은 십자가 모양의 롱 스워드(Long Sword)를 사용하고 연 모양의 카이트 쉴드(Kite Shield)나 히터 쉴드(Heater Shield), 십자가가 새겨진 나이트 쉴드(Knight Shield)를 사용한다. 말을 타게 되면 창을 사용한다고 한다. 여러 판타지에서는 특정 신앙을 되도록 배제하기 때문에 팰러딘과 같은 모습이라기보다는 자신의 군주에 대한 충성을 다하는 우직한 성격의 캐릭터를 분류할 때 사용하기도 하는데, 이 군주에 대한 충성을 다한다는 설정은 유럽식 사고방식이라기보다는 동양의 사고방식이라고 보는 게 옳다고 본다.

무협소설 등에 그려지는 충성과 중세 유럽의 팰러딘이 만나 현재 가장 많이 알고 있고 가장 흔하게 사용되는 기사[Knight]를 만들어낸 것이라고 생각한다.

검사

기사의 우직한 성격과 반대되는 성격을 가진 캐릭터를 그려낼 때 주로 사용하는 '검사' 라는 직업은 뚜렷이 그 기원을 찾을 수 없다. '스워드 마스터(Sword Master)' 라는 게 있지만 이것도 다분히 무협 쪽 냄새가 짙다. 알고 보면 뚜렷한 직업도 없는 게 '검사' 이기 때문에 이러한 직업이 존재했었나 하는 것도 의문이고 존재했다면 오히려 '청부업' 의 일을 했던 사람으로 보는 게 옳지 않을까 한다. 자유로이 검을 들고 다니기 때문에 '검사' 라고 부르는 게 사실 아닐까? 우리 나라의 많은 판타지에서 보이는 설정들을 보면 『로도스도전기』의 '자유 기사 판' 은 오히려 '자유 검사 판' 이라고 부르는 게 옳지 않을까?

마법사(Wizard, Witch, Mage, Magician, Sorcerer)

판타지에서 빼놓을 수 없는 환상성을 제공하는 캐릭터인 마법사는 실제 그 분류가 만만치 않다. 위저드(Wizard)라고 하는 것은 '남자 마법사'를, 위치(Witch)는 '마녀, 여자 마법사'를 가리킨다. 매지션(Magician)이나 메이지(Mage:Magican의 고어)는 '요술쟁이, 마법사'란 뜻을 가지고 있다. 우리 판타지에 주로 그려지는 멋진 모습이라기보다는(슬레이어즈가 애들 다 버려놨다) 고깔 모자에 로브(Robe:의복)를 걸치고 로드(Rod:요술 지팡이)나 스태프(Staff)를 들고 있다. 마법이 룬(Rune)으로 적혀 있는 스펠 북(Spell Book)이라는 것이 있고 '마법을 캐스팅(Casting)한다'고 하는데, 이에 관련하여 미리 마법을 외우고 시동어에 따라 발동하는 '메모라이즈(Memorize)'라는 것도 있다. 다른 표현으로 '마나'라는 개념은 최근에 나온 것으로 이 마법사라는 직업과는 별로 상관은 없어 보인다. 동양의 '기(氣)'의 영어식 표현이 '마나'라고 보는 게 옳지 않을까?

성직자(Cleric, Priest)

현실의 성직자와는 다르게 판타지 속의 성직자는 매우 막강하다. 신을 숭배하고 이로써 성력(Divine Power)를 이용하여 치료 마법을 걸거나 날씨를 바꾸고 기적이라는 것을 일으킨다. 날이 없는 무기를 사용한다. 고위 성직자를 '하이프리스트(High Priest)'라고 부르기도 한다. 머리를 깎은 모습은… 왜일까나.

음유 시인〔Bard〕

몇몇 판타지에서 음유 시인이 주인공으로 나옴으로써 그 진가를 다하는 직업이다. '바드(Bard)'라는 것은 오히려 집시에 가까우며 그 기원은 켈트

족(The Celts)으로 보인다. 여기저기 떠돌면서 풍류를 즐기며 때로는 행사에 불려가 노래와 춤을 팔고 사는 사람들을 '바드'라고 하는데, 이들은 시[Poem]만 지어 노래 부르는 것이 아니라 춤도 춘다. 이들이 이렇게 추는 춤을 '바드 댄스(Bard Dance)'라고 부른다. 음유(吟遊) 시인은 단순히 '떠돌아다니며 시를 짓는 자유 시인'을 뜻한다. 'A Wandering(Strolling) Minstrel'이 음유 시인의 올바른 표현이다.

—환타지 월드 자료 中에서 발췌.

검의 경지(판타지):일반 검사(등급없음)—소드 익스퍼드—소드 마스터—그렌저 마스터—검왕(劍王)—검신(劍神)

검의 경지(무협):일반 검사(등급없음)—화경—현경—신화경

베기:검술의 기본 동작 중 하나. 찌르기보다 동작이 크며 막기 쉽다는 게 단점일 수 있다. 실력 좋은 기사들은 하루 10,000번씩 베기 연습만 하기도 한다.

찌르기:역시 기본기. 베기보다 약간 빠른 연사력을 자랑하며 막기가 좀 난해하다. 그러나 타격이 베기보다 작을 수 있으므로 정확히 심장 등의 급소를 노릴 것을 권장한다.

검기:검에 무형의 기운을 입힌다. 사이 블레이드라고 설정된 소설도 있는데, 검에 정신력, 또는 마력을 덮어씌워 강도 및 날카로움을 엄청나게 급성장시킨다. 검기를 씌운 검은 값싼 철검이라도 바위를 가볍게 쪼갤 수 있는 위력을 가지게 된다. 검에 씌워서 그대로 사용해도 강력하나 능숙한 자들은 날

러서 원거리 공격을 할 수도 있다. 일반적으로 소드 마스터 급 이상만이 사
용 가능하다.

검강:검기의 발전형인 검강은 검기보다 훨씬 극심한 마나 소모와 위력을
바탕으로 한다. 검술의 최고 경지인 그랜저 마스터들만이 쓴다는 이 엄청난
기운은 검기와는 비교도 되지 않는 폭발력과 파괴력을 가진다.

검풍:잘 사용되지는 않는 기운이다. 검의 위력으로 날카로운 풍(風)을 선
사하여 섬뜩함과 위협을 동반시켜 주며 검풍으로 인한 공격은 상대적으로 약
한 위력과 넓은 범위를 가지게 된다.

검환:검의 기운을 한 점에 집중시킨 것이다.

칼 잡는 법
우방식(右方式):오른손이 앞에서 칼자루를 잡는 방식.
좌방식(左方式):왼손이 앞에서 칼자루를 잡는 방식.
편수(偏手):한 손으로 칼자루를 잡는 방식.
우현 편수:오른손으로 칼자루를 잡는 방식.
좌현 편수:왼손으로 칼자루를 잡는 방식.
편수도법(偏手刀法):한 손으로 칼을 잡고 사용하는 도법.

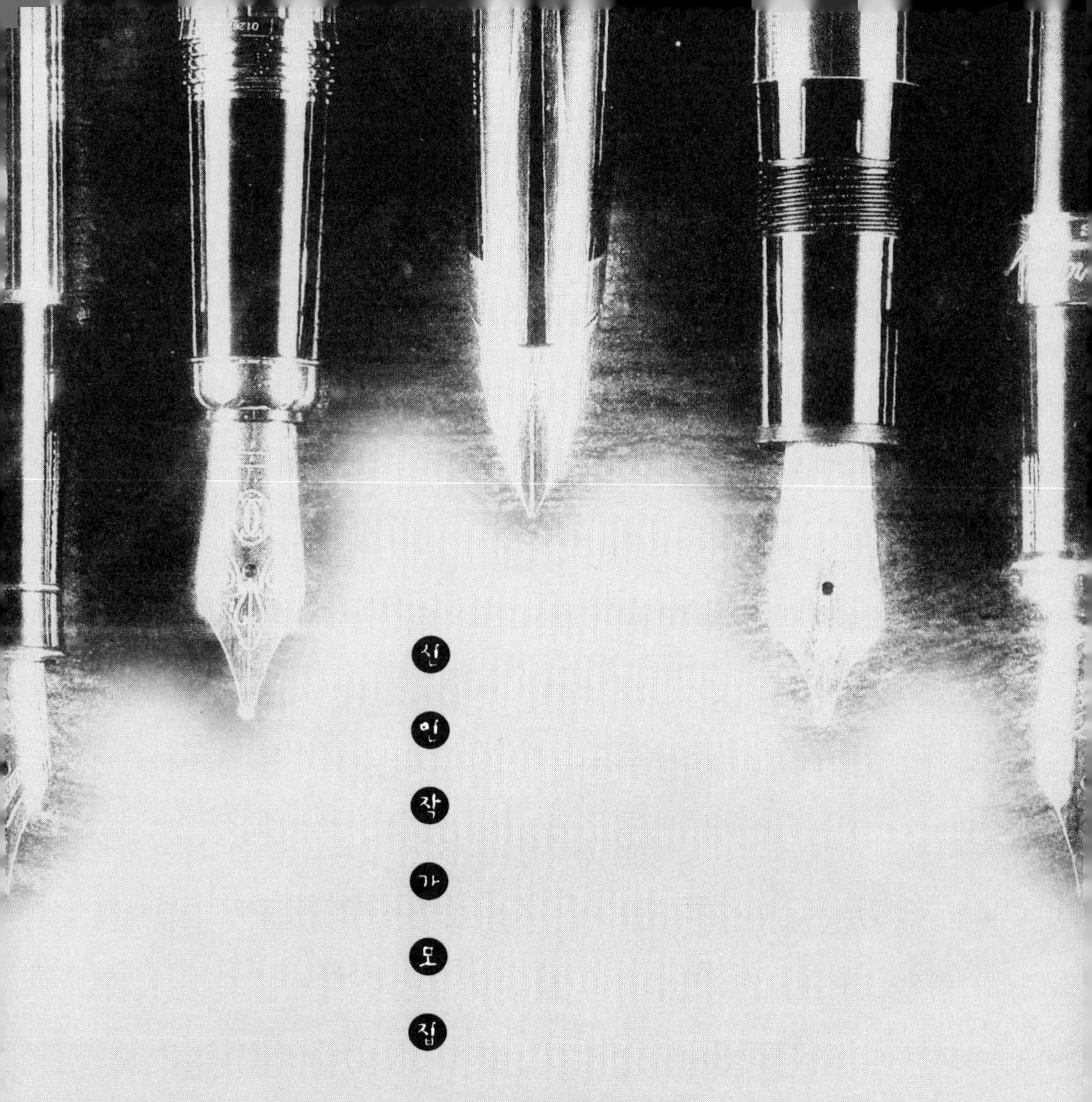
신

인

작

가

모

집

시작이 반이라고 했습니다.
작가의 길에 대한 보이지 않는 벽을 과감히 깨뜨리십시오!
청어람은 작가 지망생 여러분들의
멋진 방향타가 되어드리겠습니다.

저희 도서출판 청어람에서는
소설 신인 작가분들을 모집합니다.
판타지와 무협을 사랑하시는 분들의 많은 참여를 바랍니다.
소정의 원고(A4용지 150매)를 메일이나 우편으로 보내주시면
검토 후 출판 여부를 알려드리겠습니다.

주소:경기도 부천시 원미구 심곡1동 350-1 남성B/D 3F 우편번호420-011
TEL:032-656-4452 · FAX:032-656-4453
http://www.chungeoram.com
e-mail:chungeoram@chungeoram.com